EUROPA ERLESEN | HERAUSGEGEBEN VON LOJZE WIESER

EUROPA ERLESEN
WEIHNACHTEN

Herausgegeben
von
Helmuth A. Niederle

Wieser Verlag

Wieser Verlag
A-9020 Klagenfurt/Celovec, Ebentaler Straße 34b
Telefon: +43(0)46337036 Fax: +43(0)46337635
e-mail: office@wieser-verlag.com
Homepage: http://www.wieser-verlag.com

•

Der Verlag dankt den Inhabern der Rechte für die Genehmigung zum Abdruck der Texte. Für einige Texte waren die Inhaber der Rechte leider nicht zu ermitteln; Rechteinhaber dieser Texte werden gebeten, sich an den Verlag zu wenden.

Die Titel wurden zum Teil vom Herausgeber gewählt.

Lektorat: Annemarie Ribitsch
Gestaltung: Studio Bisart
ISBN 3 85129 263 4

Ante scriptum

Als wir uns nunmehr vor einem Jahr zu dem Wagnis, eine Serie unter dem Titel EUROPA ERLESEN zu starten, entschlossen hatten, haben wir nicht einmal im Traum an die begeistert zustimmende Unterstützung durch die Leser und Leserinnen, Buchhändler und Buchhändlerinnen sowie seitens der Medien zu denken gewagt.

Wenn Samo Kobenter mir im Wiener STANDARD ein »altmodisches Vorhaben« nachsagt, »weil es dem naiven Glauben an die Erzählbarkeit der Welt treu bleibt, daß dieser Kontinent, seit alters in Kriegen geschunden und geschändet, seine Würde im literarischen Text bewahrt, seinen Sinn in die Kunst hinübergerettet hat«, so kann ich gut damit leben, wenn altmodisch sein zuhören und hinsehen bedeutet, sammeln, achten, entdecken – und die Lust, Neues zu finden, nicht gleich beim leisesten Lüfterl über Bord geworfen wird.

Tobias Gohlis von der Hamburger ZEIT nennt unsere Europaerschließung »Entdeckungsreisen in literarische Landschaften, die scheinbar dem 19. Jahrhundert angehören und doch gegenwärtig sind in Gefühl und Geist ihrer Liebhaber«. Und nicht nur dies – ich weiß, daß mir Gohlis da zustimmt.

Es freut uns, daß die handlichen, edel gebundenen, mit Lesebändchen und Goldprägung ausgestatteten Büchlein angenommen werden und binnen kurzem so viele Freunde gefunden haben. Die Auszeichnung »Kleinodien« ehrt uns nicht weniger als jene durch Universitätsprofessor Günther Hödl, wenn er bemerkt:

»Aus diesen Büchern wächst das Land.« Es freut uns besonders, daß sie einer Buchserie zuteil wird, die mit rein literarischen Bildern auskommt und wo erstmals erreicht wurde, daß Autoren aus Ost und West nebeneinander stehen, ohne Pejorativ, einfach nur als Literaten, die uns allen etwas zu sagen haben, was es in dieser Art bisher noch nicht gegeben hat. Die FRANKFURTER ALLGEMEINE ZEITUNG bringt es wie folgt auf den Nenner: »Der Verlag hat sich zum Ziel gesetzt, Europa auch und ganz besonders an seinen Rändern zu erlesen, politische Grenzen spielen in diesem Konzept keine Rolle, denn es geht nicht um das Europa der EU, sondern um den gesamten Kontinent – von Island bis zu den Karpaten.«

Wir haben begonnen, einen Gobelin der Kulturen zu knüpfen, und die Reaktionen beweisen es in eindrucksvoller Weise: Es ist uns gelungen, ein wenig das Tuch zu lüpfen, unter dem sich ein ungeahnter Reichtum an Sprachen und Kulturen versteckt. Wir haben dem Geist jene Nahrung gegeben, der die Grenzen im Kopf zu überwinden imstande ist; denn erst mit der Überwindung der Begrenztheit kann es ein grenzenloses Europa geben, wird Ängsten der Boden entzogen, werden Demagogen arbeitslos.

Umso erfreulicher, daß auch schon vereinzelt Politiker die in den Büchern liegende Chance ergreifen und sie weiterschenken; es tun dies Pfarrer, Freundinnen bringen einander noch fehlende Exemplare mit, ein frisch pensionierter Chefredakteur bekommt eine Auswahl von einer Kollegin und entschließt sich, in seiner Hausbibliothek eine Subbibliothek zu begründen, nachdem er weitere Bände aus unserer Serie vom ehemaligen Landeshauptmann der Steiermark erhalten hat. Es gibt Reisegruppen, die mit den Büchern in der Tasche die Gegenden erkunden und dem Verlag sodann von ihrem Praxistest berichten. Die Liste ließe sich fortsetzen.

In diesem Herbst nun geht die dritte Tranche – erweitert um die Themenbände WEIHNACHTEN und IN ANDERER AUGEN – hinaus zu den Lesern, und ich möchte, Ihnen allen für die freundliche Aufnahme des Projektes dankend, um Weiterverbreitung werben: Greifen Sie munter nach den kleinen literarischen Flachmännern – der Geist des Buches soll Ihnen Ihre Abenteuer im Kopf beflügeln! Wollen Sie Freunden und Freundinnen Gutes tun, verweigern Sie Ihnen nicht den Genuß dieser Droge! Tauchen Sie ein und lassen Sie sich tragen von den Wortwellen des Radios EUROPA ERLESEN!

Lojze Wieser
August 1998

Inhalt

WALTER VON DER VOGELWEIDE

(ca. 1170-1230)

Gesegnet möchte ich heute aufstehen

Gesegnet möchte ich heute aufstehen,
Herr Gott, in Deinem Schutze gehen
und reiten, wohin ich mich auch wende.
Herr Jesu Christ, laß mich teilhaben
an der überreichen Fülle der Güte Dein,
und steh mir bei, nicht zuletzt um Deiner Mutter willen.
Wie ihr der heilige Engel half,
und auch Dir, der Du in der Krippe lagst,
als junger Mensch und alter Gott,
demütig vor dem Esel und dem Rinde,
– auch der gute Gabriel
nahm sich Deiner ernsthaft und getreulich an –
genauso behüte auch mich, daß Dein
göttliches Gebot sich an mir erfülle.

Es begab sich aber zu der Zeit / Das ein Gebot von dem Keiser Augusto ausgieng / Das alle Welt geschetzt würde.* Vnd diese Schatzung war die allererste / vnd geschach zur zeit / da Kyrenius Landpfleger in Syrien war. Vnd jederman gieng / das er sich schetzen liesse / ein jglicher in seine Stad.

Da machet sich auff auch Joseph / aus Galilea / aus der stad Nazareth / in das Jüdischeland / zur stad Dauid / die da heisst Bethlehem / Darumb das er von dem Hause vnd geschlechte Dauid war / Auff das er sich schetzen liesse mit Maria seinem vertraweten Weibe / die war schwanger. Vnd als sie daselbst waren / kam die zeit / das sie geberen solte. Vnd sie gebar jren ersten Son / vnd wickelt jn in Windeln / vnd leget jn in eine Krippen / Denn sie hatten sonst keinen raum in der Herberge.

Vnd es waren Hirten in der selbigen gegend auff dem felde / bey den Hürten / die hüteten des nachts jrer Herde. Vnd sihe / des HERRN Engel trat zu jnen / vnd die Klahrheit des HERRN leuchtet vmb sie / Vnd sie furchten sich seer. Vnd der Engel sprach zu jnen. FÜRCHTET EUCH NICHT / SIHE / JCH VERKÜNDIGE EUCH GROSSE FREUDE / DIE ALLEM VOLCK WIDERFAREN WIRD / DENN EUCH IST HEUTE DER HEILAND GEBÖRN / WELCHER IST CHRISTUS DER HERR / in der stadt Dauid.

---

* (Geschetzt) Schetzen ist hie das ein jglicher hat müssen ein Ort des gülden geben von jglichem Heubt.

Vnd das habt zum Zeichen / Jr werdet finden das Kind in windeln gewickelt / vnd in einer Krippen ligen. Vnd als bald ward da bey dem Engel die menge der himelischen Herrscharen / die lobten Gott / vnd sprachen / EHRE SEY GOTT IN DER HÖHE / VND FRIEDE AUFF ERDEN / VND DEN MENSCHEN EIN WOLGEFALLEN.*

Vnd da die Engel von jnen gen Himel furen / sprachen die Hirten vnternander / Lasst uns nu gehen gen Bethlehem / vnd die Geschicht sehen / die da geschehen ist / die vns der HERR kund gethan hat. Vnd sie kamen eilend / vnd funden beide Mariam vnd Joseph / dazu das Kind in der krippen ligen. Da sie es aber gesehen hatten / breiteten sie das wort aus / welchs zu jnen von diesem Kind gesagt war. Vnd alle / für die es kam / wunderten sich der Rede / die jnen die Hirten gesagt hatten. Maria aber behielt alle diese wort / vnd beweget sie in jrem hertzen. Vnd die Hirten kereten widerumb / preiseten vnd lobten Gott vmb alles / das sie gehöret vnd gesehen hatten / wie denn zu jnen gesagt war.

---

* (Wolgefallen) Das die menschen davon lust vnd liebe haben werden gegen Gott vnd vnternander. Vnd dasselb mit danck annemen / vnd darüber alles mit freuden lassen vnd leiden.

17,1–19,3 Die Geburt Jesu

Es erging aber ein Befehl von König Augustus, es sollten alle Leute in Bethlehem in Judäa sich (in eine Liste) eintragen lassen. Und Joseph sagte (bei sich): »Ich werde meine Söhne eintragen lassen. Was aber soll ich mit diesem Mägdlein machen? Wie soll ich sie eintragen lassen? Als meine Ehefrau? Ich habe eine gewisse Scheu davor. Oder als Tochter? Aber es wissen doch alle Kinder Israel, daß sie nicht meine Tochter ist. Der Tag des Herrn selbst wird es machen, wie der Herr will.« Und er sattelte den Esel und setzte sie darauf, und sein Sohn zog (den Esel vorn), und Joseph ging hinterdrein. Und sie hatten sich bis auf 3 Meilen (Bethlehem) genähert. Da wandte sich Joseph um und sah sie traurig und sprach bei sich: »Vielleicht macht ihr das zu schaffen, was in ihr ist.« Und ein ander Mal wandte sich Joseph um und sah sie lachen. Da sagte er zu ihr: »Maria, was ist dir, daß ich dein Gesicht das eine Mal lachen sehe, das andere Mal traurig?« Und Maria sagte zu Joseph: »Weil ich zwei Völker mit meinen Augen sehe, eines, das weint und wehklagt, und eines, das sich freut und jubelt.« Sie hatten den halben Weg zurückgelegt, da sagte Maria zu ihm: »Nimm mich herab vom Esel! Denn was in mir ist, drückt mich und will hervorkommen.« Da nahm er sie vom Esel herab und sagte zu ihr: »Wohin soll ich dich führen und dich in deinem unschicklichen Zustand in Schutz bringen? Denn die Gegend ist einsam.«

Und er fand dort eine Höhle und geleitete sie hinein, und er ließ seine Söhne ihr zur Seite und zog aus, um eine hebräische Hebamme in der Gegend von Bethlehem zu suchen. Ich aber Joseph ging umher und ging (wiederum) nicht umher und blickte nach oben in die Luft und sah die Luft erstarrt und blickte nach oben an das Himmelsgewölbe und sah es stillstehen und die Vögel des Himmels ohne Bewegung. Und ich blickte auf die Erde und sah eine Schüssel am Boden und Arbeiter (um sie) gelagert, und ihre Hände (waren) in der Schüssel, und die beim Kauen waren, kauten doch nicht, und die (Speise) nahmen, brachten (sie) doch nicht in die Höhe, und die (Speise) an ihren Mund führten, brachten (sie) doch nicht heran, sondern ihrer aller Gesichter blickten (unverwandt) nach oben. Und siehe, Schafe wurden dahergetrieben und kamen keinen Schritt vorwärts, sondern blieben stehen, und der Hirt erhob seine Hand, um sie mit dem Stecken zu schlagen, und seine Hand blieb oben stehen. Und ich blickte auf die Flut des Flusses und sah die Mäuler der Böcke darauf (auf der Oberfläche des Wassers) liegen und doch nicht trinken – und auf ein Mal ging alles (wieder) nach seinem (gewohnten) Lauf weiter.

Und siehe, eine Frau kam vom Gebirge herab, die sagte zu mir: »Mann, wohin bist du unterwegs?« Und ich sagte zu ihr: »Ich suche eine hebräische Hebamme.« Und sie gab zur Antwort und sagte zu mir: »Bist du aus Israel?« Und ich sagte zu ihr: »Ja.« Sie aber sagte: »Und wer ist die, die in der Höhle gebären soll?« Und ich sagte: »Meine Verlobte.« Da sagte sie zu mir: »Dann ist sie also nicht dein Weib?« Und ich sagte zu ihr: »Es ist Maria, die im Tempel des Herrn auferzogen worden ist; sie hatte ich mir zum Weibe erlost, und (gleichwohl) ist sie nicht mein Weib, sondern Empfängnis hat sie erhalten vom heiligen Geist.« Da sagte die Hebamme zu ihm: »Das soll wahr sein?« Und Joseph sagte zu ihr: »Komm und sieh!« Und die Hebamme ging mit ihm hin. Und sie standen an dem Platz, wo die Höhle war, und siehe, eine lichte Wolke hüllte die Höhle in Schatten. Da sagte die Hebamme: »Erhoben ist heute meine Seele. Denn meine Augen haben Wunderbares gesehen; denn für Israel ist Heil geboren worden.« Und sogleich verzog sich die Wolke aus der Höhle, und es erschien ein gewaltiges Licht in der Höhle, so daß unsere Augen es nicht ertragen konnten. Und nach kurzer Zeit verschwand jenes Licht, bis das Kind zu sehen war; und es kam und nahm die Brust von seiner Mutter Maria. Und die Hebamme schrie auf und rief: »Groß ist der Tag heute für mich, daß ich dies neue Schauspiel habe sehen dürfen!« Und die Hebamme verließ die Höhle. Da begegnete ihr Salome, und sie sagte zu ihr: »Salome, Salome! Ein neues Schauspiel habe ich dir zu erzählen: eine Jungfrau hat geboren, was doch ihre Natur gar nicht erlaubt!« Da sagte Salome: »So wahr der Herr, mein Gott, lebt, wenn ich meinen Finger nicht anlege und ihren Zustand untersuche, so glaube ich nicht, daß eine Jungfrau geboren hat.«

20,1–4 Die Feststellung der Jungfräulichkeit Marias

Und die Hebamme ging hinein und sagte zu Maria: »Lege dich zurecht! Denn kein geringfügiger Streit ist um dich im Gange.« Und Salome untersuchte unter Anlegen ihres Fingers ihren Zustand. Dann stieß sie Klagerufe aus und rief: »Wehe über mein Unrecht und meinen Unglauben! Denn ich habe den lebendigen Gott versucht. Siehe da, meine Hand fällt verbrannt von mir ab!« Und sie beugte ihre Knie vor dem Gebieter und sprach: »Gott meiner Väter! Gedenke meiner, daß ich Same Abrahams und Isaaks und Jakobs bin! Gib mich nicht vor den Kindern Israel der Schande preis, sondern gib mich den Armen wieder! Denn du weißt, Gebieter, daß ich auf deinen Namen hin meinen Dienst (an Armen und Kranken ohne Entgelt) ausübe und meinen Lohn (dafür) von dir empfing.« Und siehe, ein Engel des Herrn trat herzu und sprach zu ihr: »Salome, Salome! Erhört hat dich der Herr. Leg deine Hand an das Kindlein und trage es! Rettung und Freude wird dir zuteil werden.« Und Salome trat heran und trug es und sagte dabei: »Ich will ihm meine Verehrung darbringen, denn als großer König für Israel ist es geboren worden.« Und siehe, sogleich war Salome geheilt, und sie verließ die Höhle gerechtfertigt. Und siehe, eine Stimme sprach: »Salome, Salome! Erzähle nicht weiter, was du alles Wunderbares gesehen hast, bis der Knabe nach Jerusalem hineinkommt!«

JOHANNES TAULER

(1300–1361)

Weihnachtslied

Es kommt ein Schiff geladen
Bis an sein'n höchsten Bord;
Es trägt Gott's Sohn voll'r Gnaden,
Des Vaters ewig's Wort.

Das Schiff geht still im Triebe,
Es trägt ein' teure Last;
Der Segel ist die Liebe,
Der heil'ge Geist der Mast.

Der Anker haft't auf Erden,
Und das Schiff ist am Land;
Gott's Wort thut uns Fleisch werden,
Der Sohn ist uns gesandt.

Zu Bethlehem geboren
Im Stall ein Kindelein,
Giebt sich für uns verloren;
Gelobet muß es sein.

Und wer dies Kind mit Freuden
Küssen, umfangen will,
Der muß vor mit ihm leiden
Groß Pein und Marter viel;

Danach mit ihm auch sterben
Und geistlich auferstehn,
Ewig's Leben zu erben,
Wie an ihm ist geschehn.

MARTIN LUTHER

(1483–1546)

Ein Lobgesang von der Geburt Christi

Gelobet seist du, Jesu Christ,
daß du Mensch geboren bist
von einer Jungfrau, das ist wahr;
des freuet sich der Engel Schar.
Kyrieleis.

Des ewgen Vaters einig Kind
jetzt man in der Krippe findt.
In unser armes Fleisch und Blut
verkleidet sich das ewig Gut.
Kyrieleis.

Den aller Welt Kreis nie umschloß,
der liegt in Marien Schoß.
Er ist ein Kindlein worden klein,
der alle Ding erhält allein.
Kyrieleis.

Das ewig Licht geht da herein,
gibt der Welt ein neuen Schein.
Es leucht wohl mitten in der Nacht
und uns des Lichtes Kinder macht.
Kyrieleis.

Der Sohn des Vaters, Gott von Art,
ein Gast in der Welte ward
und führt uns aus dem Jammertal;
er macht uns Erben in sei'm Saal.
Kyrieleis.

Er ist auf Erden kommen arm,
daß er unser sich erbarm
und in dem Himmel mache reich
und seinen lieben Engeln gleich.
Kyrieleis.

Das hat er alles uns getan,
sein groß Lieb zu zeigen an.
Des freu sich alle Christenheit
und dank ihm des in Ewigkeit.
Kyrieleis.

CATHARINA REGINA VON GREIFFENBERG

(1633–1694)

Der Hl. Jungfrau Maria Wiegenlied

Wie sie dem lieben Jesulein vermutbar zugesungen

Schlaf, du edle Seelen-Ruh,
Schließ die Herzen-Lichter zu!
Komm, mein Josef, hilf mir wiegen
Mein und aller Welt Vergnügen!
Ich hab' in den Armen hie,
Den die Welt beschlosse nie.
In dem Herzen, in der Krippen,
Mit den Händen, Sinn und Lippen,
Wieg ich dich Sänftiglich.
Schlaf, du süße Seelen-Ruh,
Schließ die Herzen-Lichter zu!

Schlaf, du stille Seelen-Ruh,
Schließ die Herzen-Lichter zu!
Du, dem sonst der Engel Saiten
Eine Musik zubereiten,
Den der Himmel süße Zier
Lobt und ehret für und für.
Laß mein Herz-ergoßnes Singen
Wohl in deinen Ohren klingen,
Schönstes Kind,
Schlaf geschwind,
Schlaf, du edle Seelen-Ruh,
Schließ die Herzen-Lichter zu!

Schlaf, du stille Seelen-Ruh,
Schließ die Herzen-Lichter zu!
Schlaf, du meiner Keuschheit Krone,
Gottes und der Engel Wonne!
Schlaf, mein Kind! Mein Vater schlaf,
Und uns allen Ruh verschaff.
Auch im Schlaf er für uns wachet,
Unsre Wohlfahrt blühen machet
Mit Begier
Für und für.
Schlaf, du sanfte Seelen-Ruh,
Schließ die Herzen-Lichter zu!

Schlaf, du süße Seelen-Ruh,
Schließ die Herzen-Lichter zu!
Helle Sonn, laß dir gefallen,
Einzuhalten deine Strahlen.
Kommt die Zeit, so wird der Blitz
Deiner Gottheit Macht und Hitz
Alle Welt mit Glanz erfüllen,
Nach bestimmtem Gottes Willen.
Engel, singt,
Spielt und klingt:
Schlaf, du holde Seelen-Ruh,
Schließ die Herzen-Lichter zu!

Jetzt schläft unsre Seelen-Ruh,
Schließt die Herzen-Lichter zu.
Doch sein Herz bleibt ewig offen,
Wer nur fest in ihn kann hoffen.

Der den Tod zum Schlaf gemacht,
Und für unser Glück stets wacht,
Der das Glücke schlafend gibet
Seinen Freunden, die er liebet;
Schläft jetzund:
Daß er kunnt
Werden unsre Seelen-Ruh,
Schließet er die Augen zu.

ANGELUS SILESIUS

(1624–1677)

Du allerschönstes Bild

Du allerschönstes Bild, wem soll ich dich vergleichen?
Den weißen Lilien? Dem bunten Tausendschön?
Dem Zucker-Röselein? Ach nein, denn sie vergehn,
Verdorren und verbleichen.

Vielleicht soll ich dich die güldne Sonne nennen?
Den silberfarbnen Mond? Den schönen Morgenstern?
Vielleicht die Morgenröt? Ach nein, es fehlet fern:
Ich müßte dich verkennen.

Die Sonne borgt von dir ihr Licht und alle Strahlen,
Der Mond seinen Schein, die Sterne ihren Glanz,
Die Rötin ihre Zier; der Himmel muß sich ganz
Von deiner Schönheit malen.

Vielleicht gleichst du dem Blitz der Seraphinen?
Dem Thronen-Könige? Dem schönsten Engelein?
Dem Cherubiner-Fürst? Ach nein, es kann nicht sein,
Sie müssen dich bedienen.

Nun schau, ich finde nichts. Weil ichs doch an soll zeigen,
So sag ich klar und frei, daß du, o Jesu Christ,
Die ewge Schönheit selbst und unvergleichlich bist:
Drum ist es besser schweigen.

CHRISTIAN FÜRCHTEGOTT GELLERT

(1715–1769)

Dies ist der Tag

Dies ist der Tag, den Gott gemacht;
Sein werd in aller Welt gedacht!
Ihn preise, was durch Jesum Christ
Im Himmel und auf Erden ist!

Die Völker haben dein geharrt,
Bis daß die Zeit erfüllet ward;
Da sandte Gott von seinem Thron
Das Heil der Welt, dich, seinen Sohn.

Wenn ich dies Wunder fassen will,
So steht mein Geist vor Ehrfurcht still;

Er betet an, und er ermißt,
Daß Gottes Lieb unendlich ist.

Damit der Sünder Gnad erhält,
Erniedrigst du dich, Herr der Welt,
Nimmst selbst an unsrer Menschheit Teil,
Erscheinst im Fleisch und wirst uns Heil.

Dein König, Zion, kömmt zu dir.
»Ich komm, im Buch steht von mir;
Gott, deinen Willen tu ich gern.«
Gelobt sei, der da kömmt im Herrn!

Herr, der du Mensch geboren wirst,
Immanuel und Friedefürst,
Auf den die Väter hoffend sahn,
Dich, Gott Messias, bet ich an.

Du, unser Heil und höchstes Gut,
Vereinest dich mit Fleisch und Blut,
Wirst unser Freund und Bruder hier,
Und Gottes Kinder werden wir.

Gedanke voller Majestät!
Du bist es, der das Herz erhöht.
Gedanke voller Seligkeit!
Du bist es, der das Herz erfreut.

Durch Eines Sünde fiel die Welt.
Ein Mittler ist's, der sie erhält.
Was zagt der Mensch, wenn der ihn schützt,
Der in des Vaters Schoße sitzt?

Jauchzt, Himmel, die ihr ihn erfuhrt,
Den Tag der heiligsten Geburt;
Und Erde, die ihn heute sieht,
Sing ihm, dem Herrn, ein neues Lied!

Dies ist der Tag, den Gott gemacht;
Sein werd in aller Welt gedacht!
Ihn preise, was durch Jesum Christ
Im Himmel und auf Erden ist!

JOHANN GOTTFRIED VON HERDER

(1744–1803)

Weihnachtsgesang

Die ganze Menschheit freue sich!
Du, der Mensch bist, freue dich!
Geboren ist der gute Hirt,
Der alle Völker weiden wird,
In Treu und Wahrheit.

Mit göttlichgroßem Königssinn
Gibt er sich zum Opfer hin;
Er nimmt auf sich die Last der Zeit;
Verachtung, Schmach, Undankbarkeit
Erwarten seiner.

Doch Gottesgeist belebet ihn!
Jedem Frevler wird er kühn
Die Larv' entreißen; suchen wird

Er das Verlorne, was verirrt
Ist, wiederbringen,

Sein Zeichen ist die Dürftigkeit,
Menschenhuld sein Ehrenkleid,
Erbarmen ziehet ihn heran;
Der Völker Heil ist seine Bahn
Zum Himmelsfrieden.

Drum singen froh willkommend ihm
Cherubim und Seraphim
Ihr »Ehre sey Gott in der Höh'
Und Fried' auf Erden! Leid und Weh
Wird Wohlgefallen!«

Wir stimmen der Willkommung ein:
Unser Hirte soll er seyn,
In Wahrheit und Gerechtigkeit,
In Unschuld, Lieb und Freundlichkeit
und Menschengüte.

Wer unser arm Geschlecht entehrt,
Ist nicht dieses Königs werth;
Wer Menschen hasset und betrübt,
Nicht statt des Bösen Gutes gibt,
Ist sein nicht würdig.

O stimmt der Engel Glückwunsch bei:
»Fried auf Erden! Friede sey
Den Menschen!« So ist Gram und Leid
Verschwunden. Unser Herz erfreut
Sein Wohlgefallen.

JOHANN WOLFGANG VON GOETHE

(1749–1832)

Christgeschenk

Mein süßes Liebchen! Hier in Schachtelwänden
Gar mannigfalt geformte Süßigkeiten:
Die Früchte sind es heil'ger Weihnachtszeiten,
Gebackne nur, den Kindern auszuspenden!

Dir möcht' ich dann mit süßen Redewenden
Poetisch Zuckerbrot zum Fest bereiten;
Allein was soll's mit solchen Eitelkeiten?
Weg den Versuch, mit Schmeichelei zu blenden!

Doch gibt es noch ein Süßes, das vom Innern
Zum Innern spricht, genießbar in der Ferne,
Das kann nur bis zu dir hinüberwehen.

Und fühlst du dann ein freundliches Erinnern,
Als blinkten froh dir wohlbekannte Sterne,
Wirst du die kleinste Gabe nicht verschmähen.

FRIEDRICH ADOLF KRUMMACHER

(1767–1845)

Empor zu Gott, mein Lobgesang!

Empor zu Gott, mein Lobgesang!
Er, dem das Lied der Engel klang,
Der hohe Freudentag ist da!
Lobsinget ihm! Halleluja!

Vom Himmel kam in dunkler Nacht,
Der uns das Lebenslicht gebracht!
Nun leuchtet uns ein milder Strahl,
Wie Morgenroth im dunkeln Thal.

Er kam, des Vaters Ebenbild,
Von schlichtem Pilgerkleid umhüllt,
Und rühret uns mit sanfter Hand,
Ein treuer Hirt, in's Vaterland.

Er, der dort oben herrlich thront,
Hat unter uns, ein Mensch, gewohnt,
Damit auch wir ihm werden gleich
Auf Erden und im Himmelreich!

Einst führet er zur Himmelsbahn
Uns, seine Brüder, auch hinan,
Und wandelt unser Pilgerkleid
In Sternenglanz und Herrlichkeit.

Empor zu Gott, mein Lobgesang!
Er, dem der Engel Lied erklang,
Der hohe Freudentag ist da!
Ihr Christen, singt: Halleluja!

NOVALIS

(1772–1801)

Fern im Osten wird es helle

Fern im Osten wird es helle,
Graue Zeiten werden jung;
Aus der lichten Farbenquelle
Einen langen tiefen Trunk!
Alter Sehnsucht heilige Gewährung,
Süße Lieb' in göttlicher Verklärung.

Endlich kommt zur Erde nieder
Aller Himmel selges Kind,
Schaffend im Gesang weht wieder
Um die Erde Lebenswind,
Weht zu neuen ewig lichten Flammen
Längst verstiebte Funken hier zusammen.

Überall entspringt aus Grüften
Neues Leben, neues Blut,
Ewgen Frieden uns zu stiften,
Taucht er in die Lebensflut;
Steht mit vollen Händen in der Mitte
Liebevoll gewärtig jeder Bitte.

Lasse seine milden Blicke
Tief in deine Seele gehn,
Und von seinem ewgen Glücke
Sollst du dich ergriffen sehn.
Alle Herzen, Geister und die Sinnen
Werden einen neuen Tanz beginnen.

Greife dreist nach seinen Händen,
Präge dir sein Antlitz ein,
Mußt dich immer nach ihm wenden,
Blüte nach dem Sonnenschein;
Wirst du nur das ganze Herz ihm zeigen,
Bleibt er wie ein treues Weib dir eigen.

Unser ist sie nun geworden,
Gottheit, die uns oft erschreckt,
Hat im Süden und im Norden
Himmelskeime rasch geweckt.
Und so laßt im vollen Gottesgarten
Treu uns jede Knosp' und Blüte warten.

JOSEPH VON EICHENDORFF

(1788–1857)

Weihnachten

Markt und Straßen stehn verlassen,
Still erleuchtet jedes Haus,
Sinnend geh ich durch die Gassen,
Alles sieht so festlich aus.

An den Fenstern haben Frauen
Buntes Spielzeug fromm geschmückt,
Tausend Kindlein stehn und schauen,
Sind so wunderstill beglückt.

Und ich wandre aus den Mauern
Bis hinaus ins freie Feld,
Hehres Glänzen, heilges Schauern!
Wie so weit und still die Welt!

Sterne hoch die Kreise schlingen,
Aus des Schneees Einsamkeit
Steigts wie wunderbares Singen –
O du gnadenreiche Zeit!

FRIEDRICH RÜCKERT

(1788–1866)

Das Kind ist uns geboren

Man sagt mir, daß die Nacht wir heute feiern,
In der das Kind uns ist geboren worden;
Ich hört auch längst der Pifferari Orden
Frühmorgens mir es in die Ohren leiern.

Weihnachten ist mit stillen weißen Schleiern,
Gewebt aus Schnee, geschmückt bei uns im Norden
Und hier, so grün ist's an der Tiber Borden,
Wie dort zum Feste mit den bunten Eiern.

Die Glocken klingen festlich, wie zu Hause;
Doch anders als sie dort den Klang empfanden,
Empfinden hier ihn die erstaunten Ohren.

Mir ist, als ob mit hellbewegtem Brause
Sie immer läuteten: Christ ist erstanden!
Statt, wie es sich gebührt: Christ ist geboren!

FRANZ GRILLPARZER

(1791–1872)

Der Christbaum

im k. k. Militär-Invalidenhause, am 24. Dezember 1846
um 5 Uhr abends

Die ihr versammelt hier nach frommer Sitte,
Gar mancher nennt euch arm – ihr seid nicht reich! –
Und habt doch einen Christbaum in der Mitte,
Den Kindern reicher Menschen heute gleich.

Das macht: Gott gibt nicht stets mit eignen Händen,
Er borgt zum Geben oft die fremde Hand,
Läßt andere verteilen seine Spenden,
Der Bruder, hinter dem der Vater stand.

Und schafft so nicht nur Freudige, auch Gute,
– Denn Zufall scheint, was frei vom Himmel sank –
Macht glücklich Zwei und voll von edlem Mute,
Teilt das Gefühl in Wohlthat und in Dank.

So hat für euch, die Kinder wackrer Krieger,
Ein Kriegersohn wie ihr, und darin gleich,
Der Sohn des Helden, der bei Leipzig Sieger,
Die Früchte mancher Mühn bestimmt für euch.

Was er gesehn, erstrebt, gethan, gelitten,
Er gibt's der Welt, des Volkes Neugier preis

Und hat für sich als einz'gen Lohn erstritten
Hier diesen Christbaum, dieses Tannenreis![*]

Folgt ihm die Wohlthat nun auf seinen Wegen
Und stärkt ihn, wie ein feurig edler Trank,
Nehmt ihr den zweiten Teil von Gottes Segen
Und ehrt, was man euch gab, durch euern Dank.

MORITZ GOTTLIEB SAPHIR

(1795–1858)

Ein Weihnachtsbaum

Weil Tannenzweig hat kein Gewand
Als nur ein Kleid aus Nadeln,
Hat ihn erwählt die Gnadenhand
Als »Christbaum« ihn zu adeln.

Weil Tannenzweig so schmucklos steht
Im Reich belaubter Bäume,
Hat Christkind ihn so hoch erhöht
Für seines Festes Räume.

Im Saal und in der Hütte klein,
Kömmt heute er zu Ehren,
Es will auf ihm nur ganz allein
Das Christkind was bescheeren.

[*] Fürst Friedrich Karl Schwarzenberg hatte den Ertrag seiner Erinnerungen eines »verabschiedeten Landsknechtes« für die Soldatenkinder des Wiener Invalidenhauses bestimmt.

Es stehen um den Zweig, so schlicht,
Die Kindlein all', die frommen,
Von welchen Christus gnädig spricht:
»Sie sollen zu mir kommen!«

Es liebt der Herr die Kinder sehr,
Die unschuldsvollen, reinen,
Wenn Lachen ist ihr Herzverkehr,
Und mehr noch wenn sie weinen.

Er liebt auch jedes Menschenkind,
Das Kind bleibt im Gemüthe,
Das nicht geschleudert in den Wind
Des Herzens Blatt und Blüthe.

D'rum schmückt, ihr lieben Menschen, aus,
Den grünen Zweig der Tannen,
Und klopft ein Kind an Euer Haus,
So fragt nicht erst: Von wannen?

Ein Weihnachtsbaum das Leben war,
Gleich nach dem ersten Werde,
Geschmückt vom ersten Elternpaar,
Von Himmel und von Erde.

Die Erde schmückt den Lebensbaum
Mit Blumen und mit Früchten,
Mit Bild und Zierrath, Schaum und Traum,
Und weltlichen Geschichten.

Der Himmel zünd't die Lichtlein an,
Die lieben hellen Sterne,

Und knüpft die schönsten Mährlein an
Von oben aus der Ferne.

Die liebe Mutter Erde hat
Gar viel der bunten Gaben,
Sein Bischen Gold soll jedes Blatt,
Sein Zuckerwerk auch haben.

Der Himmelsvater schmückt den Baum
Mit höheren Geschenken,
Mit Hoffnung, Glaube, Liebestraum,
Mit Fühlen und mit Denken.

Und wenn des Lebens Weihe-Nacht
Geht einstens ganz zu Ende,
Der Mutter Erde Gabenpracht
Verschwindet ganz behende.

Und Blume, Gold und Flitterglanz,
All' die vergold'ten Nüsse,
Sie sinken mit dem Lebenskranz
In's Reich der Finsternisse.

Doch was der Vater, Himmel, gab,
Das nimmt der Mensch vom Baume.
Und nimmt's mit sich durch Tod und Grab
Nach jenem hohen Raume.

Ihm leuchten vor in's bess're Land
Aus diesem Erdenstaube,
Die Lichtlein, die am Baum' gebrannt,
Die »Hoffnung« und der »Glaube«.

Wer diese Lichtlein mit sich bringt,
Die Gott ihm hier bescheerte,
Zu dem sagt Christus unbedingt:
Du bleibst mein Kind, das werthe.

Mein Kind, geh' nun zum Himmel ein,
Dein wartet die Bescheerung,
Ein Weihnachtsbaum voll Sternenschein
Und ewige Verklärung.

ANNETTE VON DROSTE-HÜLSHOFF

(1797–1848)

Am Weihnachtstage

Durch alle Straßen wälzt sich das Getümmel,
Maultier, Kamele, Treiber – welch Gebimmel!
Als wolle wieder in die Steppe ziehn
Der Same Jakobs, und Judäas Himmel,
Ein Saphirscheinen über dem Gewimmel,
Läßt blendend seine Funkenströme sprühn.

Verschleiert Frauen durch die Gassen schreiten,
Schweißtriefend vom beladnen Tiere gleiten
Bejahrte Mütterchen; allüberall
Geschrei und Treiben wie vor Jehus Wagen:
Läßt wieder Jezabel ihr Antlitz ragen
Aus jener Säulen luftigem Portal?

’s ist Rom, die üpp’ge Priesterin der Götzen,
Die glänzendste und grausamste der Metzen,
Die ihre Sklaven zählt zu dieser Zeit.
Mit einem Griffel, noch vom Blute träufend,
Gräbt sie in Tafeln, Zahl auf Zahlen häufend,
Der Buhlen Namen, so ihr Schwert gefreit.

O Israel, wo ist dein Stolz geblieben?
Hast du die Hände blutig nicht gerieben,
Und deine Träne, war sie siedend Blut?
Nein, als zum Marktplatz deine Scharen wallen,
Verkaufend, feilschend unter Tempels Hallen:
Mit ihrem Gott zerronnen ist ihr Mut!

Zum trüben Irrwisch ward die Feuersäule,
Der grüne Aaronsstab zum Henkerbeile,
Und grausig übersteint das tote Wort
Liegt – eine Mumie im heil’gen Buche –,
Drin sucht der Pharisäer nach dem Fluche,
Ihn donnernd über Freund und Fremdling fort.

So, Israel, bist du gereift zum Schnitte,
Wie reift die Distel in der Saaten Mitte;
Und wie du stehst in deinem grimmen Haß
Genüber der geschminkt und hohlen Buhle,
Seid gleich ihr vor gerechtem Richterstuhle,
Von Blute sie und du von Geifer naß.

O tauet Himmel, tauet den Gerechten!
Ihr Wolken, regnet ihn, den wahr und echten
Messias, den Judäa nicht erharrt!
Den Heiligen und Milden und Gerechten,

Den Friedenskönig unter Hassesknechten,
Gekommen zu erweichen, was erstarrt!

Still ist die Nacht; in seinem Zelt geborgen,
Der Schriftgelehrte späht mit finstren Sorgen,
Wann Judas mächtiger Tyrann erscheint.
Dann lüftet er den Vorhang, starrend lange
Dem Sterne nach, der streicht des Äthers Wange
Wie Freudenzähre, die der Himmel weint.

Und fern vom Zelte über einem Stalle,
Da ists, als ob aufs niedre Dach er falle;
In tausend Radien sein Licht er gießt:
Ein Meteor! So dachte der Gelehrte,
Als langsam er zu seinen Büchern kehrte.
O weißt du, wen das niedre Dach umschließt?

In einer Krippe ruht ein neugeboren
Und schlummernd Kindlein; wie im Traum verloren
Die Mutter knieet, Weib und Jungfrau doch.
Ein ernster schlichter Mann rückt tief erschüttert
Das Lager ihnen; seine Rechte zittert
Dem Schleier nahe um den Mantel noch.

Und an der Türe stehn geringe Leute,
Mühsel'ge Hirten, doch die Ersten heute,
Und in den Lüften klingt es süß und lind,
Verlorne Töne von der Engel Liede:
Dem Höchsten Ehr und allen Menschen Friede,
Die eines guten Willens sind!

EDUARD MÖRIKE

(1804–1875)

Christbescherung

Am 23. Dezember war ein schön herangewachsener Nußbaum für meine Schwester Klärchen in den Garten gepflanzt worden, welcher am Weihnachtsabend festlich beleuchtet und geschmückt wurde.

Gesegnet sei er alle Zeit
Von der Wurzel bis zum Gipfel.
Uhland

Der Nußbaum spricht:
Heut' sieht man Büblein, Mägdlein warten
Auf einen schönen Christkindgarten.
Da stellt man in die Mitt hinein
Ein Tannenreis in Lichterschein,
Da hängt viel Naschwerk, Marzipan,
Auch sogar güldne Nüss' daran.
Doch sind die Nüsse dürr und alt,
Die grünen Zweige welken bald,
Das Bäumlein kann halt nicht verhehlen,
Daß Leben ihm und Wurzel fehlen.
Ein kluges Kind hat das bald weg,
Und ist nur gessen erst der Schleck,
Dann ist ein solcher Baum veracht't.
Sein Glanz und Lust war über Nacht. –
Schaut her! da bin ich, meiner Sex,
Doch ein ganz anderes Gewächs!

Mich lud der Freund in seinen Garten,
Dem blonden Kinde aufzuwarten;
Ich ginge gern hinein zum Liebchen
Und grüßte sie im warmen Stübchen,
Allein das schickt sich doch nicht ganz,
Ich bin ein gar zu langer Hans;
Drum bat ich sie zu mir heraus.
Zwar steh' ich kahl und ohne Strauß,
Doch wart'! es kommt die Sommerszeit
Da ist's, wo unsereins sich freut!
Da wickl' ich los mein würzig Blatt
Es sieht kein Menschenaug' sich satt;
Die Vögel singen in meinen Zweigen,
Und alles, Schätzchen, ist dein eigen!
Und hast du mir es heut verziehn,
Daß ich nun bloß von Früchten bin,
So bring' ich dir gewiß und wahr
Ein Schürzlein Nüsse Jahr für Jahr.

HANS-CHRISTIAN ANDERSEN

(1805–1875)

Der Tannenbaum

Draußen im Walde stand ein niedlicher kleiner Tannenbaum. Er hatte einen guten Platz, Sonne konnte er bekommen, Luft war genug da, und ringsumher wuchsen viele größere Kameraden, sowohl Tannen als Fichten. Der kleine Tannenbaum wünschte aber so sehnlich, größer zu werden! Er achtete nicht der warmen Sonne und der frischen Luft, er kümmerte sich nicht um die Bauernkinder, die da umhergingen und plauderten, wenn sie herausgekommen waren, um Erdbeeren und Himbeeren zu sammeln. Oft kamen sie mit einem ganzen Topf voll und hatten Erdebeeren an einen Strohhalm gereiht, dann setzten sie sich neben den kleinen Tannenbaum und sagten: »Nein! wie niedlich klein ist der!« Das mochte der Baum gar nicht hören.

Im folgenden Jahre war er um einen bedeutenden Ansatz größer, und das Jahr darauf war er um noch einen länger, denn an den Tannenbäumen kann man immer an den vielen Ansätzen, die sie haben, sehen, wie viele Jahre sie gewachsen sind.

»O, wäre ich doch so ein großer Baum, wie die andern!« seufzte das kleine Bäumchen, »dann könnte ich meine Zweige so weit umher ausbreiten und mit der Krone in die weite Welt hinausblicken! Die Vögel würden dann Nester in meinen Zweigen bauen, und wenn der Wind wehte, könnte ich so vornehm nicken, gerade wie die andern dort!«

Er hatte gar keine Freude am Sonnenschein, an den Vögeln und an den roten Wolken, die morgens und abends über ihn hinsegelten.

War es dann Winter und der Schnee lag weiß und funkelnd ringsumher, so kam häufig ein Hase angesprungen und setzte gerade über den kleinen Baum weg – oh, das war ihm so ärgerlich! – Aber zwei Winter vergingen, und im dritten war das Bäumchen so groß, daß der Hase um dasselbe herumlaufen mußte. Oh, wachsen, wachsen, groß und alt werden, das ist doch das einzig Schöne in dieser Welt, dachte der Baum.

Im Herbste kamen immer Holzhauer und fällten einige der größten Bäume, das geschah jedes Jahr, und den jungen Tannenbaum, der nun ganz gut gewachsen war, schauerte dabei, denn die großen prächtigen Bäume fielen mit Prasseln und Krachen zur Erde, die Zweige wurden ihnen abgehauen, die Bäume sahen ganz nackt, lang und schmal aus, sie waren fast nicht mehr zu erkennen. Aber dann wurden sie auf Wagen gelegt, und Pferde zogen sie davon, aus dem Walde hinaus.

Wo sollten sie hin? Was stand ihnen bevor?

Im Frühjahr, als die Schwalben und Störche kamen, fragte sie der Baum: »Wißt ihr nicht, wohin sie geführt wurden? Seid ihr ihnen nicht begegnet?«

Die Schwalben wußten nichts, aber der Storch sah nachdenklich aus, nickte mit dem Kopfe und sagte: »Ja, ich glaube wohl! Mir begegneten viele neue Schiffe, als ich aus Ägypten flog; auf den Schiffen waren prächtige Mastbäume, ich darf annehmen, daß sie es waren, sie hatten Tannengeruch, ich kann vielmals grüßen, ja! die prangen, die prangen!«

»Oh, wäre ich doch auch groß genug, um über das Meer hinfahren zu können! Wie ist denn eigentlich dieses Meer und wie sieht es aus?«

»Ja, das zu erklären, ist zu weitläufig«, sagten die Sonnenstrahlen, »freue dich deines frischen Wachstums, des jungen Lebens, das in dir ist.«

Und der Wind stützte den Baum, und der Tau weinte Tränen über ihn, aber das verstand der Tannenbaum nicht.

Wenn es gegen die Weihnachtszeit ging, wurden ganz junge Bäume gefällt, Bäume, die oft nicht einmal so groß oder gleichen Alters mit diesem Tannenbaum waren, der weder Ruhe noch Rast hatte, sondern immer davon wollte. Diese jungen Bäume, und es waren gerade die allerschönsten, behielten immer alle ihre Zweige, sie wurden auf Wagen gelegt, und Pferde zogen sie fort, aus dem Walde hinaus.

»Wohin sollten die?« fragte der Tannenbaum. »Sie sind nicht größer als ich, vielmehr war noch einer da, der war viel kleiner! Weshalb behielten sie alle ihre Zweige? Wohin fahren sie?«

»Das wissen wir! das wissen wir!« zwitscherten die Sperlinge. »Unten in der Stadt haben wir die Fenster gesehen! Wir wissen, wohin sie fahren! Oh, sie gelangen zur größten Pracht und Herrlichkeit, die man nur denken kann! Wir haben in die Fenster gesehen und haben wahrgenommen, daß sie mitten in der warmen Stube aufgepflanzt und mit den schönsten Sachen, vergoldeten Äpfeln, Honigkuchen, Spielzeug und vielen Hunderten von Lichtern geschmückt werden!«

»Und dann –?« fragte der Tannenbaum und bebte an allen Zweigen. »Und dann? Was geschieht dann?«

»Ja, mehr haben wir nicht gesehen! Das war unvergleichlich.« –

»Ob ich wohl auch bestimmt bin, diesen strahlenden Weg zu betreten?« jubelte der Tannenbaum. »Das ist besser als über das Meer zu ziehen! Wie leide ich an Sehnsucht! Wäre es doch Weihnachten! Nun bin ich groß und ausgewachsen, wie die andern, die im vorigen Jahre weggeführt wurden! – Oh, wäre ich erst auf dem Wagen! Wäre ich doch erst in der warmen Stube mit aller Pracht und Herrlichkeit! Und dann –? Ja, dann kommt noch etwas Besseres, noch weit Schöneres, weshalb würden sie uns sonst so schmücken! Es muß noch etwas Größeres, noch etwas Herrlicheres kommen! – Aber was? Oh, ich leide! ich sehne mich, ich weiß selbst nicht, wie mir ist!«

»Freue dich unser!« sagten Luft und Sonnenlicht, »freue dich deiner frischen Jugend im Freien!«

Aber er freute sich durchaus nicht und wuchs und wuchs! Winter und Sommer stand er grün, dunkelgrün stand er da, die Leute, die ihn sahen, sagten »das ist ein schöner Baum!« Und zur Weihnachtszeit wurde er von allen zuerst gefällt. Die Axt hieb tief durch das Mark, der Baum fiel mit einem Seufzer zu Boden, er fühlte einen Schmerz, eine Ohnmacht. Er konnte gar nicht an irgendein Glück denken, er war betrübt, von der Heimat scheiden zu müssen, von dem Flecke, auf dem er emporgeschossen war, er wußte ja, daß er die lieben alten Kameraden, die kleinen Büsche und Blumen ringsumher nie mehr sehen würde, ja vielleicht nicht einmal die Vögel. Die Abreise war durchaus nicht angenehm.

Der Baum kam erst wieder zu sich selbst, als er, im Hofe mit andern Bäumen abgepackt, einen Mann sagen hörte: »Dieser hier ist prächtig. Wir brauchen nur diesen!«

Nun kamen zwei Diener in vollem Putz und trugen den Tannenbaum in einen großen, schönen Saal. Ringsumher an den Wänden hingen Bilder, und neben dem Kachelofen standen große chinesische Vasen mit Löwen auf den Deckeln, da gab es Schaukelstühle, seidene Sofas, große Tische voller Bilderbücher und Spielzeug für hundertmal hundert Taler –

wenigstens sagten das die Kinder. Und der Tannenbaum wurde in ein großes mit Sand gefülltes Gefäß gestellt, aber niemand konnte sehen, daß es ein Gefäß war, denn es wurde rund herum mit grünen Zweigen behängt und stand auf einem bunten Teppich. O, wie der Baum bebte! Was wird nun wohl vorgehen? Sowohl die Diener als auch die Fräulein schmückten ihn. An seine Zweige hingen sie kleine Netze, ausgeschnitten aus farbigem Papier, jedes Netz war mit Zuckerwerk gefüllt, vergoldete Äpfel und Nüsse hingen herab, als wären sie festgewachsen, und über hundert rote, blaue und weiße Lichterchen wurden in den Zweigen festgesteckt. Puppen, die leibhaftig wie Menschen aussahen – der Baum hatte früher nie solche gesehen – schwebten im Grünen, und hoch oben auf der Spitze wurde ein Stern von Flittergold befestigt. Das war prächtig, ganz außerordentlich prächtig.

»Heut abend«, sagten alle, »heut abend wird es strahlen!«

»Oh!« dachte der Baum, »wäre es doch Abend! Würden nur die Lichter bald angezündet! Und was dann wohl geschieht? Ob da wohl Bäume aus dem Walde kommen, mich zu sehen? Ob die Sperlinge gegen die Fensterscheiben fliegen? Ob ich hier festwachse und Winter und Sommer geschmückt werde?«

Ja, er riet nicht übel! aber er hatte ordentlich Borkenschmerzen vor lauter Sehnsucht, und Borkenschmerzen sind für einen Baum eben so schlimm, wie Kopfschmerzen für uns andere.

Nun wurden die Lichter angezündet. Welcher Glanz! Welche Pracht! Der Baum bebte dabei an allen Zweigen so, daß eins der Lichter das Grüne anbrannte, es sengte ordentlich.

»Gott bewahre uns!« schrien die Fräulein und löschten es hastig aus.

Jetzt durfte der Baum nicht einmal mehr beben. Oh, das war ein Grauen! Ihm war so bange, etwas von seinem Schmuck zu verlieren, er war ganz betäubt von all dem Glanze. – Und nun gingen beide Flügeltüren auf – und eine Menge Kinder stürzten herein, als wollten sie den ganzen Baum umwerfen, die älteren Leute kamen bedächtig nach. Die kleinen Kinder standen ganz stumm, aber nur einen Augenblick, dann jubelten sie wieder, daß es nur so schallte, sie tanzten um den Baum herum, und ein Geschenk nach dem andern wurde abgepflückt.

»Was machen sie?« dachte der Baum. »Was soll geschehen?« Und die Lichter brannten bis dicht an die Zweige herunter, und je nachdem sie niederbrannten, wurden sie ausgelöscht, und dann erhielten die Kinder Erlaubnis, den Baum zu plündern. O, sie stürzten auf ihn ein, daß es in allen Zweigen knackte, wäre er nicht mit der Spitze und mit dem Goldsterne an der Decke befestigt gewesen, so wäre er umgestürzt.

Die Kinder tanzten mit ihrem prächtigen Spielzeug herum. Niemand sah nach dem Baume, ausgenommen das alte Kindermädchen, welches kam und zwischen die Zweige blickte, aber nur um zu sehen, ob nicht noch eine Feige oder ein Apfel vergessen worden wäre.

»Eine Geschichte! Eine Geschichte!« riefen die Kinder und zogen einen kleinen dicken Mann zum

Baume hin, und er setzte sich gerade unter denselben, »denn da sind wir im Grünen,« sagte er, »und der Baum kann besonderen Nutzen davon haben, zuzuhören! Aber ich erzähle nur *eine* Geschichte. Wollt ihr die von *Ivede-Avede* oder die von *Klumpe-Dumpe* hören, der die Treppe hinunterfiel und doch zu Ehren kam und die Prinzessin erhielt?«

»*Ivede-Avede!*« schrien einige, »*Klumpe-Dumpe*!« schrien andere, das war ein Rufen und Schreien! Nur der Tannenbaum schwieg ganz still und dachte: »Komme ich gar nicht mit, werde ich nichts dabei zu tun haben?« Er war ja mit gewesen, hatte ja geleistet, was er sollte.

Und der Mann erzählte von *Klumpe-Dumpe*, welcher die Treppen hinunterfiel und doch zu Ehren kam und die Prinzessin erhielt. Und die Kinder klatschten in die Hände und riefen: »Erzähle, erzähle!« Sie wollten auch die Geschichte von *Ivede-Avede* hören, aber sie bekamen nur die von *Klumpe-Dumpe*. Der Tannenbaum stand ganz stumm und gedankenvoll, nie hatten die Vögel im Walde dergleichen erzählt. »*Klumpe-Dumpe* fiel die Treppen herunter und bekam doch die Prinzessin! Ja, ja, so geht es in der Welt zu!« dachte der Tannenbaum und glaubte, daß es wahr sei, weil es ein so netter Mann war, der es erzählte. »Ja, ja! wer kann es wissen! Vielleicht falle ich auch die Treppe hinunter und bekomme eine Prinzessin.« Und er freute sich darauf, den nächsten Tag wieder mit Lichtern und Spielzeug, Gold und Früchten angeputzt zu werden.

»Morgen werde ich zittern!« dachte er. »Ich will mich recht aller meiner Herrlichkeit freuen. Morgen werde ich wieder die Geschichte von *Klumpe-Dumpe* und vielleicht auch die von *Ivede-Avede* hören.« Und der Baum stand die ganze Nacht still und gedankenvoll.

Am Morgen kamen die Diener und das Mädchen herein.

»Nun beginnt das Schmücken aufs neue!« dachte der Baum. Aber sie schleppten ihn zum Zimmer hinaus, die Treppe hinauf auf den Boden, und hier, in einem dunklen Winkel, wo kein Tageslicht hinschien, stellten sie ihn hin. »Was soll das bedeuten?« dachte der Baum. »Was soll ich hier wohl machen? Was mag ich hier wohl hören sollen?« Und er lehnte sich an die Mauer und dachte. – – Und er hatte Zeit genug; denn es vergingen Tag und Nächte, niemand kam hinauf, und als endlich jemand kam, so geschah es, um einige große Kasten in einen Winkel zu stellen. Nun stand der Baum ganz versteckt, man mußte glauben, daß er völlig vergessen war.

»Jetzt ist es Winter draußen!« dachte der Baum. »Die Erde ist hart und mit Schnee bedeckt, die Menschen können mich jetzt nicht pflanzen! deshalb soll ich wohl bis zum Frühjahr hier im Schutze stehen! Wie wohl bedacht das ist! Wie die Menschen doch so gut sind! – Wäre es hier nicht so dunkel und so schrecklich einsam! – Nicht einmal ein kleiner Hase! – Das war doch so niedlich da draußen im Walde, wenn der Schnee lag und der Hase vorübersprang, ja, selbst als er über mich hinwegsprang, aber damals konnte ich es nicht leiden. Hier oben ist es doch schrecklich einsam!«

»Pip, pip!« sagte da eine kleine Maus und huschte hervor, und dann kam noch eine kleine. Sie beschnüffelten den Tannenbaum, und dann schlüpften sie zwischen seine Zweige.

»Es ist eine greuliche Kälte!« sagten die kleinen Mäuse. »Sonst ist es hier gut sein! Nicht wahr, du alter Tannenbaum?«

»Ich bin gar nicht alt!« sagte der Tannenbaum, »es gibt viele, die weit älter sind, als ich!«

»Wo kommst du her?« fragten die Mäuse, »und was weißt du?« Sie waren gewaltig neugierig. »Erzähle uns doch von dem schönsten Orte auf Erden! Bist du dort gewesen? Bist du in der Speisekammer gewesen, wo Käse auf den Brettern liegen und Schinken unter der Decke hängen, wo man auf Talglicht tanzt, mager hineingeht und fett herauskommt?«

»Das kenne ich nicht!« sagte der Baum. »Aber den Wald kenne ich, wo die Sonne scheint und wo die Vögel singen!« Und dann erzählte er alles aus seiner Jugend, und die kleinen Mäuse hatten früher dergleichen nie gehört, und sie horchten auf und sagten: »Nein, wieviel du gesehen hast! Wie glücklich du gewesen bist!«

»Ich?« sagte der Tannenbaum und dachte über das, was er selbst erzählte, nach. »Ja, es waren im Grunde ganz fröhliche Zeiten!« – Aber dann erzählte er vom Weihnachtsabend, wo er mit Kuchen und Lichtern geschmückt war.

»Oh!« sagten die kleinen Mäuse, »wie glücklich du gewesen bist, du alter Tannenbaum.«

»Ich bin gar nicht alt!« sagte der Baum. »Erst diesen Winter bin ich vom Walde gekommen! Ich bin nur so im Wachstum zurückgeblieben.«

»Wie schön du erzählst!« sagten die kleinen Mäuse. Und in der nächsten Nacht kamen sie mit vier andern kleinen Mäusen, die den Baum erzählen hören sollten, und je mehr er erzählte, desto deutlicher erinnerte er sich selbst an alles und dachte: »Es waren doch ganz fröhliche Zeiten! Aber sie können wiederkommen, *Klumpe-Dumpe* fiel die Treppe hinunter und erhielt doch die Prinzessin. Vielleicht kann ich auch eine Prinzessin bekommen.« Und dann dachte der Tannenbaum an eine kleine niedliche Birke, die draußen im Walde wuchs, das war für den Tannenbaum eine wirkliche, schöne Prinzessin.

»Wer ist *Klumpe-Dumpe?*« fragten die kleinen Mäuse. Und dann erzählte der Tannenbaum das ganze Märchen, er konnte sich jedes einzelnen Wortes entsinnen, und die klugen Mäuse waren nahe daran, aus reiner Freude bis an die Spitze des Baumes zu springen. In der folgenden Nacht kamen weit mehr Mäuse, und am Sonntage sogar zwei Ratten, aber die meinten, die Geschichte sei nicht hübsch, und das betrübte die kleinen Mäuse, denn nun hielten sie auch weniger davon.

»Wissen Sie nur die eine Geschichte?« fragten die Ratten.

»Nur die eine!« sagte der Baum, »die hörte ich an meinem glücklichsten Abend, damals dachte ich nicht daran, wie glücklich ich war.«

»Das ist eine höchst jämmerliche Geschichte! Wissen Sie keine von Speck oder Talglicht? Keine Speisekammergeschichte?«

»Nein!« sagte der Baum.

»Dann danken wir dafür!« erwiderten die Ratten und gingen zu den Ihrigen zurück.

Die kleinen Mäuse blieben zuletzt auch weg, da seufzte der Baum, »Es war doch hübsch, als sie um mich herumsaßen, die beweglichen kleinen Mäuse, und zuhörten, wie ich erzählte! Nun ist das vorbei! – Aber ich werde daran denken, mich zu freuen, wenn man mich wieder hervorholt!«

Aber wann geschah das? – Ja, es war eines Morgens, da kamen Leute und wirtschafteten auf dem Boden, die Kasten wurden weggesetzt, der Baum wurde hervorgezogen, sie warfen ihn gegen den Fußboden, aber ein Diener schleppte ihn gleich nach der Treppe hin, wo der Tag leuchtete.

»Nun beginnt das Leben wieder!« dachte der Baum, er fühlte die frische Luft, die ersten Sonnenstrahlen – und nun war er draußen im Hofe. Alles ging so geschwind, der Baum vergaß völlig, sich selbst zu betrachten, da war so vieles ringsumher zu sehen. Der Hof stieß an einen Garten und alles blühte darin, die Rosen hingen so frisch und duftend über das kleine Gitter hinaus, die Lindenbäume blühten, und die Schwalben flogen umher und sagten: »Quirre-virre-vit, mein Mann ist kommen!« Aber es war nicht der Tannenbaum, den sie meinten.

»Nun werde ich leben!« jubelte dieser und breitete seine Zweige weit aus, aber ach, sie waren alle vertrocknet und gelb, und er lag da im Winkel zwischen Unkraut und Nesseln. Der Stern von Goldpapier saß noch oben an der Spitze und glänzte im hellen Sonnenschein.

Im Hofe selbst spielten einige von den munteren Kindern, die zur Weihnachtszeit den Baum umtanzt hatten und so fröhlich über ihn gewesen waren. Eins der Kleinsten lief hin und riß den Goldstern ab.

»Sieh, was da noch an dem häßlichen, alten Tannenbaume sitzt!« sagte es und trat auf die Zweige, so daß sie unter seinen Stiefeln knackten.

Und der Baum sah auf all die Blumenpracht und Frische im Garten, er betrachtete sich selbst und wünschte, daß er in seinem dunklen Winkel auf dem Boden liegen geblieben wäre, er gedachte seiner frischen Jugend im Walde, des lustigen Weihnachtsabends und der kleinen Mäuse, die so munter die Geschichte von *Klumpe-Dumpe* angehört hatten.

»Vorbei! Vorbei!« sagte der alte Baum. »Hätte ich mich doch gefreut, als ich es noch konnte! Vorbei! Vorbei!«

Und der Knecht kam und hieb den Baum in kleine Stücke; ein ganzes Bündel lag da, hell flackerte es auf unter dem großen Braukessel, und er seufzte tief, und jeder Seufzer war einem kleinen Schusse gleich: deshalb liefen die Kinder, die da spielten, herbei und setzten sich vor das Feuer, blickten in dasselbe hinein und riefen: »Pfiff! Pfiff!« Aber bei jedem Knalle, der ein tiefer Seufzer war, dachte der Baum an einen Sommertag im Walde oder an eine Winternacht da draußen, wenn die Sterne funkelten; er dachte an den Weihnachtsabend und an *Klumpe-Dumpe*, das einzige Märchen, welches er gehört hatte und zu erzählen wußte, und dann war der Baum verbrannt.

Die Knaben spielten im Garten, und der Kleinste hatte den Goldstern auf der Brust, den der Baum an seinem glücklichsten Abend getragen, und nun war der vorbei, und mit dem Baume war es vorbei und mit der Geschichte auch, vorbei, vorbei – und so geht es mit allen Geschichten!

THEODOR STORM

(1817–1888)

Weihnachtsabend

Die fremde Stadt durchschritt ich sorgenvoll,
Der Kinder denkend, die ich ließ zu Haus.
Weihnachten war's; durch alle Gassen scholl
Der Kinderjubel und des Markts Gebraus.

Und wie der Menschenstrom mich fortgespült,
Drang mir ein heiser Stimmlein in das Ohr:
»Kauft, lieber Herr!« Ein magres Händchen hielt
Feilbietend mir ein ärmlich Spielzeug vor.

Ich schrak empor, und beim Laternenschein
Sah ich ein bleiches Kinderangesicht;
Wes Alters und Geschlechts es mochte sein,
Erkannt ich im Vorübertreiben nicht.

Nur von dem Treppenstein, darauf es saß,
Noch immer hört ich, mühsam, wie es schien:
»Kauft, lieber Herr!« den Ruf ohn' Unterlaß;
Doch hat wohl keiner ihm Gehör verliehn.

Und ich? – War's Ungeschick, war es die Scham,
Am Weg zu handeln mit dem Bettelkind?
Eh meine Hand zu meiner Börse kam,
Verscholl das Stimmlein hinter mir im Wind.

Doch als ich endlich war mit mir allein,
Erfaßte mich die Angst im Herzen so,
Als säß mein eigen Kind auf jenem Stein
Und schrie nach Brot, indessen ich entfloh.

GOTTFRIED KELLER

(1819–1890)

Weihnachtsmarkt

Welch lustiger Wald um das graue Schloß
Hat sich zusammengefunden,
Ein grünes bewegliches Nadelgehölz,
Von keiner Wurzel gebunden!

Anstatt der warmen Sonne scheint
Das Rauschgold durch die Wipfel;
Hier backt man Kuchen, dort brät man Wurst,
Das Räuchlein zieht um die Gipfel.

Es ist ein fröhliches Leben im Wald,
Das Volk erfüllet die Räume;
Die nie mit Tränen ein Reis gepflanzt,
Die fällen am frohsten die Bäume.

Der eine kauft ein bescheidnes Gewächs
Zu überreichen Geschenken,
Der andre einen gewaltigen Strauch,
Drei Nüsse daran zu henken.

Dort feilscht um ein verkrüppeltes Reis
Ein Weib mit scharfen Waffen:
Der dünne Silberling soll zugleich
Den Baum und die Früchte verschaffen!

Mit glühender Nase schleppt der Lakai
Die schwere Tanne von hinnen,
Das Zöfchen trägt ein Leiterchen nach,
Zu ersteigen die grünen Zinnen.

Und kommt die Nacht, so singt der Wald
Und wiegt sich im Gaslichtscheine;
Bang führt die arme Mutter ihr Kind
Vorüber dem Zauberhaine.

Einst sah ich einen Weihnachtsbaum:
Im düstern Bergesbanne
Stand eisbezuckert auf dem Granit
Die alte Wettertanne.

Und zwischen den Ästen waren schön
Die Sterne aufgegangen,
Am untersten Ast sah ich entsetzt
Die alte Schmidtin hangen.

Hell schien der Mond ihr ins Gesicht,
Das festlich still verkläret;
Weil sie auf der Welt sonst nichts besaß,
Hatte sie sich selbst bescheret.

FJODOR MICHAJLOWITSCH DOSTOJEWSKIJ

(1821–1881)

Der Junge beim Herrn Jesus zur Weihnacht

Der Junge »mit dem Händchen«

Die Bettelkinder sind ein sonderbares Völkchen; ich träume von ihnen und sehe sie in Gedanken. Vor dem Weihnachtsabend und am Weihnachtsabend selbst traf ich immer auf der Straße an einer bestimmten Ecke einen kleinen Jungen, der gewiß nicht mehr als sieben Jahre alt war. Trotz der furchtbaren Kälte war er fast sommerlich gekleidet; nur der Hals war ihm mit einem alten Lappen umwickelt; also rüstete ihn doch jemand aus, bevor er ihn losschickte. Er ging »mit dem Händchen«; das ist der Fachausdruck und bedeutet: betteln. Den Ausdruck haben sich diese Kinder selbst erdacht: Solche Jungen wie ihn gibt es eine Menge; sie stellen sich einem in den Weg und heulen einem etwas Auswendiggelerntes vor; aber dieser heulte nicht, sondern redete so unschuldig, als wäre er es noch nicht gewohnt, und sah mir vertrauensvoll in die Augen – also war er in seiner Profession erst ein Anfänger. Auf meine Frage teilte er mir mit, er habe eine Schwester, die ohne Arbeit krank zu Hause sitze. Vielleicht war es die Wahrheit; nur erfuhr ich später, daß unzählig viele Jungen so reden. Sie werden »mit dem Händchen« selbst in die grimmigste Kälte hinausgeschickt, und wenn sie nichts nach Hause bringen, so bekommen sie mit Sicherheit Schläge. Wenn so ein Junge einige Kopeken zusammengebracht hat, dann kehrt er mit roten, steifgefrorenen Händen in eine Kellerwohnung zurück, wo eine Rotte von Fabrikarbeitern säuft, von der Sorte derjenigen, die, nachdem sie am Sonnabend in der Fabrik aufgehört haben zu arbeiten, nicht vor Mittwochabend wieder zur Arbeit zurückkehren. Dort in den Kellerwohnungen saufen mit ihnen zusammen auch ihre hungernden, vielgeprügelten Weiber, und ebendort wimmern ihre hungernden Säuglinge. Branntwein und Schmutz und Unsittlichkeit gibt es dort, besonders aber Branntwein. Mit den zusammengebettelten Kopeken wird der Junge gleich in die Schenke geschickt, um noch mehr Branntwein zu holen. Zum Spaß gießen sie ihm manchmal ein Achtelstof in den Mund und lachen wiehernd, wenn ihm der Atem vergeht, und er beinahe bewußtlos zu Boden fällt.

Und ohne Mitleid goß er mir
Den garstgen Branntwein in den Mund ...*

Wenn er etwas älter ist, bringt man ihn so bald wie möglich in eine Fabrik; aber alles, was er durch seine Arbeit erwirbt, muß er wieder jenen Kerlen bringen, und die vertrinken es. Aber schon ehe sie in die Fabrik kommen, werden diese Kinder vollkommene Verbrecher. Sie treiben sich in der Stadt umher und kennen in allerlei Kellern Orte, wo sie unterschlüpfen und unbemerkt übernachten können. Einer von ihnen brachte mehrere Nächte nacheinander bei ei-

* Zitat nach einem Gedicht von Nekrassow.

nem Hausknecht in einer Schenke zu, ohne daß dieser es bemerkte. Selbstverständlich werden sie kleine Diebe. Der Diebstahl wird sogar achtjährigen Kindern zur Leidenschaft, und mitunter wird ihnen das Verbrecherische einer solchen Handlungsweise gar nicht bewußt. Schließlich lernen sie alles ertragen: Hunger, Kälte, Schläge, wenn sie nur eines haben, nämlich die Freiheit, und so bald wie möglich laufen sie ihren ursprünglichen Gebietern fort, um sich auf eigene Faust herumzutreiben. So ein kleiner Wilder weiß manchmal gar nichts, weder in welcher Stadt er lebt, zu welchem Volk er gehört, noch ob es einen Gott oder einen Kaiser gibt; es werden über sie sogar ganz unglaubliche Dinge erzählt, und doch sind es Tatsachen.

Der Junge beim Herrn Jesus zur Weihnacht

Aber ich bin Novellist und habe, wie ich glaube, die folgende Geschichte selbst ersonnen. Warum schreibe ich: »wie ich glaube«? Ich weiß ganz genau, daß ich sie ersonnen habe; aber ich habe immer die Vorstellung, daß sich das irgendwo einmal begeben hat, und zwar gerade am Weihnachtsabend in einer sehr großen Stadt und bei furchtbarer Kälte.

Ein Junge steht mir vor Augen, ein noch sehr kleiner Junge, sechsjährig oder noch jünger. Dieser Junge erwachte am Morgen in einer feuchten, kalten Kellerwohnung. Er trug ein dürftiges Kittelchen und zitterte vor Frost. Der Atem flog als weißer Dampf aus seinem Mund, und in einer Ecke auf einem Kasten sitzend, ließ er vor Langeweile diesen Dampf absichtlich herausströmen und vergnügte sich damit, zu sehen, wie er davonflog. Aber er hatte großen Hunger. Mehrere Male seit dem Morgen war er an die Pritsche herangetreten, wo auf einer Unterlage, so dünn wie ein Eierkuchen, mit einem Bündel statt eines Kissens unter dem Kopf seine kranke Mutter lag. Wie war sie hierher geraten? Wahrscheinlich war sie mit ihrem Jungen aus einer anderen Stadt gekommen und hier plötzlich erkrankt. Die Vermieterin der Schlafstellen hatte man schon vor zwei Tagen zur Polizei geholt; die Mieter waren davongegangen, um den Feiertag zu begehen; nur einer, der den Feiertag nicht hatte abwarten können, war dageblieben und lag schon einen ganzen Tag lang völlig betrunken da. In einer anderen Ecke des Zimmers stöhnte, von Rheumatismus geplagt, eine achtzigjährige alte Frau, die früher einmal Kinderfrau gewesen war, jetzt aber einsam im Sterben lag; sie ächzte, murmelte und brummte den Knaben an, so daß er sich schon fürchtete, ihrem Winkel zu nahe zu kommen. Trinkwasser hatte er irgendwo auf dem Flur gefunden; aber eine Brotrinde konnte er nirgends auftreiben und trat wohl schon zum zehntenmal an seine Mutter heran, um sie aufzuwecken. Schließlich wurde ihm bange in der Dunkelheit: Es war längst Abend geworden; aber Licht wurde nicht angesteckt. Als er das Gesicht seiner Mama betastete, wunderte er sich, daß sie sich gar nicht bewegte und so kalt war wie die Wand. »Es ist hier doch sehr kalt«, dachte er, blieb noch ein Weilchen stehen, ließ unbewußt seine Hand auf der Schulter der Toten liegen, hauchte dann auf seine Fingerchen, um sie zu erwärmen, und ging, als er plötzlich auf der Pritsche sein Mützchen fand, leise und tastend aus dem Keller hinaus. Er wäre schon früher gegangen; doch er hatte sich immer oben an der Treppe vor dem großen Hund gefürchtet, der den ganzen Tag vor der Tür des Nachbarhauses geheult hatte. Aber der Hund war nicht mehr da, und so ging der Junge schnell auf die Straße.

O Gott, was war das für eine Stadt! So etwas hatte er noch nie gesehen. Dort in der Stadt, aus der er kam, waren die Nächte so schwarz und finster gewesen; auf der ganzen Straße hatte es nur eine einzige Laterne gegeben. Bei den niedrigen Holzhäuschen wurden abends die Fensterläden zugemacht, auf der Straße war nach dem Dunkelwerden kein Mensch mehr; alle schlossen sich in ihre Häuser ein, und nur Rudel von Hunden, Hunderte und Tausende, bellten und heulten die ganze Nacht über. Dafür aber war es dort schön warm gewesen, und er hatte zu essen bekommen; aber hier – o Gott, wenn er doch etwas zu essen bekäme! Und was war hier für ein Gerassel und Gelärme und wieviel Licht und wie viele Menschen, Pferde und Wagen und so eine Kälte, eine Kälte! Gefrierender Dampf quillt aus den heiß atmenden Nüstern der scharf angetriebenen Pferde; durch den lockeren Schnee hindurch hört man das helle Klingen der Hufeisen auf den Pflastersteinen, und alle Menschen drängen und stoßen sich so, und, o Gott, er möchte so gern etwas essen, wenn auch nur einen kleinen Bissen, und seine Fingerchen tun ihm auf einmal so weh. Ein Ordnungshüter geht vorüber und wendet sich ab, um den Knaben nicht zu bemerken.

Und da ist wieder eine Straße – oh, wie breit die ist! Hier werden sie ihn gewiß zerdrücken und zertreten;

wie sie alle schreien und laufen und fahren; und das viele Licht, das viele Licht! Aber was ist das? Ach, was für ein großes Glasfenster, und hinter den Glasscheiben ist ein Zimmer und in dem Zimmer ein Baum, der bis an die Decke reicht: Das ist ein Weihnachtsbaum, und an dem Weihnachtsbaum sind so viele Lichter, so viel Goldpapier und Äpfel und ringsum sind Püppchen und kleine Pferdchen; und im Zimmer laufen Kinder umher, schön geputzte, saubere Kinder, und lachen und spielen und essen und trinken etwas. Da, dieses kleine Mädchen fängt an, mit einem kleinen Knaben zu tanzen; nein, was ist das für ein hübsches kleines Mädchen! Und auch Musik ist da; man kann sie durch die Glasscheiben hören. Der Junge schaut und staunt, und da lacht er auch schon; aber ihm tun bereits die Zehen weh, und seine Finger sind ganz rot geworden, biegen sich nicht mehr und schmerzen bei jeder Bewegung. Und auf einmal merkt der Junge, daß ihm die Finger und Zehen so weh tun, er fängt an zu weinen und läuft weiter, und da sieht er wieder durch ein anderes Fenster in ein Zimmer hinein, und da sind wieder Bäume, auf den Tischen aber liegt vielerlei Kuchen, Mandelkuchen und roter und gelber, und vier reichgekleidete Damen sitzen da, und jedem, der kommt, geben sie Kuchen; die Tür öffnet sich alle Augenblikke, und viele Herrschaften kommen zu ihnen herein. Der Junge schleicht sich heran, macht plötzlich die Tür auf und geht hinein. Aber o weh, wie sie ihn anschreien und ihn hinausweisen! Eine der Damen tritt schnell auf ihn zu, schiebt ihm eine Kopeke in die Hand und macht ihm selbst die Tür zur Straße auf.

Wie ist er erschrocken! Das kleine Geldstück aber fällt sofort klingend auf die Stufen; er kann seine roten Fingerchen nicht zusammenbiegen, um es festzuhalten. Der Junge läuft ganz schnell weg, ganz schnell; aber wohin er läuft, das weiß er selbst nicht. Er will wieder anfangen zu weinen; aber er fürchtet sich und läuft und läuft und haucht auf seine Händchen. Und er wird so traurig, weil er sich auf einmal allein fühlt, und er hat Angst, und plötzlich, o Gott, was ist da wieder? Da stehen die Menschen dicht gedrängt und staunen: Auf einem Fensterbrett hinter der Glasscheibe sind drei kleine Puppen in roten und grünen Kleidchen, richtig als wären sie lebendig! Ein altes Männchen sitzt da und tut, als spiele es auf einer großen Geige, und zwei andere stehen daneben und spielen auf kleinen Geigen und nicken im Takt mit den kleinen Köpfen und sehen sich an, und ihre Lippen bewegen sich und sprechen; sie sprechen wirklich, nur kann man es durch die Glasscheibe nicht hören. Zuerst denkt der Junge, sie seien lebendig; aber als er genau gemerkt hat, daß es Puppen sind, da lacht er auf einmal. Noch nie hat er solche Puppen gesehen und hat gar nicht gewußt, daß es so etwas gibt! Er möchte eigentlich weinen; aber er muß lachen, über die Puppen lachen. Plötzlich fühlt er, daß ihn jemand von hinten am Kittel packt; ein großer, böser Junge steht neben ihm, schlägt ihm unversehens auf den Kopf, reißt ihm die Mütze herunter und stellt ihm ein Bein. Der Junge fällt hin, die Umstehenden schreien auf; einen Augenblick ist er wie betäubt; dann springt er auf und läuft und läuft, er weiß selbst nicht, wohin; er flüchtet sich durch ein Tor auf einen fremden Hof und setzt sich da hinter das Holz: »Hier werden sie mich nicht finden; es ist ja auch dunkel!«

Er sitzt da, krümmt sich ganz zusammen und kann kaum atmen vor Angst; aber plötzlich, ganz plötzlich wird ihm so wohl zumute: Die Hände und Füße tun ihm auf einmal nicht mehr weh, und ihm wird so warm, so warm wie an einem Ofen; da zuckt er ganz zusammen: Ach, er wäre ja beinahe eingeschlafen! Wie schön es sich hier einschläft! Ich werde noch ein Weilchen hier sitzen und dann wieder hingehen und die Püppchen ansehen«, denkt der Junge und lächelt bei der Vorstellung daran. Richtig als wären sie lebendig ... Und auf einmal glaubt er zu hören, daß über seinem Kopf seine Mama ein Liedchen singt. »Mama, ich schlafe; ach, wie schön schläft es sich hier!«

»Komm zu mir zum Christbaum, mein Kind!« flüstert über ihm auf einmal eine leise Stimme.

Er denkt zuerst, das sei immer noch die Mama; aber nein, sie ist es nicht; wer ihn gerufen hat, sieht er nicht, aber jemand beugt sich über ihn und umarmt ihn in der Dunkelheit; er streckt ihm die Hand entgegen ... und auf einmal – o wieviel Licht! O was für eine Weihnachtstanne! Aber das ist ja keine Tanne; solche Bäume hat er noch nie gesehen! Wo ist er jetzt nur: Alles glänzt, alles strahlt, und ringsumher sind lauter Puppen – aber nein, es sind lauter Knaben und Mädchen, aber sie glänzen so; alle küssen sie ihn, nehmen ihn und tragen ihn mit sich, und auch er selbst fliegt, und da sieht er: Seine Mutter blickt ihn an und lacht ihm freudig zu.

»Mama, Mama! Ach, wie schön ist es hier, Mama!« ruft ihr der Junge zu, und er küßt sich wieder mit den

Kindern und möchte ihnen gleich von den Püppchen hinter der Glasscheibe erzählen. »Wer seid ihr, Mädchen?« fragt er lachend; er hat sie alle so lieb.

»Das ist der Christbaum,« antworten sie ihm. »Beim Herrn Jesus brennt an diesem Tag immer ein Weihnachtsbaum für die kleinen Kinder, die dort keinen eigenen Weihnachtsbaum haben ...«

Und er erfährt, daß diese Knaben und Mädchen allesamt solche Kinder gewesen sind wie er, daß aber die einen schon in den Körben erfroren, in denen sie auf den Treppen vor den Türen wohlhabender Petersburger Beamten ausgesetzt wurden, andere bei den finnländischen Bäuerinnen umkamen, denen das Findelhaus sie zum Aufziehen übergeben hatte, wieder andere an den ausgetrockneten Brüsten ihrer Mütter starben (bei der Hungersnot in Samara), wieder andere in der verdorbenen Luft in Waggons dritter Klasse erstickten. Und alle sind sie jetzt hier, alle sind sie jetzt wie Engel, alle beim Herrn Jesus, und der Herr Jesus selbst ist mitten unter ihnen und streckt die Arme nach ihnen aus und segnet sie und ihre sündigen Mütter ... Die Mütter dieser Kinder aber stehen da, ein bißchen abseits, und weinen; jede erkennt ihren Jungen oder ihr Mädchen, und diese fliegen zu ihnen hin und küssen sie und wischen ihnen mit ihren Händchen die Tränen ab und bitten sie, nicht zu weinen, da sie es hier doch so gut hätten ...

Da unten aber fanden am andern Morgen Hausknechte hinter dem Holz die kleine Leiche eines Jungen, der sich verlaufen hatte und erfroren war; sie machten auch seine Mutter ausfindig; die war schon vor ihm gestorben; bei Gott dem Herrn im Himmel sahen sie sich beide wieder.

Warum habe ich nun eigentlich diese Geschichte ersonnen, die so wenig in ein gewöhnliches, vernünftiges Tagebuch hineinpaßt, noch dazu in das eines Schriftstellers? Und außerdem hatte ich hauptsächlich Erzählungen über wirkliche Begebenheiten versprochen! Aber die Sache ist eben die: Ich habe dauernd die Vorstellung, daß sich das alles wirklich hat begeben können – das heißt, was in der Kellerwohnung und hinter dem Holz vorging; was aber den Weihnachtsbaum beim Herrn Jesus betrifft, so weiß ich freilich nicht, wie ich mich darüber äußern soll, ob es sich begeben könnte oder nicht. Dazu bin ich eben Novellist, um mir so etwas auszudenken.

(1876)

CONRAD FERDINAND MEYER

(1825–1898)

Friede auf Erden

Da die Hirten ihre Herde
Ließen und des Engels Worte
Trugen durch die niedre Pforte
Zu der Mutter und dem Kind,
Fuhr das himmlische Gesind
Fort im Sternenraum zu singen,
Fuhr der Himmel fort zu klingen:
Friede, Friede! auf der Erde!

Seit die Engel so geraten,
O wie viele blut'ge Taten
Hat der Streit auf wildem Pferde,
Der geharnischte, vollbracht!
In wie mancher heil'gen Nacht
Sang der Chor der Geister zagend,
Dringlich flehend, leis verklagend:
Friede, Friede … auf der Erde!

Doch es ist ein ew'ger Glaube,
Daß der Schwache nicht zum Raube
Jeder frechen Mordgebärde
Werde fallen allezeit:
Etwas wie Gerechtigkeit
Webt und wirkt in Mord und Grauen,
Und ein Reich will sich erbauen,
Das den Frieden sucht der Erde.

Mählich wird es sich gestalten,
Seines heil'gen Amtes walten,
Waffen schmieden ohne Fährde,
Flammenschwerter für das Recht,
Und ein königlich Geschlecht
Wird erblühn mit starken Söhnen,
Dessen helle Tuben dröhnen:
Friede, Friede auf der Erde!

PAUL VERLAINE

(1844–1886)

Weihnacht

Kleiner Jesus, du, zu dem wir werden,
wenn wir Gott, den Vater, schauen wollen,
laß dereinst uns wieder auferstehen,

rein und nackt, als Kind, und ohne Zuflucht
außer einem Stall; von Ochs und Esel,
niedrigen Gefährten, nur behütet.

Laß unwissend uns und tief durchdrungen
von der größten Schwachheit sein, in welcher
demutsvolle Kindheit ward gesegnet;

handeln laß uns, auf daß nichts verletze
den noch unschuldsvollen und von keiner
Zärtlichkeit berührten Körper …

Ohne daß das schwache Auge schmerzhaft
selbst den matten Glanz der Morgenröte,
den bereits erlösenden, empfinde,

und des Abends allerletztes Leuchten
ohne anderes Vergnügen spüre
als nach einem langen, warmen Schlummer.

Laß uns Kinder sein, die dieses Leben
– ob zu hartem, ob zu leichtem Lose? –
vorbestimmt zu Sklaven oder freien

Menschen, und zu welchem schweren Kreuze?

GUY DE MAUPASSANT

(1850–1893)

Christnacht

»Weihnachtsrummel! Weihnachtsrummel! Nein, zum Teufel, ich mach' ihn nicht mit!«

Der dicke Henri Templier sagte es mit wütender Stimme, als hätte man ihm irgendeine Gemeinheit vorgeschlagen.

Die anderen riefen lachend: »Warum bist du denn so zornig?«

Er antwortete: »So ein Weihnachtsrummel hat mir den übelsten Streich meines Lebens gespielt, deshalb habe ich einen unüberwindlichen Widerwillen gegen diese dumme Nacht mit ihrer albernen Ausgelassenheit.«

»Wieso denn?«

»Wieso? Wollt ihr es denn wissen? Dann hört zu:

Erinnert ihr euch noch, wie kalt es vor zwei Jahren um diese Zeit war. Ein Frost, daß die Armen auf der Straße umfielen. Die Seine war zugefroren. Beim Gehen schnitt die Kälte durch die Sohlen in die Füße. Die Welt schien vor Kälte bersten zu wollen.

Ich hatte gerade eine große Arbeit vor und schlug daher jede Einladung zum Weihnachtsrummel aus. Ich wollte die Nacht an meinem Schreibtisch verbringen. Ich aß darum allein zu Abend, und dann ging ich an die Arbeit.

Aber gegen zehn Uhr begann der Gedanke an die Ausgelassenheit, die nun in Paris tobte, der Lärm, der von der Straße zu mir heraufdrang, die Vorbereitungen meiner Nachbarn zum Souper, die ich durch die Wände hörte, mich zu beunruhigen. Ich wußte nicht mehr, was ich tat. Ich schrieb lauter dummes Zeug und sah bald, daß ich die Hoffnung aufgeben mußte, in dieser Nacht etwas Ordentliches zustande zu bringen.

Ich schritt in meinem Zimmer auf und ab, setzte mich, stand wieder auf. Der geheimnisvolle Einfluß der Freude draußen drang zu mir, und ich ergab mich.

Ich schellte nach der Magd und sagte zu ihr: »Angèle, gehn Sie und besorgen Sie mir ein Abendessen für zwei Personen: Austern, kaltes Rebhuhn, Krebse, Schinken, Kuchen. Bringen Sie auch zwei Flaschen Sekt mit. Decken Sie dann den Tisch und gehen Sie ruhig schlafen.«

Sie gehorchte etwas überrascht. Als alles fertig war, zog ich meinen Überzieher an und ging aus.

Eine schwierige Frage blieb noch zu erledigen: Mit wem sollte ich Weihnachten feiern? Meine Freundinnen waren alle eingeladen. Hätte ich eine bei mir haben wollen, dann hätte ich sie beizeiten bitten müssen. Da kam ich auf die Idee, mit meinem Amüsement eine gute Tat zu verbinden. Ich sagte mir:

Paris ist voll von armen und hübschen Mädchen, die heute kein Abendessen haben und deshalb auf freigebige Junggesellen Jagd machen. Ich will die Weihnachtsvorsehung für eine dieser Enterbten spielen.

Ich will herumbummeln, die Vergnügungslokale aufsuchen, fragen, suchen, nach meinem Geschmack wählen.

Und ich fing an, durch die Stadt zu laufen.

Natürlich fand ich viele arme Mädchen, die auf Abenteuer aus waren, aber sie waren so häßlich, daß mir übel wurde, oder so mager, daß sie gleich zu Eis gefroren wären, wenn sie einen Moment stehengeblieben wären.

Ihr wißt ja, ich habe nun mal eine Schwäche für üppige Frauen. Je mehr Fleisch sie haben, um so lieber sind sie mir. Ein Koloß kann mich um alle Vernunft bringen.

Plötzlich sah ich vor dem Varieté-Theater ein Profil nach meinem Geschmack. Ein Kopf, darunter zwei Wölbungen: ein Busen, sehr schön, und dann ein Leib, einfach großartig, der Bauch einer Stopfgans. Ich murmelte: »Mein Gott, ist das Mädel schön!« Ein Punkt nur blieb dunkel: das Gesicht.

Das Gesicht ist das Dessert, das übrige ist … ist der Braten. Ich beschleunigte meine Schritte, überholte das Mädchen und drehte mich unter einer Gaslaterne plötzlich um.

Sie war entzückend, ganz jung, brünett und hatte große schwarze Augen.

Ich machte ihr mein Angebot, das sie ohne Zögern annahm. Eine Viertelstunde darauf saßen wir in meinem Zimmer bei Tisch.

Sie sagte beim Eintreten: »Ach, wie behaglich es hier ist.« Und mit sichtbarer Befriedigung blickte sie um sich und freute sich über den gedeckten Tisch und über das warme Bett für diese eisige Nacht. Sie sah wundervoll aus, ganz erstaunlich hübsch war sie und üppig genug, mein Herz für immer zu bezaubern. Sie nahm Mantel und Hut ab, setzte sich und begann zu essen. Aber sie schien nicht bei Stimmung zu sein. Manchmal zitterte es in ihrem etwas bleichen Gesicht, als hätte sie einen geheimen Kummer.

Ich fragte sie: »Hast du Verdruß?«

Sie antwortete: »Ach, ich will jetzt alles vergessen.«

Und sie fing zu trinken an. Mit einem Zug leerte sie das Sektglas, füllte es wieder und trank es von neuem aus, und so fort.

Bald trat eine leichte Röte in ihre Wangen; sie begann zu lachen.

Ich war schon ganz verliebt, küßte sie mitten auf den Mund und merkte, daß sie weder dumm noch gemein, noch frech war, wie Straßenmädchen sonst sind. Ich wollte Einzelheiten aus ihrem Leben wissen. Sie antwortete: »Mein Junge, das geht dich doch wirklich nichts an!'

Aber ach! Eine Stunde später ...

Endlich kam der Augenblick des Zubettgehens, und während ich den Tisch beiseite rückte, den ich vor den Kamin gestellt hatte, kleidete sie sich rasch aus und schlüpfte unter die Decke.

Meine Nachbarn machten einen furchtbaren Lärm, sie lachten und sangen wie Verrückte. Und ich sagte im stillen zu mir: »Wie recht habe ich gehabt, mir dieses hübsche Mädel zu holen! Ich hätte doch nicht arbeiten können.«

Ein tiefes Stöhnen! Ich fragte: »Was hast du, Schatz?« Sie antwortete nicht, hörte aber nicht auf, tiefe Seufzer auszustoßen, als hätte sie schreckliche Schmerzen.

Ich fragte wieder: »Bist du krank?«

Da auf einmal stieß sie einen herzzerreißenden Schrei aus. Eine Kerze in der Hand, stürzte ich auf sie zu.

Ihr Gesicht war schmerzverzerrt, sie rang die Hände, atmete schwer und stöhnte, daß es wie ein Röcheln klang und das Herz stillstehen ließ.

Ich fragte sie sehr erschrocken: »Was hast du denn, sag doch, was ist dir?«

Sie antwortete nicht und fing zu schreien an.

Meine Nachbarn wurden plötzlich still, sie horchten, was bei mir los sei.

Ich wiederholte: »Was fehlt dir? Sag mir doch, was dir fehlt?«

Sie stammelte: »Mein Leib, mein Leib!«

Mit einem einzigen Griff hob ich die Bettdecke hoch und sah … Sie entband.

Da verlor ich den Kopf. Ich schlug mit der Faust an die Wand und schrie aus Leibeskräften: »Hilfe! Hilfe!«

Meine Tür wurde geöffnet, und eine Masse Menschen stürzte herein, Männer im Frack, dekolletierte Frauen, Pierrots, Türken, Musketiere. Diese Invasion machte mich so verwirrt, daß ich nicht ein Wort der Erklärung sagen konnte.

Sie hatten an einen Unglücksfall, vielleicht auch an ein Verbrechen gedacht und begriffen nicht.

Ich sagte endlich: »Diese … diese … diese Frau … bekommt ein Kind …«

Da stürzten alle auf sie zu und gaben gute Ratschläge. Ein Kapuziner vor allem behauptete, sich darauf zu verstehen, und wollte ihr Beistand leisten.

Sie waren alle betrunken. Ich war überzeugt, sie würden sie töten. Barhäuptig stürzte ich die Treppe hinunter, um einen alten Arzt zu holen, der in der Nachbarschaft wohnte.

Als ich mit dem Doktor zurückkam, war das ganze Haus auf den Beinen. Das Gas im Treppenhaus brannte. Die Leute aus allen Etagen waren in meiner Wohnung. Vier Holzfäller saßen am Tisch, tranken den Rest Sekt und aßen die Krebse.

Bei meinem Erscheinen brach ein furchtbarer Lärm los. Ein Milchmädchen zeigte mir ein schreckliches, kleines, runzeliges Wesen, das in eine Serviette gewickelt war und wie eine Katze miaute. Sie sagte: »Es ist ein Mädchen.«

Der Arzt untersuchte die Wöchnerin, fand ihren Zustand nicht ganz gefahrlos, weil die Niederkunft gleich nach einem Souper eingetreten war, und versprach beim Fortgehen, eine Krankenwärterin und eine Amme zu schicken.

Die Frauen kamen nach einer Stunde und brachten einen Pack Medikamente mit.

Ich verbrachte die Nacht im Sessel, so vor den Kopf geschlagen, daß ich über das, was nun kommen würde, überhaupt nicht nachdenken konnte.

Sobald der Tag graute, kam der Arzt wieder. Er fand das Befinden der Kranken ziemlich schlecht.

Er sagte: »Ihre Frau, Herr ...«

Ich unterbrach ihn: »Es ist gar nicht meine Frau.«

»Also Ihre Geliebte, gleichviel.« Und er gab mir eine ganze Reihe Verhaltungsmaßregeln.

Was tun? Die Arme ins Krankenhaus bringen? Im ganzen Hause, im ganzen Stadtteil wäre ich als ein Rohling verschrien worden.

Ich behielt sie also bei mir. Sechs Wochen hat sie in meinem Bett gelegen.

Was aus dem Kind wurde? Ich hab' es zu Bauersleuten nach Passy gebracht. Es kostet mich noch heute fünfzig Francs im Monat. Weil ich anfangs gezahlt habe, bin ich verpflichtet, bis zu meinem Tode weiterzuzahlen.

Und später wird es mich natürlich für seinen Vater halten.

Der Gipfel allen Pechs aber war es, daß das Mädchen, als es wieder gesund war, sich sofort in mich verliebte … liebte mich wie toll.«

»Nun, und?«

»Und? Sie war buchstäblich so mager wie eine Gassenkatze geworden. Ich gehe jetzt um dieses Gerippe herum, das mir auf der Straße auflauert, sich versteckt, um mich nur vorübergehend zu sehen, mich anhält, wenn ich abends ausgehe, um mir die Hand zu küssen, und das mich noch um den Verstand bringen wird.

Das ist der Grund, warum ich den Weihnachtsrummel nicht mehr mitmache.«

SELMA LAGERLÖF

(1858–1940)

Die heilige Nacht

Es war an einem Weihnachtstag, alle waren zur Kirche gefahren, außer Großmutter und mir. Ich glaube, wir beide waren im ganzen Hause allein. Wir hatten nicht mitfahren können, weil die eine zu jung und die andere zu alt war. Und alle beide waren wir betrübt, daß wir nicht zum Mettegesang fahren und die Weihnachtslichter sehen konnten.

Aber wie wir so in unserer Einsamkeit saßen, fing Großmutter zu erzählen an.

»Es war einmal ein Mann«, sagte sie, »der in die dunkle Nacht hinausging, um sich Feuer zu leihen. Er ging von Haus zu Haus und klopfte an. ›Ihr lieben Leute, helft mir!‹ sagte er. ›Mein Weib hat eben ein Kindlein geboren, und ich muß Feuer anzünden, um sie und den Kleinen zu erwärmen.‹«

Aber es war tiefe Nacht, so daß alle Menschen schliefen, und niemand antwortete ihm.

Der Mann ging und ging. Endlich erblickte er in weiter Ferne einen Feuerschein. Da wanderte er dieser Richtung zu und sah, daß das Feuer im Freien brannte. Eine Menge weiße Schafe lagen rings um das Feuer und schliefen, und ein alter Hirt wachte über der Herde. Als der Mann, der Feuer leihen wollte, zu den Schafen kam, sah er, daß drei große Hunde zu Füßen des Hirten ruhten und schliefen. Sie erwachten alle drei bei seinem Kommen und sperrten ihre weiten Rachen auf, als ob sie bellen wollten, aber man vernahm keinen Laut. Der Mann sah, daß sich die Haare auf ihrem Rücken sträubten, er sah, wie ihre scharfen Zähne funkelnd weiß im Feuerschein leuchteten, und wie sie auf ihn losstürzten. Er fühlte, daß einer nach seiner Hand schnappte und daß einer sich an seine Kehle hängte: Aber die Kinnladen und die Zähne, mit denen die Hunde beißen wollten, gehorchten ihnen nicht, und der Mann litt nicht den kleinsten Schaden.

Nun wollte der Mann weiter gehen, um das zu finden, was er brauchte. Aber die Schafe lagen so dicht nebeneinander, Rücken an Rücken, daß er nicht vorwärts kommen konnte. Da stieg der Mann auf die Rücken der Tiere und wanderte über sie hin dem Feuer zu. Und keins von den Tieren wachte auf oder regte sich.«

So weit hatte Großmutter ungestört erzählen können, aber nun konnte ich es nicht lassen, sie zu unterbrechen.

»Warum regten sie sich nicht, Großmutter?« fragte ich.

»Das wirst du nach einem Weilchen schon erfahren«, sagte Großmutter und fuhr mit ihrer Geschichte fort.

»Als der Mann fast beim Feuer angelangt war, sah der Hirt auf. Es war ein alter, mürrischer Mann, der unwirsch und hart gegen alle Menschen war. Und als er einen Fremden kommen sah, griff er nach seinem langen, spitzigen Stabe, den er in der Hand zu halten pflegte, wenn er seine Herde hütete, und warf ihn nach ihm. Und der Stab fuhr zischend gerade auf den Mann los, aber ehe er ihn traf, wich er zur Seite und sauste, an ihm vorbei, weit über das Feld.«

Als Großmutter soweit gekommen war, unterbrach ich sie abermals. »Großmutter, warum wollte der Stock den Mann nicht schlagen?« Aber Großmutter ließ es sich nicht einfallen, mir zu antworten, sondern fuhr mit ihrer Erzählung fort.

»Nun kam der Mann zu dem Hirten und sagte zu ihm: ›Guter Freund, hilf mir, und leih mir ein wenig Feuer. Mein Weib hat eben ein Kindlein geboren, und ich muß Feuer machen, um sie und den Kleinen zu erwärmen‹. Der Hirt hätte am liebsten nein gesagt, aber als er daran dachte, daß die Hunde dem Manne nicht hatten schaden können, daß die Schafe nicht vor ihm davon gelaufen waren und daß sein Stab ihn nicht fällen wollte, da wurde ihm ein wenig bange, und er wagte es nicht, dem Fremden das abzuschlagen, was er begehrte. ›Nimm, soviel du brauchst‹, sagte er zu dem Manne.

Aber das Feuer war beinahe ausgebrannt. Es waren keine Scheite und Zweige mehr übrig, sondern nur ein großer Gluthaufen; und der Fremde hatte weder Schaufel noch Eimer, worin er die roten Kohlen hätte tragen können.

Als der Hirt dies sah, sagte er abermals: ›Nimm, soviel du brauchst!‹ Und er freute sich, daß der Mann kein Feuer wegtragen konnte. Aber der Mann beugte sich hinunter, holte die Kohlen mit bloßen Händen aus der Asche und legte sie in seinen Mantel. Und weder versengten die Kohlen seine Hände, als er sie berührte, noch versengten sie seinen Mantel, sondern der Mann trug sie fort, als wenn es Nüsse oder Äpfel gewesen wären.«

Aber hier wurde die Märchenerzählerin zum drittenmal unterbrochen. »Großmutter, warum wollte die Kohle den Mann nicht brennen?«

»Das wirst du schon hören«, sagte Großmutter, und dann erzählte sie weiter.

»Als dieser Hirt, der ein so böser, mürrischer Mann war, dies alles sah, begann er sich bei sich selbst zu wundern: ›Was kann dies für eine Nacht sein, wo die Hunde die Schafe nicht beißen, die Schafe nicht erschrecken, die Lanze nicht tötet und das Feuer nicht brennt?‹ Er rief den Fremden zurück und sagte zu ihm: ›Was ist dies für eine Nacht? Und woher kommt es, daß alle Dinge dir Barmherzigkeit zeigen?‹

Da sagte der Mann: »Ich kann es dir nicht sagen, wenn du selber es nicht siehst.« Und er wollte seiner Wege gehen, um bald ein Feuer anzünden und Weib und Kind wärmen zu können.

Aber da dachte der Hirt, er wolle den Mann nicht ganz aus dem Gesicht verlieren, bevor er erfahren hätte, was dies alles bedeute. Er stand auf und ging ihm nach, bis er dorthin kam, wo der Fremde daheim war.

Da sah der Hirt, daß der Mann nicht einmal eine Hütte hatte, um darin zu wohnen, sondern er hatte sein Weib und sein Kind in einer Berggrotte liegen, wo es nichts gab als nackte, kalte Steinwände.

Aber der Hirt dachte, daß das arme unschuldige Kindlein vielleicht dort in der Grotte erfrieren würde, und obgleich er ein harter Mann war, wurde er davon doch ergriffen und beschloß, dem Kinde zu helfen. Und er löste sein Ränzel von der Schulter und nahm daraus ein weiches, weißes Schaffell hervor. Das gab er dem fremden Manne und sagte, er möge das Kind darauf betten.

Aber in demselben Augenblick, in dem er zeigte, daß auch er barmherzig sein konnte, wurden ihm die Augen geöffnet, und er sah, was er vorher nicht hatte sehen, und hörte, was er vorher nicht hatte hören können.

Er sah, daß rund um ihn ein dichter Kreis von kleinen, silberbeflügelten Englein stand. Und jedes von ihnen hielt ein Saitenspiel in der Hand, und alle sangen sie mit lauter Stimme, daß in dieser Nacht der Heiland geboren wäre, der die Welt von ihren Sünden erlösen solle.

Da begriff er, warum in dieser Nacht alle Dinge so froh waren, daß sie niemand etwas zuleide tun wollten.

Und nicht nur rings um den Hirten waren Engel, sondern er sah sie überall. Sie saßen in der Grotte, und sie saßen auf dem Berge, und sie flogen unter dem Himmel. Sie kamen in großen Scharen über den Weg gegangen, und wie sie vorbeikamen, blieben sie stehen und warfen einen Blick auf das Kind.

Es herrschten eitel Jubel und Freude und Singen und Spiel, und das alles sah er in der dunkeln Nacht, in der er früher nichts zu gewahren vermocht hatte. Und er wurde so froh, daß seine Augen geöffnet waren, daß er auf die Knie fiel und Gott dankte.«

Aber als Großmutter soweit gekommen war, seufzte sie und sagte: »Aber was der Hirte sah, das könnten wir auch sehen, denn die Engel fliegen in jeder Weihnachtsnacht unter dem Himmel, wenn wir sie nur zu gewahren vermögen.«

Und dann legte Großmutter ihre Hand auf meinen Kopf und sagte: »Dies sollst du dir merken, denn es ist so wahr, wie daß ich dich sehe und du mich siehst. Nicht auf Lichter und Lampen kommt es an, und es liegt nicht an Mond und Sonne, sondern was not tut, ist, daß wir Augen haben, die Gottes Herrlichkeit sehen können.«

O. HENRY

(1862–1910)

Das Geschenk der Weisen

Ein Dollar und siebenundachtzig Cent. Das war alles. Und sechzig Cent davon in Pennies. Stück für Stück ersparte Pennies, wenn man hin und wieder den Kaufmann, Gemüsemann oder Fleischer beschwatzt hatte, bis einem die Wangen brannten im stillen Vorwurf der Knauserei, die solch ein Herumfeilschen mit sich brachte. Dreimal zählte Della nach. Ein Dollar und siebenundachtzig Cent. Und morgen war Weihnachten.

Da blieb einem nichts anderes, als sich auf die schäbige kleine Chaise zu werfen und zu heulen. Das tat Della. Was zu der moralischen Betrachtung reizt, das Leben bestehe aus Schluchzen, Schniefen und Lächeln, vor allem aus Schniefen.

Während die Dame des Hauses allmählich von dem ersten Zustand in den zweiten übergeht, werfen wir einen Blick auf das Heim. Eine möblierte Wohnung für acht Dollar die Woche. Sie war nicht gerade bettelhaft zu nennen; höchstens für jene Polizisten, die speziell auf Bettler gehetzt wurden.

Unten im Hausflur waren ein Briefkasten, in den nie ein Brief fiel, und ein Klingelknopf, dem keines Sterblichen Finger je ein Klingelzeichen entlocken konnte. Dazu gehörte auch eine Karte, die den Namen »Mr. James Dillingham jr.« trug. Das »Dillingham« war in einer früheren Zeit der Wohlhabenheit, als der Eigentümer dreißig Dollar die Woche verdiente, hingepfeffert worden. Jetzt, da das Einkommen auf zwanzig Dollar zusammengeschrumpft war, wirkten die Buchstaben des »Dillingham« verschwommen, als trügen sie sich allen Ernstes mit dem Gedanken, sich zu einem bescheidenen und anspruchslosen D zusammenzuziehen. Aber wenn Mr. James Dillingham jr. nach Hause und oben in seine Wohnung kam, wurde er »Jim« gerufen und von Mrs. James Dillingham jr., die bereits als Della vorgestellt wurde, herzlich umarmt. Was alles sehr schön ist.

Della hörte auf zu weinen und fuhr mit der Puderquaste über ihre Wangen. Sie stand am Fenster und blickte trübselig hinaus auf eine graue Katze, die auf einem grauen Zaun in einem grauen Hinterhof spazierte. Morgen war Weihnachten, und sie hatte nur einen Dollar siebenundachtzig, um für Jim ein Geschenk zu kaufen. Monatelang hatte sie jeden Penny gespart, wo sie nur konnte, und dies war das Resultat. Zwanzig Dollar die Woche reichen nicht weit. Die Ausgaben waren größer gewesen, als sie gerechnet hatte. Das ist immer so. Nur einen Dollar siebenundachtzig, um für Jim ein Geschenk zu kaufen. Für ihren Jim. So manche glückliche Stunde hatte sie damit verbracht, sich etwas Hübsches für ihn auszudenken. Etwas Schönes, Seltenes, Gediegenes – etwas, was annähernd der Ehre würdig war, Jim zu gehören. Zwischen den Fenstern stand ein Trumeau. Vielleicht haben Sie schon einmal einen Trumeau in einer möblierten Wohnung zu acht Dollar gesehen. Ein sehr dünner und beweglicher Mensch kann, indem er sein Spiegelbild in einer raschen Folge von Längsstreifen betrachtet, eine ziemlich genaue Vorstellung von seinem Aussehen erhalten. Della war eine schlanke Person und beherrschte diese Kunst.

Plötzlich wirbelte sie von dem Fenster fort und stand vor dem Spiegel. Ihre Augen glänzten und funkelten, aber ihr Gesicht hatte in zwanzig Sekunden die Farbe verloren. Flink löste sie ihr Haar und ließ es in voller Länge herabfallen.

Zwei Dinge besaßen die James Dillinghams jr., auf die sie beide unheimlich stolz waren. Das eine war Jims goldene Uhr, die seinem Vater und davor seinem Großvater gehört hatte. Das andere war Dellas Haar. Hätte die Königin von Saba in der Wohnung jenseits des Luftschachts gelebt, dann hätte Della eines Tages ihr Haar zum Trocknen aus dem Fenster gehängt, um Ihrer Majestät Juwelen und Vorzüge im Wert herabzusetzen. Wäre König Salomo der Portier gewesen und hätte all seine Schätze im Erdgeschoß aufgehäuft, Jim hätte jedesmal seine Uhr gezückt, wenn er vorbeigegangen wäre, bloß um zu sehen, wie sich der andere vor Neid den Bart raufte.

Jetzt floß also Dellas Haar wellig und glänzend an ihr herab wie ein brauner Wasserfall. Es reichte bis unter die Kniekehlen und umhüllte sie wie ein Gewand. Nervös und hastig steckte sie es wieder auf. Einen Augenblick taumelte sie und stand ganz still, während ein paar Tränen auf den abgetretenen Teppich fielen.

Die alte braune Jacke angezogen, den alten braunen Hut aufgesetzt, und mit wehenden Röcken und immer noch das helle Funkeln in den Augen, schoß sie zur Tür hinaus und lief die Treppe hinab auf die Straße.

Wo sie stehenblieb, lautete das Firmenschild *Mme. Sofronie. Alle Sorten Haarersatz.* Della rannte die Treppe hinauf und versuchte atemschöpfend, sich zu sammeln. Madame, groß, zu weiß und frostig, sah kaum nach »Sofronie« aus.

»Wollen Sie mein Haar kaufen?« fragte Della.

»Ich kaufe Haar,« sagte Madame. »Nehmen Sie den Hut ab, damit wir es einmal ansehen können.«

Der braune Wasserfall stürzte in Wellen herab.

»Zwanzig Dollar«, sagte Madame, mit kundiger Hand die Masse anhebend.

»Geben Sie nur schnell her«, sagte Della.

Oh, und die nächsten beiden Stunden trippelten auf rosigen Schwingen. Nehmen Sie es nicht so genau mit der zerhackten Metapher. Sie durchwühlte die Läden nach dem Geschenk für Jim.

Schließlich fand sie es. Bestimmt war es für Jim und für niemand sonst gemacht. Keins gab es in den Läden, das diesem glich, und sie hatte in allen das Oberste zuunterst gekehrt. Es war eine Uhrkette aus Platin, einfach und edel im Dessin, die ihren Wert auf angemessene Weise durch das Material und nicht durch eine auf den Schein berechnete Verzierung offenbarte – wie es bei allen guten Dingen sein sollte. Sie war sogar *der Uhr* würdig. Kaum hatte sie die

Kette erblickt, als sie auch schon wußte, daß sie Jim gehören müsse. Sie war wie er. Überlegene Ruhe und Wert – das paßte auf beide. Einundzwanzig Dollar nahm man ihr dafür ab, und mit den siebenundachtzig Cent eilte sie nach Hause. Mit dieser Kette an der Uhr konnte Jim wirklich in jeder Gesellschaft um die Zeit besorgt sein. So großartig die Uhr war, manchmal blickte er wegen des alten Lederriemchens, das er an Stelle einer Kette benutzte, nur verstohlen nach ihr.

Als Della zu Hause angelangt war, wich ihr Rausch ein wenig der Vorsicht und der Vernunft. Sie holte ihre Brennschere heraus, zündete das Gas an und machte sich ans Werk, die Verheerungen auszubessern, die von Freigebigkeit in Verein mit Liebe angerichtet worden waren. Was stets eine gewaltige Aufgabe ist, liebe Freunde – eine Mammutaufgabe.

Nach vierzig Minuten war ihr Kopf dicht mit kleinen Löckchen bedeckt, mit denen sie wundervoll aussah, wie ein schwänzender Schuljunge. Lange, sorgfältig und kritisch betrachtete sie ihr Spiegelbild.

Wenn mich Jim nicht umbringt, bevor er mich ein zweites Mal ansieht, wird er sagen, ich sehe aus wie ein Chormädel von Coney Island, meinte sie bei sich. »Aber was – oh, was hätte ich denn mit einem Dollar siebenundachtzig anfangen sollen?«

Um sieben war der Kaffee gekocht, und die Bratpfanne stand hinten auf der Kochmaschine, heiß und bereit, die Kotelette zu braten.

Jim verspätete sich nie. Della ließ die Uhrkette in ihrer Hand verschwinden und setzte sich auf die Tischkante nahe der Tür, durch die er immer eintrat. Dann hörte sie seinen Schritt auf der Treppe, unten, auf den ersten Stufen, und wurde einen Augenblick blaß. Sie hatte sich angewöhnt, wegen der einfachsten Alltäglichkeiten stille kleine Gebete zu murmeln, und jetzt flüsterte sie: »Bitte, lieber Gott, mach, daß er mich noch hübsch findet.«

Die Tür öffnete sich, Jim trat ein und schloß sie. Er sah mager und sehr feierlich aus. Armer Junge, er war erst zweiundzwanzig und schon mit Familie belastet! Er brauchte einen neuen Mantel und hatte auch keine Handschuhe.

Jim blieb an der Tür stehen, reglos wie ein Vorstehhund, der eine Wachtel ausgemacht hat. Seine Augen waren auf Della geheftet, und ein Ausdruck lag in ihnen, den sie nicht zu deuten vermochte und der sie erschreckte. Es war weder Ärger noch Verwunderung, weder Mißbilligung noch Abneigung, noch überhaupt eins der Gefühle, auf die sie sich gefaßt gemacht hatte. Er starrte sie nur unverwandt an mit diesem eigentümlichen Gesichtsausdruck.

Della rutschte langsam vom Tisch und ging zu ihm.

»Jim, Liebster,« rief sie, »sieh mich nicht so an. Ich hab mein Haar abschneiden lassen und verkauft, weil ich Weihnachten ohne ein Geschenk für dich nicht überlebt hätte. Es wird wieder wachsen – du nimmst es nicht tragisch, nicht wahr? Ich mußte es einfach tun. Mein Haar wächst unheimlich schnell. Sag mir fröhliche Weihnachten, Jim, und laß uns glücklich sein. Du ahnst nicht, was für ein hübsches, was für ein schönes, wunderschönes Geschenk ich für dich bekommen habe.«

»Du hast dein Haar abgeschnitten?« fragte Jim mühsam, als könne er selbst nach schwerster geistiger Arbeit nicht an den Punkt gelangen, diese offenkundige Tatsache zu begreifen.

»Abgeschnitten und verkauft«, sagte Della. »Hast du mich jetzt nicht noch ebenso lieb? Ich bin auch ohne mein Haar noch dieselbe, nicht wahr?«

Jim blickte neugierig im Zimmer umher.

»Du sagst, dein Haar ist weg?« bemerkte er mit nahezu idiotischem Gesichtsausdruck.

»Du brauchst nicht danach zu suchen«, sagte Della. »Ich sag dir doch, es ist verkauft – verkauft und weg. Heute ist Heiligabend, Jungchen. Sei nett zu mir, denn es ist ja für dich weg. Vielleicht waren die Haare auf meinem Kopf gezählt«, fuhr sie mit einer jähen, feierlichen Zärtlichkeit fort, »aber nie könnte jemand meine Liebe zu dir zählen. Soll ich die Kotelette aufsetzen, Jim?«

Jim schien im Nu aus seiner Starrheit zu erwachen. Er umarmte seine Della. Wir wollen inzwischen mit diskreten Forscherblicken zehn Sekunden lang eine an sich unwichtige Sache in anderer Richtung betrachten. Acht Dollar die Woche oder eine Million im Jahr – was ist der Unterschied? Ein Mathematiker oder ein Witzbold würden uns eine falsche Antwort geben. Die Weisen brachten wertvolle Geschenke, aber dies war nicht darunter. Diese dunkle Behauptung soll später erläutert werden.

Jim zog ein Päckchen aus der Manteltasche und warf es auf den Tisch.

»Täusch dich nicht über mich, Dell«, sagte er. »Du darfst nicht glauben, daß so etwas wie Haare schneiden oder stutzen oder waschen mich dahin bringen könnte, mein Mädchen weniger liebzuhaben. Aber wenn du das Päckchen auspackst, wirst du sehen, warum du mich zuerst eine Weile aus der Fassung gebracht hast.«

Weiße Finger rissen hurtig an der Strippe und am Papier. Und dann ein verzückter Freudenschrei, und dann – ach! – ein schnelles weibliches Hinüberwechseln zu hysterischen Tränen und Klagen, die dem Herrn des Hauses den umgehenden Einsatz aller Trostmöglichkeiten abforderten.

Denn da lagen *die Kämme* – die Garnitur Kämme, die Della seit langem in einem Broadway-Schaufenster angeschmachtet hatte. Wunderschöne Kämme, echt Schildpatt mit juwelenverzierten Rändern – gerade in der Schattierung, die zu dem schönen, verschwundenen Haar gepaßt hätte. Es waren teure Kämme, das wußte sie, und ihr Herz hatte nach ihnen gebettelt und gebarmt, ohne die leiseste Hoffnung, sie je zu besitzen. Und nun waren sie ihr eigen; aber die Flechten, die der ersehnte Schmuck hätte zieren sollen, waren fort. Doch sie preßte sie zärtlich an die Brust und war schließlich so weit, daß sie mit schwimmenden Augen und einem Lächeln aufblicken und sagen konnte:

»Mein Haar wächst so schnell, Jim!«

Und dann sprang Della auf wie ein gebranntes Kätzchen und rief: »Oh, oh!«

Jim hatte ja noch nicht sein schönes Geschenk gesehen. Ungestüm hielt sie es ihm auf der geöffneten Hand entgegen. Das leblose, kostbare Metall schien im Abglanz ihres strahlenden, brennenden Eifers zu blitzen.

»Ist die nicht toll, Jim? Die ganze Stadt hab ich danach abgejagt. Jetzt mußt du hundertmal am Tag nachsehen, wie spät es ist. Gib mir die Uhr. Ich möchte sehen, wie sich die Kette dazu macht.«

Statt zu gehorchen, ließ er sich auf die Chaiselongue fallen, legte die Hände im Nacken zusammen und lächelte.

»Dell,« sagte er, »wir wollen unsere Weihnachtsgeschenke beiseite legen und eine Weile aufheben. Sie sind zu hübsch, um sie jetzt schon in Gebrauch zu nehmen. Ich habe die Uhr verkauft, um das Geld für die Kämme zu haben. Wie wäre es, wenn du die Kotelette braten würdest?«

Die Weisen waren, wie ihr wißt, weise Männer – wunderbar weise Männer –, die dem Kind in der Krippe Geschenke brachten. Sie haben die Kunst erfunden, Weihnachtsgeschenke zu machen. Da sie weise waren, waren natürlich auch ihre Geschenke weise und hatten vielleicht den Vorzug, umgetauscht werden zu können, falls es Dubletten gab. Und hier habe ich euch nun schlecht und recht die ereignislose Geschichte von zwei törichten Kindern in einer möblierten Wohnung erzählt, die höchst unweise die größten Schätze ihres Hauses füreinander opferten. Doch mit einem letzten Wort sei den heutigen Weisen gesagt, daß diese beiden die weisesten aller Schenkenden waren. Von allen, die Geschenke geben und empfangen, sind sie die weisesten. Überall sind sie die weisesten. Sie sind die wahren Weisen.

OTTO JULIUS BIERBAUM

(1865–1910)

Der armen Kinder Weihnachtslied

Hört, schöne Herr'n und Frauen,
Die ihr im Lichte seid:
Wir kommen aus dem Grauen,
Dem Lande Not und Leid;
Weht tun uns unsre Füße
Und unsre Herzen weh,
Doch kam uns eine süße
Botschaft aus Eis und Schnee.
Es ist ein Licht erglommen,
Und uns auch gilt sein Schein.
Wir habens wohl vernommen:
Das Christkind ist gekommen
Und soll auch uns gekommen sein.

Drum gehn wir zu den Orten,
Die hell erleuchtet sind,
Und klopfen an die Pforten:
Ist hier das Christuskind?
Es hat wohl nicht gefunden
Den Weg in unsre Nacht,
Drum haben wir mit wunden
Füßen uns aufgemacht,
Daß wir ihm unsre frommen
Herzen und Bitten weihn.
Wir habens wohl vernommen:

Das Christkind ist gekommen
Und soll auch uns gekommen sein.

So laßt es uns erschauen,
Die ihr im Lichte seid!
Wir kommen aus dem Grauen,
Dem Lande Not und Leid;
Wir kommen mit wund' Füßen,
Doch sind wir trostgemut:
Wenn wir das Christkind grüßen,
Wird alles, alles gut.
Der Stern, der heut erglommen,
Gibt allen seinen Schein:
Das Christkind ist gekommen! –
Die ihr es aufgenommen,
O, laßt auch uns zu Gaste sein!

KARL SCHÖNHERR

(1867–1943)

Das verirrte Christkind

Es geht zu Weihnacht nicht immer nur das Christkind um, wie es die lügenfrommen Menschen wahrhaben wollen. Auch die Teufel drücken sich im Dunkel der Gassen an den hell erleuchteten Fenstern vorüber und machen neidische Augen zu den Lichtern hinauf. Nicht Teufel mit Schwanz und Horn, die es nicht gibt, aber solche, die in den Menschen schlafen und gerade an heiligen Tagen oft zur Unzeit erwachen.

Wenn der Schlossergehilfe Simon in der rußigen Werkstatt auf glühendes Eisen schlug oder an der funkensprühenden Esse stand, war er oft ganz wild anzuschauen. Aber das sah nur so aus, denn in Wirklichkeit war er, wie die meisten Schwerarbeiter, ein ziemlich gutmütiger Mensch. Nur wenn er, ausgespert von der Hitze und dem ewigen Hammergeschlage, zu trinken anfing, begannen seine Augen sich schief zu stellen; nach jedem Glas schiefer, als hätte sie ihm jemand aus dem Geleise geschoben. Und dahinter flirrten dann zeitweilig allerhand unheimliche Lichter auf, die wohl des Teufels sein mußten. Denn sie verwirrten ihm oft derart das Sehfeld, daß er den Buckel des Weibes für einen Amboß hielt, auf den er nach Schlosserbrauch loshieb. Und wenn sich dann die zwei Schlosserbübeln krümmten und bogen, weil ihnen jeder Schlag, der auf die Mutter ging, weh tat, sah sie sein verkreuztes Geschau für verbogene Drahtstiften an, die man wieder geradklopfen müsse. Nur bei der Mizzi konnte dem Schlosser kein Teufel das Sehfeld verwirren. Wenn die dazukam, war sein Zorn und Rausch wie verflogen. Denn sie liebte der Schlosser ganz aus der Weise, wie nur ein Vater sein liebstes Kind liebhaben kann. Die Mizzi war zehn Jahre alt und hatte ein pfirsichflaumiges Gesichtl mit lichtem Haargeringel um Stirn und Ohren. Der Schlosser wunderte sich oft, wie er und die Seinige, die auch plump genug und grobknochig war, so eine feine Bastelarbeit zustande gebracht hatten. Die Mizzi brauchte nur zu sagen: »Aber, Vater!« Dann hielt der Schlosserbär den Arm mitten im Schlag auf, was gar nicht so leicht ist, und schlich beschämt in den Winkel. Was

Kinder oft für eine Macht haben, nicht? Aber der Teufel ist auch stark und kennt viele heimliche Wege, wenn er einem ankommen will. Gerade die Liebe des Vaters zum Kinde suchte er sich aus, um dem Schlosser das Fangeisen zu legen. Laßt mich nur weitererzählen:

Am Heiligen Abend wollte der Schlossergehilfe Simon um alles in der Welt keine schiefgestellten Augen bekommen. Es war auch heute mit dem Durst nicht so arg. Er hatte schon am Frühnachmittag Feierabend gemacht und sich sauber gestrählt und herausgeputzt. Es war für die Kinder schon eingekauft. Der Vater hatte noch extra heimlich ein Kleidchen für die Mizzi dazugetan. Alles war zur Bescherung bereit, nur der Lichterbaum fehlte noch. Der Schlosser Simon hatte absichtlich mit dem Einkauf bis zur Dämmerung gewartet, denn mit jeder Minute, um die heute der Uhrzeiger vorrückt, verlieren die unverkauften Bäumchen an Wert. Die Mizzi wird schauen, was er heute für einen großen daherbringt, um billiges Geld. Nicht so einen armseligen Besen wie sonst jedes Jahr, kaum einen Fuß hoch; den man gar noch auf den Tisch stellen muß, daß man ihn nicht ganz übersieht. Die Mizzi wurde ja auch mit jedem Jahr größer, da mußte der Baum mit ihr wachsen. Einen flüchtigen Kuß noch seiner Alten, dann ging er und wollte bald wieder mit einem zweimeterigen Christbaum zurück sein.

Das Weib hatte hinter ihm die Tür abgeriegelt und zählte eifrig die farbigen Kerzchen aus. Wischte sich vergnüglich mit der Hand an den Mund. Gar einen Kuß heut, er, ihr. Das war schon lange nicht mehr. Ihr

Mann, der Simon, das wußte sie gut, schielte lieber nach jungem, knusperigem Fleisch. Aber nichts heut von dem, heut ist Friede. Weihnacht ist heut, und der Teufel weit. Haha, lala.

Im hintersten Küchenwinkel, ganz nahe beim Herd, weil es dort wärmer ist, hat sich die Mizzi mit den zwei Brüdern zusammengehuschelt. Sie heißen Hansl und Peppi, bald hätte ich's vergessen. Was liegt auch schon an den Namen von zwei so strubbligen, grau-gesichtigen Rangen, zwischen denen das Mizzerl wie ein Christkind herausstrahlt. Aber heut leuchten auch die unschönen Bubengesichter. Heut geht im Haus etwas Freudiges um, von einem zum andern. Die kümmerlichen Knirpse sitzen vorgebeugt da und spitzen die Ohren wie wachsame Hunde. Der eine flüstert, ich weiß nicht welcher: »Jetzt muß es jeden Augenblick kommen!« Und nach einer Weile der andere, oder war es der gleiche, es sei, wie es wolle: »Wenn es nur unsere Gasse findet!« Dann schwiegen sie lange, wie in heimlicher Sorge, bis Mizzerls helle Stimme freudig und siegreich über die kleinverzagten Strubbelköpfe hinklang: »Es findet alle Gassen!«

Der Schlosser stiefelt derweilen im dämmernden Abend auf dem Christbaumstand um, gustiert die Bäumchen und sucht den Verkäufer im Preise zu drücken. Der schlug vor Kälte mit Armen und Händen, stampfte sich die Füße warm und hielt die Preise nach Kräften. Er wird schon nachlassen, denkt sich der Schlosser, bis an den Fenstern die ersten Lichter aufscheinen. Und ging, weil es kalt war, auf einen Schnaps in die nahe Butike. Er hebt das Glas, trinkt seinem Mizzerl zu. Beim Schnapswirt gingen auch

Kinder türaus und türein. Er musterte alle und lachte. Was waren die gegen sein Mizzerl, haha, lala. Er strich mit seiner klobigen Schlosserpratze zart über den Tisch, als streichle er über ihr goldiges Ringelhaar. Noch einen Schnaps, der grüne Wipfelmann zahlt ihn. An dem Schlosser Simon wird er heute nicht viele Groschen verdienen, der Schubiak. Und zwei Meter hoch mußte der Baum sein. Für sein Mizzerl war ihm keiner zu hoch, haha, lala. Er hieb mit der Faust auf die Platte und rollte die Augen herum, ob jemand seinem Liebling ein Haar krümmen wolle. Er hätte es keinem geraten. Trank das zweite Glas leer und setzte es hart auf den Tisch. Seine Augen fingen schon an, sich überzwerch zu stellen, und dahinter funkten seltsame Lichter.

Das Weib daheim harrte mit den Kerzen und dem Silbergeflirre, und er kam noch immer nicht, immer noch nicht mit dem Baum. Sie setzte sich, stand wieder auf, trat ans Fenster und preßte den Kopf an die Scheiben. In der Nachbarschaft brannten schon Bäumchen, ganz kleine. Sie reckten Äste, wie magere Kinderarme, aber sie brannten. Nur beim Schlosser blieb's finster.

Die Kinder saßen noch immer zusammengehuschelt im Küchenwinkel, ganz nahe dem Herd, weil es dort wärmer ist. Sie waren schon müde vom Warten. Immer stiller und kleinlauter wurden die Buben, zeitweilig fielen ihnen die Augen zu.

Plötzlich weinte der eine in die Stille hinein: »Es kommt nimmer!« Und nach einer Weile der andere – oder war es wieder der gleiche, man hört bei so Knirpsen nicht genau hin: »Es findet den Weg nicht!«

Dann wurde nichts mehr geredet. Bei den Buben ging schon Weinen und Schlafen und Hoffen und Wachen kunterbunt durcheinander.

Nach einer Weile kam die Mutter schwerfüßig, mit einem harten Zug um den frühwelken Mund, in die Küche geschlurft, nahm das verweinte, schlafende Bubenzeug in die Kammer hinein und brachte es ins Bett. Sie selber konnte auch kein Auge mehr heben und fiel bald in schweren Kummerschlaf, der besonders tief sein soll. Dann und wann weinten die Büblein noch leise im Traum, und die Mutter stöhnte tief aus dem Schlaf, weil es heute für sie eine ganz schwere Nacht war, von wegen der Kinder. Dann versank alles in Stille. Nur die Mizzi lag noch wach in der Kammer und schaute mit offenen Augen gradaus in das Dunkel:

»Es findet ihn schon!«

Sie war nicht mehr so dumm und klein wie die Buben. Wußte schon, daß ihr Vater das Christkind war. Und der findet den Weg, der kommt mit dem Baum.

Es huschte etwas Helles in der Kammer um; weiß nicht, war es der Schein einer Straßenlaterne oder kam es von Mizzis freudigen Augen.

Der Schlosser hatte soeben den letzten Groschen vom Christbaumgeld dem Branntweinwirt auf den Tisch geworfen und stolperte zur Türe hinaus. In seinem überzwerchen Geschau brannten unheimliche Lichter, die wie Irrwische hüpften. Auf der Straße blieb er knapp vor dem erstbesten Wachmann stehen und grölte ihn an: »Bell, Wachhund!«

Aber heut hörte der Wachmann nicht gut. Er sah gradaus in die Luft und ging weiter. Die Stimme des Teufels, die aus dem Schlosser schrie, verpuffte wirkungslos in der Weihnacht. Er torkelte zum Christbaumstand hin und lallte im Gehen: »Zwei Meter hoch, hupp. Sie wird ja auch mit jedem Jahr größer, hupp, mein Mizzerl, haha, lala!«

Da war kein Rausch so groß, daß der Schlosser Simon auf den Christbaum für seinen Liebling vergaß. Er tappte nach dem größten mit klobiger Pratze und lockerte gleich auch sein Messer im Griff, um den Händler zu zahlen, wenn er's verlangte. Aber der packte seelenruhig weiter sein übriggebliebenes Buschwerk zusammen und schaute nicht rechts und nicht links. Heute ist ja Heiliger Abend, da sieht und hört keiner den Teufel, der im Schlosser Simon aufgewacht war.

So taumelte er, den Baum im Arm, mit glosenden Augen durch die einsamen Gassen:

»Mein Mizzerl, haha. Zwei Meter hoch, hupp. Das Mizzerl wird schauen!« Er wußte nicht, was in ihm so flunkert und lichtert. Funkten seine schiefgestellten Augen so, oder die Straßenlaternen, oder Christbaumkerzen, die hinter allen Fenstern brannten; oder waren es Mizzerls strahlende Gucker.

Es ging ihm alles wirr durcheinander, als er mit dem Baum in die Kammer trat, wo die Mutter mit den Buben im tiefen Kummerschlaf lag. Nur die Mizzi lag noch wartend, mit offenen Augen. Sie hatte den Vater kommen gehört und sog jetzt beseligt den harzigen Nadelduft ein: »Es findet alle Gassen!«

Der Schlosser schob leise den Baum vor ihr Lager hin: »Mein Mizzerl, hupp, du wirst schauen!«

Die Mizzi stellte sich schlafend. Sie wollte dem Vater keine Freude verderben und schauen, was er tut. Er tut schon das Rechte. Er beugt sich torkelnd nieder und küßt sein Mizzerl auf die Wange. Der gute Vater. Zwar roch sein Mund nach Schnaps, aber er hat ja doch den Baum gebracht. Darum legt sie die Arme um ihn und drückt ihn fest. Aber als sie der Schlosser noch einmal faßte und küßte, da war es ganz anders. Das war nicht mehr der Vater. Er machte so gierende Augen. Und die schreckhaften Lichter dahinter! Ein Teufel, wie sie in den Menschen schlafen, war plötzlich wie aus einer Spielschachtel aufgesprungen und hat dem Schlossergehilfen Simon eine Sekunde lang die Liebe verwirrt. Das Kind riß seine Augen furchtbar weit auf und starrte ihn entsetzt an: »Aber, Vater!« Vor dem Wort verflog im Nu sein Rausch, und die flirrenden Lichter verkrochen sich wieder in die innersten Falten der Unterwelt des Schlossergehilfen Simon. Er drückte sich schnaufend in den Kammerwinkel. Die Mizzi sprach auch kein Wort mehr. Sie saß im Bett, die Hände um die aufgezogenen Knie geschlungen, und starrte ins Leere. Sie hat auf das Christkind gewartet, und es ist der Teufel gekommen. Darum leuchten ihre Augen nicht mehr. Sie haben den letzten Funken Glanz eingezogen.

Die Mutter und das Bubenzeug schlafen schwer und träumen vom verirrten Christkind. Der Schlosser Simon tappt schwerbeinig zur Türe hinaus und lockert sich im Gehen den Hosenriemen. Er wollte in der Küche Wasser trinken und trank doch nicht. Dann nahm er zögernd ein Kochreindl von der Wand, das an einem starken Haken hing.

STIJN STREUVELS

(1871–1969)

Das Christkind

Über der ganzen Ebene, soweit sie reichte, lag der Schnee glänzend im Mondschein da. Das erste, was Veva tat, war, daß sie zum Himmel aufblickte, den großen Stern wiederzufinden, und aufgeregt erzählte sie Trese, wie der große Stern gerade über dem Häuschen zu sehen gewesen war, wo das Christkind aufs neue zur Welt kam. Aber nun sah der Himmel ganz anders aus: alle Sterne hatten ihr Licht angesteckt! Am schwarzblauen Himmelszelt wimmelte es von großen und kleinen Sternen, wirr durcheinander und dicht gesät; sie funkelten und tanzten wie zitternde Feuerfünkchen, wie schelmische Augen, die fortwährend zwinkerten und blinzelten. Und mitten zwischen ihnen hing der schöne runde Vollmond, der die ganze Welt mit silberigem Glanz übergoß und den Schnee erglitzern ließ, soweit das Auge reichte. Der Wind hatte sich gelegt, und es war ganz still in dieser Nacht. Der Schnee krachte, er knirschte unter jedem Schritt und war zu Pulver gefroren wie lockeres Backmehl, das unter dem Fuß aufstäubt.

Veva fand jetzt alles noch viel einsamer und stiller als am Abend. Es beängstigte und erfreute sie zugleich, wenn sie daran dachte, daß es nun Nacht war, die echte heilige Christnacht, und daß sie sich aufgemacht hatten, das Jesuskind zu schauen; es war zu überwältigend, um es zu glauben. Sie stapfte zwischen Trese und der Mutter einher, und das war ihr das einzig Sichere, daran sie sich überzeugen konnte, daß es kein Traum war, was sie hier draußen auf dem Feld erlebte. Und doch, es kam noch die Kälte dazu! Die Kälte, die überall hinkniff, wo sie bloße Haut vorfand, und die den ganzen Körper des Kindes wie mit tausend Nadeln stach, so daß es tüchtig wehtat. Zu Hause am Herd war es so warm gewesen, daß sie es nun draußen schwer aushalten konnte – der Unterschied war gar zu groß. Aber als sie so mit den Zähnen klapperte, daß Mutter es hörte, warf diese ihr ihren Mantel über den Kopf, und nun wurde es wirklich lustig. Veva lief wie in einem Kapellchen, im Dunkeln, aber warm eingemummt, und nun wußte sie selbst nicht mehr recht, ob sie vorwärtsging oder an Ort und Stelle trippelte; sie ließ sich nur führen, hielt Mutters Hand fest und fing an, von ihrem unsagbaren Glück zu träumen. Die Pächtersfrau und die Magd plauderten leise miteinander, Veva aber wollte oder konnte es nicht hören, weil sie sich mit ihren eignen Gedanken beschäftigte.

Nach einer Weile öffnete Veva den Mantel einen Spalt breit, und als sie mit einem Auge durchguckte, sah sie vorn Trese, die alte Magd, die mit den beiden Bündeln am Arm unter dem weit offenstehenden Mantel einem wandelnden Fuder Heu glich. Nun wagte Veva noch einen Blick, um in die Ferne auszuschauen, und wahrhaftig: »Sieh Mutter«, rief das Kind, »siehst du es? Das Licht brennt noch! Da ist's!« – »Ja, das ist das Kätnerhaus, wir sind bald da … Und was willst du nun zu dem Kindlein sagen?« Veva wußte nicht, was sie antworten solle; sie hatte nicht daran gedacht, dort etwas zu sagen – das würde sie sich nie getrauen –, sie wollte nur das Kindlein still bewundern. »Ich will es ansehen, Mutter«, sagte sie. »Und hast du das Kindlein nichts zu fragen? Das ist aber wenig.« Veva überlegte, aber sie konnte es sich nicht denken, sonst noch irgend etwas zu tun, als das göttliche Kind anzuschauen. Sie war voll schauernder Ehrfurcht vor dem, was sie erleben sollte, und schätzte diese Gunst allein so hoch, daß kein anderes Verlangen in ihr aufkommen konnte. Sie fühlte sich unwürdig wie die dürftigste unter den Hirtinnen, die voll Glückseligkeit, aber voll Furcht sich leise nahen und niederknien und kaum aufzuschauen wagen zu dem göttlichen Kind, das wirklich aus dem Himmel auf die Erde herabgestiegen ist. Sie konnte es sich nicht anders vorstellen: sie kam nur, anzubeten, und schon das war ein großes Glück für sie. Aber nun erfüllte Mutters Vorschlag, der sie wie eine große Überraschung traf, ihr Herz mit neuer Freude.

»Du mußt das Christkind bitten, daß es nächstes Jahr auch einmal zu uns auf den Hof kommt«, sagte Mutter. »Ach, ja!« Daß sie daran nicht gedacht hatte! Dies war die passende Gelegenheit, sich diese Gunst für das nächste Jahr auszubitten. »Ach, wenn das geschehen könnte!« sagte Trese. Keine von den dreien wußte noch etwas hinzuzufügen; sie schwiegen, als geschähe es aus Ehrfurcht, weil sie sich jetzt dem Häuschen näherten. Das Licht, das sie aus weiter Ferne hatten blinzeln sehen, war nun ganz nah, und wirklich, nun traten sie leiser auf und hielten inne, um die Ruhe nicht zu stören; denn hier war es stiller als selbst auf der weiten Fläche, wo sich nichts bewegte. Vor der Tür zauderten sie noch ein wenig, dann klopfte Trese mit dem Knöchel sacht an das Fensterchen und flüsterte, das Gesicht gegen den Spalt gedrückt: »Meetje, wach auf, Trese ist da und hat gute Begleitung mit ...« Veva hielt den Atem an, so ergriffen und scheu war sie. Sie fürchtete, daß nun nach all dem langen Warten am Ende noch etwas dazwischen kommen könnte: daß sie nicht eingelassen würden, daß sie das Kindlein nicht zu sehen bekämen, oder daß es vielleicht schon fort wäre ...

Aber Meetje öffnete hastig die Tür. »Womit kann ich Euch dienen?« fragte das Frauchen, verwundert über diesen späten Besuch. »Die Pächterin vom Gutshof und ihr Töchterchen würden jetzt gern das Christkind sehen«, antwortete Trese in dem gleichen gewollt feierlichen Ton. Aber nun tat er seine Wirkung: »Ei, ei!« rief das Frauchen mit verhaltenem Atem und gedämpfter Stimme. »Wer ist da? Ist's wirklich wahr? Die Herrin selbst? Wie kommen wir zu dieser Ehre? Und Trese, die alte Trese, noch so spät ... Gott, was für Sachen! Und in der Christnacht noch dazu! Kommt doch herein! Und ich laß Euch da in der Kälte stehen, wo es so friert!« Das Frauchen hatte ganz den Kopf verloren; sie stotterte und stammelte vor Verwunderung. Sie könne nichts dafür, daß es hier so dunkel wäre, weil sie nur ein Lämpchen hätten, und das müßte in der Webkammer brennen bei der Wöchnerin ... Veva schlüpfte an Mutters Rock mit herein, blieb bestürzt stehen und blickte bebend in die Dunkelheit. »Kommt nur, ihr Leute«, flüsterte Meetje und drückte leise die Tür der Kammer auf, wo das Lämpchen brannte.

Eine warme muffige Treibhaushluft schlug ihnen entgegen, aber weder die Pächterin noch die Magd sahen, wie man da hineinkommen könnte. Mit Mühe mußten sie sich alle vorwärtsschieben und sich zwischen Kamin und Stühlen durchquetschen; die Kammer war so klein, daß beinahe kein Platz mehr übrigblieb, weil der Webstuhl und das Bett den ganzen Raum in der Mitte ausfüllten. Der Mann war von dem Flachsfaserfeuerchen aufgesprungen und schaute erschrocken, wer da nun so unerwartet hereinkäme. Er suchte Platz zu schaffen und schob die Stühle aus dem Weg und stellte sich selbst in den äußersten Winkel. Die Frau, die im Bett lag, öffnete ihre großen Augen und richtete sich halb auf, um sehen zu können; da verklärte ein leises glückliches Lächeln ihre Züge.

So voll und so durcheinander stand hier alles unter der Balkendecke zwischen den weißgekalkten Lehmwänden, daß man das Ganze nicht recht übersehen konnte. Aber Veva hatte es doch schnell entdeckt: vor dem Bett, worin die Frau lag, stand auf vier plumpen Beinen eine hölzerne Mulde, und darin lag etwas, das mit Webabfall und Lumpen umwickelt war, und ganz in der Ecke hinter diesem wirklichen Krippchen standen Lenchen und Trinchen! Die erschrockenen Gesichter der beiden Mädchen blickten verwundert auf, und Veva sah, daß die beiden die Krippe bewachten, worin das Kindlein liegen müßte. Das Mädchen wußte nicht, wie sie dort hinkommen sollte, aber sie wagte nicht sich zu rühren, noch zu sprechen.

»Dicht bei dicht macht warm«, sagte Meetje Moeie freundlich, »es ist hier zwar etwas eng, wir sitzen alle in ein und demselben Nest, da spart man Feuerung … Wir wärmen uns gegenseitig, seht …« Und sie wies auf eine dunkle Höhlung auf dem Boden zwischen dem Fußende des Bettes und der Mauer: »Da liegen schon zwei Schläfer, und die beiden ältesten müssen gleich noch mit hinein – das ist die Schlafstelle für die Mädchen.« Dann zeigte sie auf das ausgetretene Loch unter dem Webstuhl: »Das ist das Bett der beiden Jungen, sie liegen auch schon drin.«

Es war zu dunkel, als daß man etwas hätte unterscheiden können, und es mußte der Pächterin allmählich zum Bewußtsein kommen, wie es hier von Kindern wimmelte und wie die untergebracht waren. »Schlafen die Würmchen auch nur so auf der Erde?« fragte sie teilnehmend. »Ach, da liegen sie warum, sie haben zusammengeballte Säcke und ein paar Lumpen in ihrer Kule, und sie wärmen sich aneinander«, sagte Meetje Moeie. »Still, daß sie nicht wach werden!« flüsterte die Bäuerin, denn sie fürchtete, es möchte jeden Augenblick ein tüchtiges Geschrei losbrechen, wenn das Kroppzeug munter würde. Gott, wie war es möglich, hier so aufeinandergepackt zu hausen? Jetzt merkte sie, daß es hier noch an anderm als an Kinderwindeln und leinenen Lappen fehlte. Sie wußte nicht, was sie tun oder sagen sollte, so beschämt war sie, hier als behäbige Bäuerin zu stehen, und es tat ihr leid, daß sie nicht viel mehr mitgebracht hatte, was diesen Leuten dienen könnte. Diesen Weihnachtsbesuch hatte sie als eine reine Freundlichkeit aufgefaßt, um einer Laune ihres Kindes zu genügen, aber nun sah sie den Ernst der Lage, und ein grenzenloses Mitleid erfüllte ihr Gemüt. Als sie sich nach Veva umsah, merkte sie, daß das Kind – Gott weiß, wie – durch den engen Raum zwischen den Stützen des Kamins und dem Webstuhl zu der Krippe geklettert war und an die beiden andern geschmiegt dastand. Die Arme eins um des andern Schulter geschlungen, beugten sie sich über die hölzerne Krippe und verharrten in starrer Bewunderung. Das älteste Mädchen hatte ein Tuch zurückgeschoben, und nun lag das Gesichtchen des Neugeborenen frei. Sobald sie es gesehen hatte, wußte Veva nicht mehr, was rund um sie her vorging, sie sah das Kindlein: ein ganz kleines Kindlein, Äuglein und Mündchen zugekniffen, ein Gesichtchen, nicht größer als eine kleine Faust … Sie sah es an und konnte sich nicht satt sehen daran. Noch niemals hatte sie solch einen kleinen, kleinen Säugling gesehen, und sie wagte erst nicht zu glauben, daß er lebte.

Die Pächterin kümmerte sich um die Frau, die im Bett lag; sie murmelten ganz leise, während Trese und Meetje Moeie die Bündel aufmachten. Aber Veva sah und hörte nichts von alledem; sie fühlte sich in dem Besitze dessen, war ihr höchstes Verlangen darstellte: nun war sie überzeugt, daß sie wirklich vor der Krippe stand und das Jesuskind anschauen durfte; sie dachte keinen Augenblick daran, daß es so ganz anders war, als sie es sich früher vorgestellt hatte. Von der übernatürlichen Klarheit war hier nichts, nichts von dem Glanze und dem Leuchten, die das göttliche Kind ausstrahlen müßte, keine schwebenden Engel, kein himmlischer Gesang; aber dies alles vermißte Veva nicht einmal, denn eine wunderbare Klarheit strahlte aus ihrem eigenen Innern und erleuchtete alles, was sie sah; und die ungewöhnliche Armut und Dürftigkeit der vollgestellten muffigen Webkammer ließ sie unbewußt an den armen kleinen Stall zu Bethlehem denken, wo der Wind frei durch die Löcher blies. Die äußerst alltäglichen Dinge erschienen ihr alle so wunderbar, daß sie noch immer Mühe hatte, sich zu überzeugen, daß es kein Traum war, aber sie spürte zu deutlich die Haarlocken an ihren Wangen, und gegen ihre Schultern stießen von beiden Seiten die Schultern ihrer beiden kleinen Gespielinnen: Lenchen und Trinchen, die ebenso entzückt schienen wie sie selbst und in stummer Verwunderung vor der Krippe standen.

Trotz ihrer eignen Verzückung fühlte Veva dennoch, wieviel reicher und köstlicher der Besitz für Lenchen und Trinchen war; denn diese vom Schicksal bevorzugten Kinder hatten diesen heiligen Schatz ins Haus bekommen, indessen sie sich mit einem Christbaum und ein wenig Tand hatte bescheiden müssen. Veva aber beneidete die armen Mädchen jetzt nicht mehr: sie mußte ihnen unsäglich dankbar sein dafür, daß sie sie an der Gnade, das göttliche Kind hier sehen zu dürfen, teilhaben ließen.

Die drei hatten noch kein Wort miteinander gesprochen, als die Pächterin mit halber Stimme fragte: »Veva, was hast du nun für die artigen Kinder mitgebracht?« Da stand die Kleine beschämt; sie erschrak und wußte nichts zu tun als traurig aufzublicken, da Mutter sie bei dieser hartherzigen Nachlässigkeit ertappte. Alle ihre Gedanken waren vom Christkind eingenommen; was ihr die Engel aus dem Himmel mitgebracht hatten, galt ihr so wenig, daß ihr nicht einmal der Gedanke kam, etwas davon an diese armen Kinder zu verschenken. Wie gern hätte sie ihnen alle ihre Schätze abgetreten, ihnen ihre Dankbarkeit zu zeigen für die große Wohltat, die ihr zuteil wurde. »Nun, bleibst du noch hier oder gehst du mit Trese nach Haus?« fragte die Pächterin. Veva rührte sich nicht. Sie stand wie ein Bildstöckchen da und sah ihrer Mutter flehend ins Auge. Sie wollte so gern hierbleiben! »Gut, dann gehen wir in die Kirche und lassen dich hier, bis wir wiederkommen.« Veva konnte es nicht erwarten, bis Mutter weg war, damit sie sicher sei, daß sie bleiben dürfte.

Der Mann und das alte Frauchen gaben der Pächterin und Trese bis vor die Haustür das Geleite, dann wurde es vollkommen still im Kämmerlein. Veva bekam einen Stuhl zum Sitzen, und nun standen die Mädchen zu beiden Seiten der Krippe; sie strengten sich an, als hätten sie Nachtwache beim Christkind zu halten. Meetje Moeie schlurfte auf Strümpfen hin und her, legte Flachsfasern aufs Feuer und rührte in der Pfanne. Der Mann war nicht zurückgekommen und war sicher auch zur Christmette gegangen. Lenchen und Trinchen wagten noch immer nicht zu sprechen, aus Ehrerbietung oder aus Furcht, daß das Kindlein aufwachen könnte. Im stillen war es Vevas innigstes Verlangen, das Kindlein wach zu sehen, oder daß es doch einmal eines von seinen Äuglein öffnen möchte; es schien aber ruhig weiterschlafen zu wollen. Wenn es geschah, daß Veva flüchtig aufschaute, sah sie jedesmal in das bleiche Gesicht und die sanften Augen der mageren Frau mit dem nie weichenden Lächeln, die so glücklich schien und fortwährend ihren Blick auf die drei Mädchen und die Krippe heftete.

Veva wußte eigentlich nicht, ob es sehr lange oder sehr kurz gedauert hätte, aber es wunderte sie, und sie erschrak, als sie an der Haustür ein Geräusch hörte und Mutter schon zurückgekehrt war. »Komm nun, Kind, die Leute wollen schlafen gehen, und wir auch«, sagte die Pächtersfrau. Veva stand wie angewachsen da; sie hatte die beiden Händchen auf den Rand der Krippe gelegt, weil sie es nicht wagte, das Kind selbst anzurühren, es fiel ihr schwer, die Hände wegzuziehen und Abschied zu nehmen. Vor dem Fortgehen sah sie noch zum letztenmal zum Krippchen, und siehe da: nun bewegte sich etwas, und das Christkind schien aufwachen zu wollen; es öffnete die Äuglein und lächelte! Veva schoß das Blut zum Herzen, daß es heftig zu klopfen begann und sie keinen Schritt vorwärts zu tun wagte. Aber Mutter drängte: »Komm nur, es wird spät, die Leute werden schon daheim sein!« – »Mutter, Mutter!« Veva wollte erklären, daß nun etwas Wichtiges bevorstehe, aber die Pächterin begriff nicht, was ihr Töchterchen sagen wollte. »Morgen darfst du noch einmal wiederkommen, wenn du dich ausgeschlafen hast!«

Veva mußte mit, Trese legte ihr das Tuch um die Schultern und nahm sie an der Hand. »Sag guten Abend, oder besser guten Tag!« Und plötzlich fiel ihr etwas ein, und sie nahm den Faden wieder auf: »Schau, es ist wahr: gesegnete Weihnachten! Ich hatte vergessen, daß es schon Christtag ist!« – »Gesegnete Weihnachten!« wünschten nun sie alle einander. Der Mann und Meetje Moeie kamen bis zur Türe mit, um der Pächtersfrau zu danken; die Wöchnerin rief vom Bett aus auch noch ihren Dank, worauf die junge Bäuerin sich entschuldigte und versprach, am Tage noch das eine oder andere zu schicken und alles für das Kindchen zu tun, was nötig war … »Ihr werdet sehen!« rief die alte Trese Meetje Moeie zu, »dies Christkind bringt noch Glück ins Haus!«

Vevachen ging an Treses Hand; sie hatte nicht gewagt, sich noch einmal nach der Krippe umzusehen; auch fehlte ihr der Mut, Lenchen und Trinchen ihr Vorhaben mitzuteilen, aber sie war fest entschlossen, alles, was sie zu Weihnachten bekommen hatte, mit den Kindern zu teilen. Aber da erschrak sie auf einmal: sie hatte vergessen, das Kindlein zu fragen, ob es im nächsten Jahr zu ihnen auf den Hof kommen wolle! Sie wagte nicht zu bekennen, daß sie das versäumt hatte, und es quälte sie wie ein großes Unglück …

In der nächtigen Weite war es ganz still; noch immer überflutete eine seltsame Klarheit die weiten weißen Felder, aber auf dem Schnee liefen schwarze Menschengestalten, die aus der Kirche heimkehrten. »Mutter, darf ich den Kindern morgen meine Weihnachtssachen bringen?« – »Ja, Kind.« – »Die Kinder haben nichts bekommen, nicht wahr, Mutter?« – »Nein, nichts, Veva!« – »Aber sie haben das Christkindchen, Mutter!« – »Ja, sie haben das Christkindchen«, sagte die Pächtersfrau, und es war Veva, als hätte die Mutter bei diesem Worte schwer geseufzt. Und warum ließ Trese ein mitleidiges »Ach Gott, das Kind!« darauf folgen? Keins von den dreien sprach ein Wort, wie sie so über den Schnee gingen, der fortwährend unter ihren Füßen knirschte.

Veva schaute aufwärts zu den Sternen, die immer noch mächtig funkelten; ihr Herz war voll Freude und Angst, ihr Gemüt gerührt von dem, was sie gesehen hatte. Das Geheimnisvolle des Geschehens rund um sie her verstand sie nicht, und vielem, woran sie dachte, vermochte sie weder einen Sinn noch eine Erklärung zu geben. Es verlangte sie aber, sobald sie ausgeschlafen hätte, ihre Geschenke nach dem Kätnerhaus zu bringen und die Freude all der Kinder mitansehen zu dürfen.

In der großen Diele des Gutshofes war wieder Geräusch, Bewegung, Licht, Wärme und üppige Geselligkeit die Fülle, wie am hellichten Tag. Der Kaffee duftete, die mit Butter gestrichenen Schnitten vom Weihnachtsstollen lagen hochgestapelt auf den Zinnschüsseln. Jedem Neueintretenden wurden »Gesegnete Weihnachten« gewünscht, und jeder nahm an der großen Tafel Platz. Dann wurde die Flasche wieder hervorgeholt, und die Gläser wurden vollgeschenkt. Veva stand verlegen herum wie in einem fremden Haus; sie fühlte keine Lust, jemand etwas von dem mitzuteilen, was sie geschaut hatte: immerfort guckte sie zur Mutter und Trese und hatte Angst, daß eine von ihnen etwas davon erzählen könnte; sie wollte ihr Glück verborgen halten. Als das Kind aus der kalten Luft plötzlich in die Wärme kam, wurde es halb vom Schlaf überwältigt, und unwillkürlich war es mit einem Stück Weihnachtsstollen in der Hand bei Tisch vor Schlaf zusammengesunken; ohne daß sie es gewahrte, wurde sie aufgepackt, ins Bett getragen und zugedeckt. Da lag es in tiefem Schlaf.

Aber was Veva an jenem Weihnachtsmorgen träumte, war noch tausendmal schöner, als was sie in der Nacht in Wirklichkeit erfahren und erlebt hatte. Als Engel schwebte sie auf Flügeln über dem Schneefeld durch die Luft und trug den Christbaum mit allem, was daran hing, federleicht auf ihrer Handfläche. Der schöne große Stern mit den sieben feurigen Strahlen funkelte hoch über dem Häuschen.

Mit rauschendem Flügelschlag schwebte Veva geradewegs durch den Schornstein hinunter, ohne irgendwo anzustoßen. Nun war das Häuschen voll von Licht und hellem Glanz. Sie brachte den Christbaum hinein, an dem die Lichtchen brannten. Im Kripp-chen lag rosig das Christkind mit einem Apfel in der Hand, selbst wie ein Äpfelchen auf einem goldgelben Bettchen von Haferstroh. Es hatte ein schneeweißes Hemdchen an, und seine blauen Äuglein waren offen und lachten Veva freundlich an. Es schüttelte seine schönen Ringellöckchen und streckte ihr die molligen Händchen entgegen. Lenchen und Trinchen waren auch dabei und alle die anderen Kinder und Hirten und Hirtinnen, die mit himmlischer Stimme sangen:

Ihr Hirten, laßt eure Schafe im Feld!
Der große Herr, der Schöpfer der Welt,
Er ist euch geboren, die ihr wart verloren,
Und liegt in der Krippe im kleinen Stall,
Euch zu erlösen nach Adams Fall.

Da wird er gefunden, in Windeln gebunden,
Eine Jungfrau ist Mutter dem Knaben klein,

Sein Vater ist Gott Vater allein.
Macht euch auf die Beine, ihr Hirten, schnell!
Lauft, Hirten, lauft! Lauft, Hirten, lauft!

Lauft, Hirten, lauft! Lauft, Hirten, lauft!
Doch laßt mir schlafen das heilige Kind!
Seid leise, leise! Doch lauft geschwind!

Der Christbaum stand mitten in der Kammer, so groß, daß er sie ganz ausfüllte, und nun tanzten die Hirten und Hirtinnen rund herum, und Veva tanzte auch mit zwischen Lenchen und Trinchen. Als sie sich müde getanzt hatten, ging Veva ohne Zagen an die Krippe, sah das strahlende Kindlein an und beugte sich mit all der Lust des kindlich zarten Gemütes tief zu ihm hinunter und flüsterte ganz leise, sagte es sogar zweimal: »Christkind, Mutter bittet dich, du sollst nächstes Jahr zu uns kommen!« Und Veva sah deutlich, daß das Kindlein freundlich nickte und lächelte.

RICHARD VON SCHAUKAL

(1874–1942)

Weihnachtsschnee

Das ist der alte Weihnachtsschnee
aus meiner Kinderzeit:
er liegt so weich, als hätt' es Weh,
gelindes Weh geschneit.

Du wunderweiße weite Welt,
wie füllst du dich mit Ruh:
der langsam auf dich niederfällt,
der Himmel deckt dich zu!

HUGO VON HOFMANNSTHAL

(1874–1929)

Weihnacht

Weihnachtsgeläute
Im nächtigen Wind …
Wer weiß, wo heute
Die Glocken sind,
Die Töne von damals sind?

Die lebenden Töne
Verflogener Jahr'
Mit kindischer Schöne
Und duftendem Haar,
Mit tannenduftigem Haar,

Mit Lippen und Locken
Von Träumen schwer? …
Und wo kommen die Glocken
Von heute her,
Die wandernden heute her?

Die kommenden Tage,
Die wehn da vorbei.

Wer hörts, ob Klage,
Ob lachender Mai,
Ob blühender, glühender Mai? ...

RAINER MARIA RILKE

(1875–1926)

Das Christkind

»GESTORBEN« stand in gleichgültigen, brutalen, feuchtleuchtenden Lettern in dem dicken, grünen Krankenhausbuch. In derselben Zeit war zu lesen, II. Stock, Zimmer 12, Nummer 78. Horvát, Elisabeth, Försterstochter, 9 Jahre alt.

Der frühe Februarabend sah wie mit rotgeweinten Büßeraugen, müd und mürrisch, in das Zimmer 12. Die grau-weißen Wände der Krankenstube schienen in den gleichfarbenen Dämmer zu zerfließen, und das schwarze Holzkreuz schwebte frei in der Luft. Die Eisenbetten waren in verschwommenen Umrissen sichtbar. Die dämmerige Atmosphäre lag wie ein Bann auf den Kindern, deren je zwei ein Lager teilten. Irgendwo in dunkler Ecke weinte eines trostlos und leise, ein anderes erzählte mit weicher und vorsichtiger Stimme, als ob es am Bett der kranken Mutter säße, und ein kleines Mädchen, dem Fenster zunächst, hockte aufrecht in den Kissen, die Arme um die aufgestemmten Kniee geschlungen. Sein Profil und die rundliche Schulter hoben sich scharf als Silhouette ab von dem blaßblauen Fenster. Und die karbolsatte Luft war so dicht, daß es schien, als prallten die schüchternen Laute des plaudernden Mädchens an ihr ab, und nur das versteckte Weinen aus der dunkeln Ecke bohrte sich mit spitzen Tönen in das Dämmer. So ist es im Wald an den Nebelnachmittagen des Frühherbstes: Die Stimmen aus Bach und Kraut versickern in dem Dunstmeer, und nur das Wimmern windgequälter Wipfel zittert durch den einsamen Tann.

Jetzt trat die wartende Schwester zärtlichen Schrittes in die Stube ein. Sie entzündete die Gasflamme, die, hinter grünem Zeug versteckt, an der Mittelwand des Zimmers angebracht war. – Das mondscheinfarbene Licht flutete weich wie eine an flachem Sande landende Welle durch den Raum und beleuchtete fast gleichmäßig die fünf Eisenbetten. Die Schwester aber schob den Vorhang ein wenig beiseite: ungehemmt, mit rücksichtsloser Gewalt brach das grelle, rote Licht hervor. Eines von den mattschwarzen Wandtäfelchen war jetzt voll beschienen; es trug die Nummer 78. Das Bett darunter war zerwühlt und leer. Die Schwester trat hinzu, entfernte die Linnen und glättete die Matratzen.

Die Kinder waren alle verstummt. Sie folgten jeder Bewegung der Schwester mit geblendeten, lichtscheuen Blicken. Sogar die Kleine in der Ecke weinte nicht mehr. Sie saß aufrecht, den Kopf in beide Fäustchen gepreßt, und unter der schneeweißen Stirnbinde glühten ihre Augen, groß, wie eine einzige dunkle Frage.

Die Wärterin warf ihr die Puppe, die sie im verlassenen Lager vorgefunden hatte, in den Schoß. Das

Kind zuckte nur leicht zusammen und rührte das Spielzeug nicht an. Als starrte es in eine grelle vernichtende Flamme, sprühte in seinen Fieberaugen ein unsteter, flackernder Widerschein auf. Und in unbestimmtem Bangen verkroch sich das Kind, das das Bett mit ihm teilte, unter die Decke.

Da wandte sich die Kleine beim Fenster, und ihre Stimme war wie ein Sonntagslied: »Ist die Betty jetzt ein Engel?«

Die Schwester nickte und lächelte und breitete mit ihren weißen Händen die hellblaue Hülldecke über das leere Bett.

Der Tod ist ein Nummerwechsel. – Die kleine Elisabeth lag jetzt drunten in der Kammer, deren weiße Außenwände sie oft vom Fenster aus gesehen hatte. Sie war kleiner geworden und brauchte mit ihren abgefrorenen Füßchen wenig Raum in dem schlichten Holzbett, an dem schon die neue Nummer angeheftet war. Die Nummer der Grube da draußen. Die war schon bereit; aber sie gähnte nicht schwarz wie der Rachen eines Untiers. Die hereinbrechende Nacht begann ein schimmerweißes Schneelinnen hineinzuweben, so daß der Platz nett und verlockend aussah wie das Bettchen reicher Kinder. Und die kleine Betty in der stillen Kammer lag so ruhig und getrost da, als wüßte sie das. Die wachsweißen Händchen hielten, wie spielend, ein kleines Holzkreuz, das Haar sonnte wie ein Heiligenschein aus der Spitzenwolke des Sterbekissens, und um die dünnen, blassen Lippen blühte ein wehmütiges Lächeln; so schlingt sich ein Kranz Immortellen um ein vergilbtes Gebetbuchblatt.

Lächelte sie, weil sie schon die liebe Mutter gesehen hatte, die sie nun seit vier Jahren beim lieben Gott erwartete? War die kleine Seele schon auf jungen, schimmerweißen Falterflügeln durch die grauen Nebel, an lauter lächelnden Sternen vorbei, in die ewige Heimat geflogen? Flatterte sie schon über die weite Milchstraße, wo so viele fleißige Engel sitzen, die immer neue Sterne blasen, wie die Kinder auf Erden Seifenkugeln? War sie leicht gar schon nahe beim lieben Gott, der einen großen, silbernen Bart haben mußte und eine große, leuchtende Krone?

Dorthin dürfen doch reine Seelen?

Und Narben gehen ja nicht durch bis auf die Seele, – nicht wahr?

Sie kriechen nur über das kleine tote Körperchen wie rote, giftige Raupen. – Und wenn der liebe Gott befiehlt, daß die kleine Elisabeth mit diesem Körperchen angetan vor ihm erscheinen sollte, so werden die Wunden daran sicher schon heil sein, und man wird selbst im Himmel, wo es doch sehr hell ist, nicht einmal einen roten Strich mehr sehen.

Und das ist gut; denn der liebe Gott und die gute Mutter – sie sollen nicht wissen, daß die Stiefmutter die kleine Betty blutig geschlagen hat. Und, daß sie's nie erfahren, das betete wohl die Kleine mit den blassen, gefalteten Händchen und den stillen, toten Lippen in der dunklen Leichenkammer.

Seliger Weihnachtstag, da die Kleinen mit vor Ungeduld trippelnden Beinchen und leuchtenden Augen an der verschlossenen Türe lauschen, hinter der sich helle, duftende Wunder vorbereiten, mit wichtiger Miene der Mutter zusehen, die den Festtagsfisch schmort für das Abendessen, und, alte Lieder auf den frischen Lippen, zum Großmütterchen, das im hohen Ohrenstuhl am plaudernden Feuer träumt, hüpfen und ihm die sanften, faltigen Hände küssen. Und dann kommt wohl auch der Vater heim und bringt, Schneeperlen im Barte, ein tüchtig Stück Winter mit und erzählt vom Christkind, das ihm auf verwehten Wegen begegnet ist, und daß es Haare wie eitel Gold hat und die Hände voll bunter, prächtiger Dinge. – Und draußen heult der Sturm, und ein Schlitten klingt irgendwo, und alles ist so geheimnisvoll und so groß und so feierlich, daß man es nie mehr vergessen kann – ein ganzes Leben nicht.

Und die kleine Elisabeth hatte es auch nicht vergessen, daß es einmal so war, als Mutter noch lebte und die fremde Frau mit dem roten Gesichte noch nicht mit am Tische aß. Und sie hockte fröstelnd am Herde, in dem ein wildes, ungastliches Feuer loderte.

Ihre Sehnsucht nach der Mutter war auf einmal gar groß. Und als die dicke Frau sie mit Schlägen aus der Küche trieb, da verkroch sie sich wie ein mißhandelter Hund in den letzten Winkel unter dem Dache und weinte dort leise in sich hinein. Und es war, als löste sich alles Schwere, Dunkle in ihr in diesen lautlosen Tränen. Sie wußte endlich nur, daß es heute wieder Weihnachten war, und daß alle guten Kinder fröhlich sein müssen, weil das Christkind durch die Welt geht.

Der Vater fand sie dort, strich ihr mit zitternden Fingern durchs Haar und schenkte ihr ein paar Kreuzer – einen ganzen Reichtum für das Kind. Und Betty hüpfte empor und schlang mit lachenden, klaren Augen beide Arme fest um Vaters Hals.

Das war wie ein Abschied.

Zwei Stunden später trippelte die Kleine, Vaters Kreuzer in der rechten Faust, durch die Gassen des Städtchens. Der Weihnachtstag war weiß und windstill, und der körnige Schnee verbrämte, wie weißes Pelzwerk, die dünnen Schuhe des Kindes. Es lief waldwärts. Bei den letzten Häusern traf es eine kleine Gespielin. Die verstellte ihr den Weg und sagte in überlegenem Tone: »Glaubst du, das Christkind kommt auch zu dir?«

Betty schlug die großen, blauen Augen auf und antwortete mit inniger Überzeugung: »Das Christkind kommt zu allen braven Kindern.«

Und die Mittagsglocken klangen groß und ernst in den frostroten Weihnachtstag, als sagten sie ein »Amen« dazu.

Beim letzten Krämer kaufte Elisabeth um ihre Kreuzer ein paar Kerzchen, eine bunte, lange Flitterkette, Zündhölzchen und ein riesiges Herz aus Lebkuchen. Mit diesen Schätzen beladen lief sie weiter in den Wald, wo ihr schon keine Menschen mehr begegneten, als die, die wegabseits dürres Reisig suchten; und die sahen vergrämt und erfroren aus und achteten nicht des Kindes.

Es gibt eine Stelle im Walde, wo der Abend, der sein Gold, ängstlich wie ein Geizhals, hinter den nächsten Berg trägt, zögernd verweilt, als könnte er sich kaum trennen von der schönen Erde. Dort stehen langstielige weiße Blüten, und die wiegen darin ihre Pracht im veratmenden Winde, wie Kinder, die dem scheidenden Vater ihre Tücher nachschwenken. So – sommers. Allein auch mitten im Winter, da der frühmüde Abend die roten Sohlen durch den schimmernden Schnee schleift, rastet er dort und küßt mit letzter Glut die alte, auf verwitterter Steinsäule wohnende Wegmadonna, die ihm in einsamer Wehmut nachlächelt.

Das war der kleinen Elisabeth liebster Platz. Dorthin war sie oft geflüchtet, brennende Schläge auf dem Rücken, und hatte der vergessenen Himmelskönigin ihr Leid erzählt wie einer Mutter. Und ihr war oft gewesen, als trüge das Steinbild die Züge des toten Mütterchens. Und nun hatte sie die Stelle noch viel lieber. Solang es Blumen gab, verging kein Tag, ohne daß das Kind den rostigen Nagel am Sockel mit frischem Schmuck verdeckte; und, traun, wenn jeder Altar im Lande nur *einen* solchen Beter fände, Gott müßte der Welt näher kommen!

Auch an diesem Weihnachtsabend ging die Kleine den gewohnten Weg und schleppte den Tand, den sie eingekauft hatte, mit sich. Ein stiller Plan machte ihre Augen glänzen und ihre Füßchen eilen. Sie warf der Steinmadonna einen neckisch-ehrfurchtsvollen Blick zu, der besagen sollte: Gelt, ich bin brav? Heut hast du mich nicht erwartet.

Dann ging sie ohne Zagen ans Werk. Jenseits des Pfades, an dem ihre Betsäule stand, begann ein junges Tannengehölz. Das kleine Mädchen wählte einen der vordersten Bäume, dessen Spitze es mit ausgestrecktem Arm eben noch erreichen konnte, und spannte die bunte Papierkette um die waagrechten Zweige, auf denen schon fester Schnee wie glitzernder Demantschmuck prangte. Dann tropfte es die Kerzchen an den Ast-Enden fest, und zugleich mit dem ersten Stern der Heilsnacht gingen die Lichter an dem einsamen Weihnachtsbaum auf.

Das war nun wirklich eine große Pracht. Um die rotschwelenden Kerzchen herum schmolz der Schnee, und das glitzerte und blitzte, daß es eine Freude war. Klein-Elisabeth sagte zuerst ein frommes Sprüchlein vor der Muttergottes her und rief, auf das strahlende Bäumchen weisend: »Freuts dich?« Dann biß sie gar herzhaft in das Lebkuchenherz und stand mit vollen Backen so nah vor dem leuchtenden Tannenbaum, daß der Widerschein des Glanzes in ihren reinen Augen funkelte.

Der ganze, weite Wald schien das Christfest mitzufeiern. Die hohen, schwarzen Tannen standen weit im Umkreis wie ehrfurchtsvolle Beter und staunten das just noch so unbedeutende Bäumchen an, wie Menschen ein Wunderkind betrachten. Die fernen Sterne sogar schienen sich über der Stelle zusammenzudrängen, um ja nichts von dem Schauspiel zu verlieren und dem lieben Gott und den Engeln und der guten Mutter der kleinen Elisabeth erzählen zu können, was für ein braves Kind sie wäre.

Auf den dämmerigen Waldwegen aber kamen große schwarze Vögel in neugierigen Sprüngen näher. Die könnten auch Hunger haben, dachte das Kind; Betty verspürte keine Furcht, und so teilte sie das mächtige Kuchenherz mit den gierigen Gästen. Ihr ward so froh und so selig, daß sie hätte singen mögen, wenn sie nur ein recht schönes, würdiges Lied gewußt hätte.

Die Kerzen waren schon ziemlich tief gebrannt; da setzte sich die Kleine zu Füßen des Heiligenbildes hin mit glücklichen Augen und frostblauen Händchen. Aber vom Frieren fühlte sie nichts. Es war so wunderstill um sie, und wenn sie die Augen schloß, so sah sie sich auf dem Schoß der teuren Mutter sitzen in warmer, traulicher Stube. Die Uhr tickte in gemessenem, behäbigem Takte, und der Wind schraubte sich in den prasselnden Kamin. Die Mutter strich ihr leise und zärtlich über den Scheitel und küßte sie mit roten, weichen Lippen mitten auf die Stirn. Und sie war schön, die Mutter, schön, wie die Fee im Märchen von Andersen, und trug eine seltsame Krone im reichen, flutenden Haar.

Und sie anschauen – war gut ...

So kam es, daß die kleine, arme Elisabeth ein schöneres Christfest hatte, als die reichen, satten Kinder in den schimmernden Stuben.

Sie war sehr glücklich. Und dieses Glück leuchtete auf dem kleinen Gesichte, wie sie so zu Füßen der Madonnensäule schlief. Die Händchen waren fest und treu gefaltet, und vom Steinbild floß ein schwarzer Schatten über das lächelnde Kind, als hätte die gnädige Himmelsfrau einen schützenden Schleier darüber gebreitet.

Das Bäumchen strahlte noch einmal hell auf in mählich verlöschender Pracht, und es hub ein Schneien an, langsam und feierlich, als schwebten alle Sterne zur Erde nieder.

Zwei Waisenkinder gingen an diesem Weihnachtsabend spät aus der Stadt dorfwärts durch den Wald. Und sie erzählten dem Pfarrer im Dorfe atemlos, mit glänzenden Augen:

»Wir haben das Christkind gesehen – mitten im Wald. Es lag neben einem herrlich leuchtenden Bäumchen und ruhte aus. Und es war schön, das Christkind, – so schön ...«

HERMANN HESSE

(1877–1962)

Weihnacht
(Dezember 1917)

Auch früher schon, ehe die große Mahnung an uns ergangen war, bekam ich an Weihnachten je und je leise Widerstände, bekam einen etwas unangenehmen Geschmack auf der Zuge zu fühlen, wie bei einer Sache, welche zwar hübsch, aber nicht ganz echt ist, welche zwar allgemein Vertrauen und Achtung genießt, welcher man aber ganz heimlich doch ein wenig mißtraut.

Jetzt, da die vierte Kriegsweihnacht kommt, ist der Geschmack auf der Zunge unüberwindlich geworden. Gewiß, ich feiere Weihnacht, weil ich Kinder habe, die ich nicht um eine Freude bringen will. Aber ich begehe diese Kinderweihnacht ebenso, wie ich in meiner Kriegstätigkeit die Gefangenenweihnacht begehe – als einen hergebrachten, festlich-offiziellen Akt verjährten Herkommens, verstaubter Sentimentalität. Den armen Kriegsgefangenen, die wir seit drei Jahren wie Schwerverbrecher schmachten lassen, schicken wir hübsche Kisten und Päckchen mit Tannenzweigen darin – es ist rührend, und ich fühle das Rührende daran selber zuzeiten stark, denke mir die Gefühle eines Gefangenen, der sein kleines Geschenkchen erhält, male mir aus, welch ein Strom von Erinnerungen ihn unter Umständen beim Duft eines Tannenzweiges überfallen kann. Aber auch das ist ja schließlich nichts als eine Sentimentalität.

Und ebenso wie wir die Gefangenen jahrelang einsperren, obwohl sie nichts getan haben, als sich von einem Sturmangriff oder einer gewaltsamen Erkundung überraschen zu lassen, und wie wir diese armen Hunderttausende und Millionen dann an Weihnachten mit einer gefühlvollen Gabe heimsuchen und sie an das Fest der Liebe erinnern – ebenso machen wir es mit unseren Kindern. Einmal im Jahr lassen wir sie sich an der Legende von der göttlichen Liebe freuen, sind einen Abend lang beim Christbaum mit ihnen rührend nett und erziehen sie im übrigen zum selben Schicksal, das wir heut alle verfluchen.

Wenn der Kriegsgefangene mir das hübsche Weihnachtspaket, das ich ihm schicke, ins Gesicht schmeißt und den sentimentalen Tannenzweig mit Füßen tritt, so hat er ganz recht. Und wenn unsere Kinder uns am Lichterbaum unsere ganze Ergriffenheit und Erlöstheit durch das Christkind nicht recht glauben können und uns für ein wenig falsch oder doch für ziemlich komisch ansehen, so haben sie ebenfalls völlig recht.

Unsere Weihnacht ist, von den paar wirklich Frommen abgesehen, ja schon sehr lange eine Sentimentalität. Zum Teil ist sie noch Schlimmeres geworden, Reklameobjekt, Basis für Schwindelunternehmungen, beliebtester Boden für Kitschfabrikation.

Das kommt daher: die Weihnacht und das Fest der Liebe und Kindlichkeit ist für uns alle schon längst nicht mehr Ausdruck eines Gefühls. Es ist das Gegenteil, ist längst nur noch Ersatz und Talmi-Nachahmung eines Gefühls. Wir tun einmal im Jahre so, als legten wir großen Wert auf schöne Gefühle, als ließen wir es uns herzlich gern etwas kosten, ein Fest unserer Seele zu feiern. Dabei kann die vorübergehende Ergriffenheit von der wirklichen Schönheit solcher Gefühle sehr echt sein; je echter und gefühlvoller sie ist, desto mehr ist sie Sentimentalität, Sentimentalität ist unser typisches Verhalten der Weihnacht und den wenigen anderen äußeren Anlässen gegenüber, bei denen noch heute Reste der christlichen Lebensordnung in unser Tagesleben eingreifen. Unser Gefühl dabei ist dieses: »Wie schön ist doch dieser Liebesgedanke, wie wahr ist es, daß nur Liebe erlösen kann! Und wie schade und bedauerlich, daß unsere Verhältnisse uns nur einen einzigen Abend im Jahr den Luxus dieses schönen Gefühls gestatten, daß wir sonst jahraus jahrein durch Geschäfte und andere wichtige Sorgen davon abgehalten sind!« Dies Gefühl trägt alle Merkmale der Sentimentalität. Denn Sentimentalität ist das Sich-Erlaben an Gefühlen, die man in Wirklichkeit nicht ernst genug nimmt, um ihnen irgendein Opfer zu bringen, um sie irgend je zur Tat zu machen.

Wenn die Pfarrer und Frommen klagen, daß der Glaube und damit das Glück aus der Welt geschwunden sei, so haben sie recht. Unser Verhalten gegen alle wirklichen Werte des Menschen ist von einer Barbarei und Roheit, wie sie die Welt seit Jahrhunderten nicht mehr gesehen hat. Dies zeigt sich in unserm Verhalten zur Religion, in unserm Verhalten zur Kunst, in unserer Kunst selber. Denn die beliebte Meinung, daß die Kunst des modernen Europa auf einer ungeheuer hohen Stufe stehe, ist ebenso ein Irrtum der Bildungsphilister wie die Meinung vom Vorhandensein einer hochstehenden und Respekt verdienenden »Kultur« unserer Zeit.

Der »Gebildete« von heute verhält sich zur Lehre Jesu so, daß er das ganze Jahr hindurch an sie nicht denkt und nach ihr nicht lebt, daß er aber am Weihnachtsabend einer vagen wehmütigen Kindererinnerung nachgibt und ein wenig in zahmen, wohlfeilfrommen Gefühlen schwelgt, ebenso wie er noch einoder zweimal im Jahre, etwa bei Aufführung der Matthäuspassion, dieser zwar längst verlassenen, dennoch aber noch unheimlichen und im Verborgenen mächtigen Welt seine Reverenz macht.

Ja, das alles gibt man zu, jedermann weiß es, und jeder weiß auch, daß es traurig ist. Schuld daran sind politische und ökonomische Entwicklungen, sagt man, schuld ist der Staat, schuld ist der Militarismus, und so weiter. Denn irgend etwas muß ja doch schuld sein. Kein Volk hat »den Krieg gewollt«, ebenso wie kein Volk den Vierzehnstundentag, die Wohnungsnot und die Kindersterblichkeit »gewollt« hat.

Ehe wir wieder Weihnacht feiern und das Ewige und einzig Wichtige in uns mit einem verlogenen Ersatzartikel von Gefühl abspeisen, sollten wir uns lieber dieses ganzen Elendes recht bewußt werden, auch wenn es zur Verzweiflung führt. Schuld an unserem Elend, schuld an der Nichtigkeit und rohen Verödung unseres Lebens, schuld am Krieg, schuld am Hunger, schuld an allem Bösen und Traurigen ist keine Idee und kein Prinzip, schuld daran sind wir, wir selber. Und auch nur durch uns, durch unsere Erkenntnis, durch unsern Willen kann es anders werden.

Ob wir dann die Lehre Jesu wieder aufnehmen und uns neu zu eigen machen oder ob wir andere Formen suchen, das ist einerlei. Die Lehre Jesu und die Lehre Lao Tses, die Lehre der Veden und die Lehre Goethes ist in dem, worin sie das ewig Menschliche trifft, dieselbe. Es gibt nur eine Lehre. Es gibt nur eine Religion. Es gibt nur ein Glück. Tausend Formen, tausend Verkünder, aber nur einen Ruf, nur eine Stimme. Die Stimme Gottes kommt nicht vom Sinai und nicht aus der Bibel, das Wesen der Liebe, der Schönheit, der Heiligkeit liegt nicht im Christentum, nicht in der Antike, nicht bei Goethe, nicht bei Tolstoi – es liegt in dir, in dir und in mir, in jedem von uns. Dies ist die alte, einzige, immer in sich gleiche Lehre, unsere einzige ewig gültige Wahrheit. Es ist die Lehre vom »Himmelreich«, welches wir »inwendig in uns« tragen.

Zündet euren Kindern die Weihnachtsbäume an! Lasset sie Weihnachtslieder singen! Aber betrüget euch selber nicht, seid nicht immer und immer wieder zufrieden mit diesem ärmlichen, sentimentalen, schäbigen Gefühl, mit dem ihr eure Feste alle feiert! Verlangt mehr von euch! Denn auch die Liebe und Freude, das geheimnisvolle Ding, das wir »Glück« nennen, ist nicht da und nicht dort, sondern nur »inwendig in uns«.

HANS CAROSSA

(1878–1956)

Auch eine Art Weihnachten

Die wiederholten Versicherungen des englischen und des amerikanischen Rundfunks, es sollten nur die Schuldigen, keineswegs aber das ganze Volk bestraft werden, hatten eine hoffnungsvolle und ungeduldige Stimmung hervorgerufen, und man rannte durch die letzten Kriegsmonate wie durch einen brennenden Wald. Der ganzen Lage nach war damit zu rechnen, daß als erste Truppen die amerikanischen unsere Gegend erreichen würden, und von diesen war in der märchenliebenden Phantasie der bäuerlichen Bevölkerung ein wundersamer Begriff entstanden. Einige Familien hatten Verwandte in den Staaten; man erkundigte sich, was für eine Art Menschen da drüben wäre, und erhielt beruhigende Auskunft. Als gefährlich für Zivilpersonen galten nur die Flieger, von denen man sich einredete, sie wüßten es nicht, was sie anstellten. Die andern träumte man sich als eine Armee menschenfreundlicher Milliardäre und Inbegriff der Großmut. Schon kam es vor, daß einer, der sich abfällig über sie äußerte, heftigere Belehrungen hinnehmen mußte als einer, der am Führer etwas auszusetzen hatte. Die Kinder aber erhofften sich von ihnen eine Art »Christkindl«, als wären die berühmten Panzer eigentlich nur metallene Bonbonnieren, gefüllt mit jenen sagenhaften Dingen, von denen die Großen gern erzählten: Orangen, Datteln, Feigen, Ananas, Bananen, Rosinen, Zitronat und Schokolade.

RUDOLF PANNWITZ

(1881–1969)

Vor dem Feste

So spricht der weihnachtgeist zum heinzelmann:
Ich schaffe silber bis die nacht heran.
Ölwald und aue sterne mond und meer
Soll himmlisch werden weiss und heilesschwer –

Da spricht der heinzelmann zum weihnachtgeist:
Ich aber fege drinnen bis es gleisst.
Ein haus ein christbaum und zwei lichtlein sind
Mir anvertraut. sag wann das fest beginnt?

Da spricht der weihnachtgeist: Wann die bereit
Für die wir segnen. sonst ist keine zeit.
So spricht der heinzelmann: Ei Gottes sohn
Dann rufe rufe mit dem kinderton!

REGINA ULLMANN

(1884–1961)

Weihnachtsvisite

Über dem Erdbeergarten im ersten Stockwerk arbeitete ein Beamter, der früher Setzer gewesen war. Voll Ernst erzählte uns das die Mutter. »Er hatte eben so respektvoll zu seiner Arbeit gestanden, daß man sie bewundern mußte, obwohl es dieselben Buchstaben waren und an dieselbe Stelle gesetzt, wie bei andern Setzern auch. Wir wollen ihn einmal besuchen während der Weihnachtsferien.« Und das war uns wichtig, und wir nahmen bald darauf feierlich das Briefchen, das uns dort anmelden sollte. Und nicht nur, weil es eine Visite gab, war es uns wichtig. Nein, gerade als einfache, echte Kinder durchschauten wir in unserm Gemüt den Sinn, den dieser Einblick uns versprach mit der Klarheit und Treue, die darin verborgen lag.

Schon, daß der Mann auf einer andern Seite des Hügels wohnte, daß er den Mut besaß, zu einem eigenen Atem, zwischen Neuerstandenem und immer noch sich Verwandelndem, das erstaunte uns und gab uns eine geradere, aufmerksamere Haltung, als wir in sein Haus traten.

Er begrüßte uns selbst. Er kam uns genau so fest und rasch entgegen, wie wir es vorgefühlt hatten. Die Frau kam. Die Kinder standen noch wartend in den Türen des geräumigen Korridors, bis sie gerufen wurden. »Das ist unser Hans,« sagten sie ganz zierlich, »und das hier ist Gretchen.« Es wurden unsere Mäntel abgenommen. Und dann kam der kleine feierliche Gang zur Weihnachtsstube. Aber was war das auch für eine Stube! Wir wären wieder zurückgetreten, wären wir allein gewesen. Es sang ein Vogel darin, so geheim und glitzernd, als säße er frei in den Ästen. Und die Minuten rannen, obgleich mit uns etwas Fremdes, Beschauendes in den Raum kam, reif und klar weiter und netzten, was nicht vergessen sein sollte und abgedorrt wäre. Und die Feierlichkeit begann auch da, unbeirrt wo sie sonst immer begann, an dem kleinen Nähtisch, wie in Person, ganz bescheiden und unscheinbar. Sie verband da, weil Sonntag war und es keine Arbeit gab, hundert und aberhundert Sonnenringe miteinander und löste sie wieder. Dann aber kam der Tisch daran und hielt um seinen Duft an. Die Honigkuchen und Zimtsterne, die vielen Arten von Butterplätzchen waren sämtlich bereit, sich füreinander auszutauschen und ganz und gar verschenken zu lassen, wenn es schicklich wäre. Einstweilen nahmen sie noch zu an Milde und Knusprigkeit und glaubten, das käme allein von dem Weihnachtsbaum her. Der aber auch hatte sein Rund behalten, das von der Sonne selber ausgemessene, und war ganz Wald- und ganz Weihnachtsbaum. Doch weiß ich nicht mehr, womit er geschmückt war. Er hat mir nur gefallen. Ich weiß auch nichts mehr von den Gaben, die auf der weiß- und blaugestickten Decke lagen. Aber sie mögen von großer Sorgfalt gewesen sein, von der Sorgfalt der dreihundertfünfundsechzig Tage des Jahres. Als man sich sattsam getan an Schauen und Verkosten, begann ein kleines Weihnachtslied, wie ein in Moos gestelltes Krippchen. Und mit solcher Freude sangen die beiden Kinder der himmlischen Botschaft, in der Stimme ihrer Eltern, das Lied, daß man bald horchen, bald lächeln mußte. Es waren auch Geschenke, diese von den Kindern ineinander verschlungenen Weisen, und man las sie aus ihrem Munde wie eine sich aufschwingende Verkündigung.

Dann bat man uns in den Wohnraum; da fiel mir eine Puppenwiege auf. Aber der Knabe hatte einen Atlas ausgebreitet, da konnte man die ganze Welt sehen; wie plötzlich das Land seine Zunge ins Meer streckte. Der Knabe schweifte mit einem frohen Blick da hinein. Verständnis ist Liebe. Es verdankt nichts sich selber, obgleich es selber so ganz in Person gegenwärtig ist; es reiht organisch nur an und an. Und was es auch beginnt und vollendet, in allem ist es leiblich und geistig aufgenommen. Da stößt man nicht an spitze Vorsprünge eines Wesens. Darum war auch der Atlas wirklich ein Geschenk. Aber er wurde zusammengefaltet und weggelegt. Die Tassen kamen und die hohe Kaffeekanne und die kristallene Zuckerdose, und noch einmal auf andere Weise Weihnachten. Der »Niedl«, wie sie die Schlagsahne nannten, war recht verlockend, aber doch offiziell feierlich. Wer hätte nicht gerne die guten Gaben einmal im Jahre zu Gaste gebeten, auf blumigem Damast! Und mit solchem Anstand, mit einem so gesitteten Abstand, daß das silberne Löffelchen gleichsam eine kleine Verneigung bekam, ehe man es zum Genusse anhob. Und das Gespräch darüber hin, überzeugt von der Gutheit, der Gediegenheit alles Mittelbaren und der Gegebenheit der Person selber. Das war dieselbe Ehrfurcht, wie über dem Setzertische. Das konnte ein Kind verstehen. Klar war es wie Wasser, schmiegsam und ohne fremden Beigeschmack, aber auch hart und stetig wie das Wasser, das die noch härteren Steine feilt. Wohl hatte ein Kind selten eine Frage einzuschalten, aber das Ohr war in gesprächiger Teilnahme.

Schließlich erhob man sich und betrachtete den blühenden Barbarazweig am Fenster. Es war so recht nach Winterart, diese winzigen rosa Blüten mit den spitzen Seitenblättchen treibend zu machen. Und die

Hyazinthen, die mit ihren weißen Wurzeln wie mit Flammen ins Wasser schossen. Fern waren sie wegen ihres starken Duftes gestellt worden. Aber noch ferner zogen sic selbst. All ihre Hyazinthenluft drang durch die Fensterritzen und Spalten hinaus. Man war ganz betroffen. Es blieb nur die Blume. Es war aber auch draußen ein Abend nach Blumenart, und allmählich hatte das Zimmer selbst eine völlig ferne Richtung bekommen. Noch nicht lange her, war es doch in der Mitte gewesen bei dem »Niedl« und bei der Torte … Man sah ganz befremdet zurück. Gedecke waren nicht mehr darauf. Eine brave kleine Jardiniere stand auf dem Tisch. Eine Tür öffnete sich leise, und die Gesangstimme des Knaben sagte einladend: »Vater, die Laterna magica ist bereit.« Oh, für Kinder, alles war hier für Kinder. Wir sprangen herzu und setzten dankbar uns bereit in dem geräumigen Hausflur. Das hatten wir ihm doch nicht angesehen, als wir eingetreten waren. »Kinder, ferner müßt ihr noch rücken«, sagte der Mann und hob sein Gretchen mitsamt dem Stuhl in den noch dunkleren Hintergrund. Und dann begann das Geräusch der langsam sich schiebenden Glasplatten. Und wir waren innen im Sinn der Bilder und der Farben. Unsere eigenen Bewegungen wurden stoßweise eckig und kühn oder furchtsam sich zurückziehend. Das Rot war da wie in der heißesten Sonne gehend, an der Hand der Mutter, mit geschlossenen Augen. Rot war auch die fernste, äußerste Kälte: der Mond ward da zur Sonne. Die Sonne selber aber hatte keine Macht mehr. Blau war das Wasser. Und gelb seit allen Zeiten her der tausendfache Löwenzahn. Er war das Wappen dieser

Farbe. Ein Mühlrad fing sich zu bewegen an. Ein Hammer schlug auf seinen Amboß. Jahreszeiten kamen wie aus den Büchern hervor mit Elfen und mit Zwergen. Ein Sommer türmte sich auf wankenden Wagen zurück, auf den konnte man viel Vertrauen haben. Ein Winter war da. Die Kinder fuhren auf Schlitten in das Weiß der Leinwand hinein und verschwanden. Es war merkwürdig, beinahe zum Bangen.

Es hatte nicht länger gedauert, als einem Sonntagsgast im Stadtpark, unten, sein Gläschen Likör, und einem Abstinenzler in dem großen Turnsaal seine treuherzige Predigt. Wir standen auf, um vieles bereichert und um etwas verkürzt, wie immer, wenn etwas so plötzlich zu Ende ist. Es war eben eine ganz neue Laterna magica, die noch nicht so viele Platten hatte. Möglich war auch, daß man, mit seinen Sinnen beschäftigt, gar nicht alles hatte behalten können. Und da wir so an den Ausgang des schönen Nachmittages gelangt waren, gab sich von selber das Auseinandergehen. Zwei »Rosinenfrauen« wurden noch aus dem Weihnachtszimmer gebracht und sollten mit auf den Heimweg gehen. Und die Mäntel wurden herbeigeholt und sorgfältig umgelegt wie den eigenen Kindern. Man nahm Abschied von allen und von jedem, beinah ein wenig wehmütig. Dann schloß sich die Türe. Dann war man auf der Treppe, dann im Schnee auf der Straße. Eine Strecke weit noch kamen die vier Gesichter mit …

Wie hat uns doch die Freude ausgestattet, hat uns Gehör, Gesicht, Geschmack verliehen, wahrlich, einfache Dinge, simples, pures Leben, einen Weg gehend, den es ohnedies gehen muß. Und doch ist es wie ein Blütenbaum, oder wie überschneite Winterzweige, oder wie die nackten Konturen des Spätherbstes. Es macht mit uns, was es will, wahrlich vielerlei …

ALBERT EHRENSTEIN

(1886–1950)

Flucht nach Ägypten

Überall erschallt das fromme Lied
Vom Zimmermann, der Palästina mied.
Auf Bildern folgt er gehend,
Dienstbeflissen Spuren
Eines Eselchens,
Das eine Mutter und ihr Kind ertrug,
Während rings anbetend Engel niederfuhren.

Wer Ostens Menschen weiß
Und riecht, wie sich Kamelmist
In Wunderweihrauch der Legenden wandelt,
Sieht Staubgestalten anders walten.
Denn der schwere Jussuf ritt den wunden Esel,
Die Ehesklavin Mirjam folgt
Im Wüstensande wankend,
Den andern Wandermännern
Schwarzverschleiert.

Säugling auf ihrem müdgebeugten Buckel
Schläft in eine Zukunft,
Wo ihn, aussätziger Bettler Hirten,
Sterngelehrig Ochs und Esel
Und, gesalbt mit allen Salben,
Könige grüßen.

BLAISE CENDRARS

(1887–1961)

Weihnachten in der Fremdenlegion

Zum Andenken an das Geschwätz von Dame Peluche

Als Korporal Olliver Sullivan wieder zu sich kam, sah er die Sonne wie durch einen roten Nebel. Er war hintenüber gefallen, mit dem Kopf in einen Bombentrichter, beide Füße oben an seinem Rand. Ein Stacheldraht sägte an seinem Nacken.

Mit großer Anstrengung zog er seine Beine nach und kauerte sich in den Trichter. Ein Schwall von Blut quoll aus seinem Gesicht. Er merkte, daß seine Nase nicht mehr da war und daß er soeben seine Zunge ausgespuckt hatte. Er wollte sich aufrichten, wurde aber augenblicklich von einer Salve deutscher Granaten begrüßt. Da duckte er sich auf den Boden des Lochs, hinter die Körper der beiden Kameraden, die neben ihm gefallen waren.

Jetzt rührte er sich nicht mehr.

Der Morgen rückte vor. Die Sonne stieg höher und strahlte tief in seinen zerfetzten Mund hinein, als wollte sie ihm die Mandeln herausreißen. Korporal Sullivan war geblendet.

Plötzlich hörte er deutsche Stimmen, nicht einmal fünf Meter entfernt. Er erinnerte sich an den Befehl. Er sollte einen deutschen Wachtposten pflücken. Er war mitten in der Nacht losgezogen, mit dem Spanier Aymerol und Chabok, dem tschechischen Dichter. Eine deutsche Granate hatte sie umgelegt, ein paar Meter vor dem Ziel. Der Hauptmann hatte ihnen gesagt: »Als kleines Weihnachtsgeschenk pflückt ihr mir einen Wachtposten, dafür kriegt ihr Urlaub nach Paris.«

Pflücken ...

Es war Mittag. Korporal Sullivan hörte die Deutschen in ihren Schützengräben kommen und gehen. Sie riefen einander an. Man hatte ihnen gerade ihre Suppe gebracht. Plötzlich stand Korporal Sullivan aufrecht auf der Brustwehr der Deutschen, in jeder Hand eine Handgranate. Er war fürchterlich anzusehen, kein Gesicht mehr, der Kiefer baumelte ihm von den Ohren herunter. Schreien konnte er nicht, das Blut quoll in kleinen Schüben aus der klaffenden Wunde. Er schleuderte seine erste Granate mitten unter die Fritzen, die gerade aßen. Diejenigen, die nicht getroffen waren, warteten die Fortsetzung nicht ab. Seiner Handbewegung gehorchend, sprangen sie aus dem Graben und durchquerten laufend die hundertfünfzig Meter, die sie vom französischen Graben trennten. Es waren ihrer fünf.

Korporal Sullivan kam hinterher. Er lachte, und es war, als gurgelte er mit Blut. Er fiel schwer in den Graben. Seine fünf deutschen Gefangenen begruben ihn.

KURT TUCHOLSKY

(1890–1995)

Weihnachten 1918

So steh ich nun vor deutschen Trümmern
und sing mir still mein Weihnachtslied.
Ich brauch mich nicht mehr drum zu kümmern,
was weit in aller Welt geschieht.
Die ist den andern. Uns die Klage.
Ich summe leis, ich merk es kaum,
die Weise meiner Jugendtage:
O Tannebaum!

Wenn ich so der Knecht Ruprecht wäre
und käm in dies Brimborium
– bei Deutschen fruchtet keine Lehre –
weiß Gott! ich kehrte wieder um.
Das letzte Brotkorn geht zur Neige.
Die Gasse grölt. Sie schlagen Schaum.
Ich hing sie gern in deine Zweige,
o Tannebaum!

Ich starre in die Knisterkerzen:
Wer ist an all dem Jammer schuld?
Wer warf uns so in Blut und Schmerzen?
Uns Deutsche mit der Lammsgeduld?
Die leiden nicht. Die warten bieder.
Ich träume meinen alten Traum:
Schlag, Volk, den Kastendünkel nieder!
Glaub diesen Burschen nie, nie wieder!
Dann sing du frei die Weihnachtslieder:
O Tannebaum! O Tannebaum!

OSSIP MANDELSTAM

(1891–1938)

Der Tannen weihnachtliches Leuchten

Der Tannen weihnachtliches Leuchten,
der Wälder Flittergold.
Der Spielzeugwolf, der im Gesträuche
mit seinen Augen rollt.

O weise Schwermut, wohlberedte,
Freiheit, fern dem Schall.
Des Firmaments, des unbelebten, steten,
hohnsprechender Kristall!

JOSEF WEINHEBER

(1892–1945)

Geburt des Lichts

Wie der Frost uns zerspellt
bis hinab ins Gebein!
In der wärmeren Welt
geht jetzt Weihnachten ein.

Sieh die Toten! Die sind
so wie du: Sehr allein.
Eine Kerze verspinnt
dich ins Leben hinein …

Welch ein dürftiges Licht!
Aber wie? Dieser Schein
nimmt das Herz und verspricht
ihm, getröstet zu sein?

Geh hinein, edler Schmerz!
Ach, das Wort ist so klein,
und so groß ist das Herz:
Es verwindet die Pein.

Immer wieder gebiert
es das Lichte, das Sein.
Was gewesen ist, *wird* –
wird zur Gnade gedeihn!

JOHANNES URZIDIL

(1896–1970)

Der Schattenspieler

Seit die große Königin Elisabeth regiert hatte, war Cynthia, der Beiname der jungfräulichen Artemis, volkstümlich für Mädchen in England. Die Cynthia der Begebenheiten, von denen nunmehr erzählt wird, war das fünfjährige Kind eines Kohlenhäuers im Dorfe Sudley. Dieses Dorf liegt in einer freundlichen Talsenke jenes westenglischen Waldgebiets, das Forest of Dean benannt ist.

Es war während des Krieges, und es war ein reichlich kalter Winter für englische Verhältnisse. Die Schafe, um sich warm zu halten, drängten sich auf den Hängen und an den Waldrändern zu dichten Massen zusammen. Auf den obersten Gipfelhöhen lag Schnee. Selbst der Esel Enoch, der zum Gesamtbild des Dorfes Sudley gehörte und sonst allerwärts herumstrolchte, um an verspätetem Kräutrich, Distelzeug und an den Hecken herumzuknabbern, war in dieser Kälte nicht mehr zu sehen.

Jeden Abend kamen die deutschen Bomberschwadronen geflogen. Vermutlich hatten sie es zwar nicht geradezu auf Sudley abgesehen – obwohl manche Leute behaupteten, der ganze Krieg würde nur um Sudleys willen geführt, und hiermit gar so unrecht nicht hatten –, aber sie, die Deutschen, kamen gewißlich an jedem Abend und bombten die großen Städte in der Runde. Ob sie wohl am Weihnachtsabend und Weihnachtstag auch bomben würden? Sicher, sagten die einen, die sind zu allem imstande. Vielleicht doch nicht, sagten die anderen, schließlich sind sie ja auch Menschen, und etliche von ihnen haben doch auch ein Herz im Leibe. So beiläufig teilten sich die wenigen Bewohner von Sudley in zwei Parteien. Eines war sicher: Das »Blackout« mußte in jedem Falle strikt eingehalten werden. Kein Licht nach Eintreten der Dunkelheit, ob nun Weihnachten oder nicht, sagte der Vikar. Die Kinder, ja die Kinder, die sich im Dorfe auskennen, mochten wie immer von Tür zu Tür gehen und ihre Carols singen; aber daß nur jede Hausfrau beim Türöffnen darauf achthabe, daß nicht der geringste Lichtschein sichtbar werde. Das Jesuskind sei das einzige Licht der Welt. Jedes andere müsse man jetzt abblenden.

Cynthias Mutter, Violet, hielt schon seit guten vier Wochen den Christmas-Pudding in einem großen Steinguttopf im Schupfen bereit. Er war oben mit einer harten Talgkruste gesiegelt und der ganze Topf in Tücher verpackt. Das war eine uralte Methode, und überhaupt war das Zubereiten des Puddings ein weitläufiges Zeremoniell, beginnend mit dem Einkauf vielfältiger Ingredienzien und Gewürze und langwierig durchgeführt unter mancherlei Besprechungen mit den Nachbarsfrauen. Angeschnitten wurde der Pudding nicht am Weihnachtsabend, sondern am Weihnachtstag, und man verspeiste ihn dann mit Brandysauce, woran sogar die kleine Cynthia schon erheblichen Geschmack fand. Sie war ein ungewöhnlich gescheites Kind mit ausgeprägten und selbstgestalteten Ansichten. Wenn man ihr etwa bei irgendeiner ihrer kleinen Missetaten sagte: »Sei brav, Cynthia!«, so konnte sie antworten: »Well, ich bin nur ein kleines Mädchen. Nicht jeder kann brav sein, zumindest nicht jeden Tag, du meine Güte!« Das »du meine Güte« hatte sie von Granny Sargeant aufgeschnappt, Großmutter Sargeant, die am anderen Ende des Dorfes wohnte. Aber sie sagte viel mehr, als sie bloß aufgeschnappt hatte. So apostrophierte Cynthia zum Beispiel eine Besucherin, die ihrer Mutter Violet die üblichen wichtigmacherischen Fragen stellte, als da sind: »Wie alt ist denn das kleine Mädchen?« und »Ist sie denn ein braves Mädchen?« und »Geht sie denn auch schon zur Schule?« und ähnliches – diese Frau apostrophierte sie mit den Worten: »Komisch, diese erwachsenen Leute, die ihre Nasen in die Angelegenheiten der Kinder stecken!« So war Cynthia mit fünf Jahren.

Es kam also der Nachmittag vor dem Weihnachtsabend. Seit drei Tagen schon war es kälter und kälter geworden, immer näher war der Schnee längs der Abhänge gegen das Tal herangekrochen, immer dichter hatten sich die Schafherden verknäuelt, im Garten hatte der Frost die letzten Kohlköpfe und Kohlsprossen glaciert, und jetzt schneite es schon seit drei Stunden schwere und dicke Flocken. Mrs. Roscoe – das war der Familienname Violets und Cynthias – hatte bereits ein erhebliches Quantum der Freikohle verfeuert, die ihr Mann Erny vom Bergwerk zugewiesen erhielt. Es waren tiefschwarze glänzende Blöcke, glasig wie Jett. Wie die meisten Menschen in England hatten die Roscoes in jedem Raum ihres kleinen Hauses einen Fireplace, aber sie hielten sich hauptsächlich in der Küche auf, wo man entweder direkt am Kaminfeuer oder in einem dem Backen dienenden seitlichen Einschub die Speisen zubereitete. An langem Stahlspieß toastete man über offener Flamme die Brotscheiben, während man rund um den Kamin saß, heiß an den Sohlen und frierend am Rükken. Von den Brotscheiben gab es kaum je eine, die nicht angekohlt gewesen wäre, aber die Roscoes – wie überhaupt die meisten Engländer – sagten einfach: »We like it that way«, dasselbe, was sie auch zu vielem anderen sagen, was an sich vermeidlich wäre, was man aber als nationale Gepflogenheit betrachtet wie Erkältungen, Rheuma oder lauwarmes Bier. Ein Fremder versteht das nicht ganz leicht und sollte sich auch nicht bemühen, es verstehen zu wollen.

Es war also, wie gesagt, Weihnachtsnachmittag und starkes Schneetreiben. Trotzdem war Mr. Roscoe mit zwei Nachbarn nach Cinderford gegangen, wo man vorhatte, quer über eine flache Heide Stacheldrähte zu ziehen, um etwaige feindliche Landungen aus der Luft zu verhindern oder wenigstens zu erschweren. »Eine feine Beschäftigung für die Weihnachtszeit«, hatte Erny Roscoe gebrummt. So war Violet Roscoe mit Cynthia allein im Hause und buk im Seitenschub des Kamins Rosinenmuffins, von denen etliche heiß und duftend bereits auf einem Brett lagen, als plötzlich das Pochen des Türklopfers vernehmbar wurde. Mrs. Roscoe öffnete, und vor der Tür im Schneegewirbel sah sie einen Mann stehen, nicht groß, nicht klein, nicht leicht, nicht schwer, mit unbekanntem Gesicht jedenfalls und daher weder zu Sudley noch zur nächsten Umgebung gehörig. Wie die Engländer es zu tun pflegen, trug er trotz des argen Wetters keinen Mantel, sondern nur eine dickere Jacke, um den Hals einen Wollschal und Lammfellhandschuhe an den Händen. Auf die Frage, was er wünsche, entschuldigte er sich zunächst – und zwar in ziemlich mangelhaftem Englisch – wegen seines Pochens. Dann sagte er, er sei mit dem Autobus von London bis Blakeney gefahren, danach bis hierher gewandert und möchte weiter nach Coleford gehen. Da zweigten nun aber hier vom Dorfende drei unbezeichnete Straßen ab, und er würde gerne wissen, welche davon er nach Coleford zu nehmen habe.

Ein Mann, der zu Fuß nach dem zwei gute Wegstunden entfernten Coleford gehen wollte, wäre an sich schon eine Merkwürdigkeit gewesen. Denn wer wandert zu Fuß in England herum? Nicht einmal im Sommer tut das jemand, von ein paar abstrusen Freiluftfanatikern abgesehen. Und nun gar im Winterfrost, im Schneegestöber und in der anbrechenden Dämmerung eines Weihnachtsnachmittags. Daß aber ein solcher Mann in jetzigen Kriegszeiten auch noch unzureichend im Gebrauch des Englischen war, mußte höchst verdächtig erscheinen. Möglicherweise mochte er gar ein deutscher Fallschirmspringer sein. Wegen der Parachutisten-Gefahr hatte man ja auf allen englischen Landstraßen und Wegen die Wegweiser, Straßenzeichen und Meilenzeiger beseitigt, damit einfallende Parachutisten sich in dem unübersichtlichen Straßengewirre nicht auskennen sollten und, falls sie jemanden nach dem Weg fragen würden, keine Auskunft bekämen; denn jeder war angewiesen, jeden Unbekannten, der sich orientieren wollte, kurzerhand nach der nächsten Police Constabulary zu senden. Die Einwohner von Sudley pflegten solchen Fragestellern, die bislang immer nur in die Irre geratene englische Automobilisten oder Lastwagenführer gewesen waren, zumeist etwas hämisch zu sagen: »Wohin der Weg führt, weiß ich nicht. Ich bin selbst ein Parachutist.«

Ein solcher Scherz verbot sich aber im Falle eines Nicht-Engländers. Denn da stand der fremde Mann, übrigens durchaus zivil und bescheiden und ohne sichtbare Waffen, und fragte nach dem Weg nach Coleford. So sagte Mrs. Roscoe ganz einfach: »Ich kann Ihnen leider keine Auskunft geben. Da müssen Sie schon erst zur Police Constabulary nach Yorkley gehen.« Die kleine Cynthia stand dabei, aß von einem der eben gebackenen Muffins und sah bald die Mutter, bald den Fremden mit großen Augen an. Dieser jedoch fragte: »Und welche von den Straßen, ich bitte Sie, führt nach Yorkley?« Violet Roscoe, in dieser Frage eine List vermutend, denn man konnte doch nicht wissen, ob dieser schlecht englisch sprechende Mann nicht ein besonders hinterhältiger feindlicher Agent oder Parachutist war, dachte ein wenig nach und sagte dann: »Das kann ich Ihnen leider auch nicht sagen.«

»Was also soll ich tun?«, fragte der Mann etwas ratlos. Er stand andauernd vor der Tür im Freien, in eisigem Wind und heftigem Schneefall, der auch in den schmalen Flur hereindrang.

»Was Sie tun sollen?«, sagte Violet Roscoe, »das weiß ich eigentlich nicht.«

»Könnte ich vielleicht«, schlug der Mann vor, »mit dem Constabler telefonieren, oder hätten Sie die

Güte, es für mich zu tun. Auf meine Kosten natürlich.«

»Telefonieren kann man hier nur vom Post Office«, sagte Mrs. Roscoe, »aber das Post Office ist im Gemischtwarenladen von Mrs. Box und ist jetzt gesperrt, denn erstens ist heute Early Closing Day, an dem doch immer von ein Uhr mittags an gesperrt wird; und zweitens ist Mrs. Box zu ihrer Tante nach Gloucester gefahren und wird erst morgen früh zurückkommen.« Violet Roscoe war jetzt überzeugt, daß dieser Fremdling mit englischem Brauchtum und Wesen unvertraut war, denn er hätte sich zumindest des geheiligten Early Closing bewußt sein müssen, der an einem festgesetzten Wochentag einzuhaltenden Nachmittagsruhe.

Unter normalen Umständen hätte sie freilich einen jeden, der in solch eisigem Schneetreiben vor ihrer Tür gestanden wäre, hereingebeten, sowohl aus Artigkeit als auch weil ihr selbst das Stehen inmitten der sich immer wieder zur Türöffnung hereinwälzenden Schneeschwaden unbehaglich war. Diesmal jedoch wurde sie nicht so rasch mit sich selbst einig, denn einerseits hätte sie sich des unheimlichen Fremden gerne entledigt, andererseits aber machte sich in ihr die angeborene und durch Erziehung erhärtete englische Gastlichkeit fühlbar, so daß sie zaudernd stehenblieb und es nicht über sich brachte, dem Mann die Tür vor der Nase zuzuwerfen. Es entstand also ein betretenes gegenseitiges Schweigen, um das herum der Wind pfiff, der Schnee gischtete, die Buchen vor dem Hause ächzten und die Steckpalmenhecken raschelten, als plötzlich die kleine Cynthia die Initiative ergriff und sagte: »Won't you come in?«

Denn sie war gewöhnt, dies sagen zu hören, wenn jemand vor der Türe stand, und sie glaubte, die Mutter hätte es zu sagen verabsäumt.

»Thank you«, sagte der Fremde; und Mrs. Roscoe konnte sich nun keinesfalls mehr dazu entschließen, die vorlaute Einladung rückgängig zu machen und Cynthia zu desavouieren. Beängstigende Vorstellungen bedrängten ihr Gemüt, da sie beiseite trat, um nun den Mann einzulassen, nicht nur das wahrscheinlich Gesetzwidrige, Staatsgefährliche, ja fast dem Hochverrat Verschwisterte ihres Verhaltens, sondern auch Geschichten von Greueln und Grausamkeiten, Kindermord und Vergewaltigung, begangen von feindlichen Eindringlingen in die Heimstätten friedlicher Menschen. Sie flehte den Himmel an, ihr Gatte Erny möchte doch so schnell als möglich zurückkehren, um ihr Kind und sie selbst noch im letzten Augenblick zu retten. Aber mit der festen Haltung der Engländerin zeigte sie sogar ein freundliches Gesicht, denn dieser Mann war vermöge der Einladung Cynthias nunmehr zum Gast erhoben und sie, Violet Roscoe, war nicht gesonnen, die traditionelle englische Gastfreiheit zu verletzen.

Sie bat den Gast in die Küche. Er warf auf das an der Wand hängende Jagdgewehr einen Blick, den Cynthia auffing und sagte: »Das ist geladen, denn Mr. Fuchs hat unsere Hühner besucht.« Der Gast hatte hierzu nichts zu sagen. Mrs. Roscoe biß sich auf die Lippen. Es war schon düster geworden. Sie trat zum Fenster und zog vorschriftsmäßig erst den Blackout-Vorhang nieder, so daß es in der Küche stockfinster wurde und niemand niemanden sah. Dann entzündete sie die Petroleumlampe, atmete auf und bot dem Gast eine Tasse Tee an. »Willst du nicht auch einen Muffin haben?«, fragte Cynthia. »Sie sind ganz frisch.«

Der Gast lächelte, und auch Violet Roscoe riskierte ein Lächeln, während sie von dem Brett einige Muffins auf einen Teller schob, den sie vor den Gast stellte.

»What's your name?«, fragte das Kind mit strenger Miene, »ich heiße Cynthia.«

»Verzeihung«, sagte er, erschrocken nach Violet blickend, »ich habe ganz vergessen … ach, nämlich: Nelson ist mein Name.«

»Hui, Lord Nelson«, jubelte Cynthia und klatschte in die Hände.

»Nein, o nein«, sagte der Gast, »nur Frank Nelson oder eigentlich Franz Nelson.«

Ein zurechtgemachter Name, dachte Violet. Dieser Mann ist nicht nur kein Engländer, er wagt es sogar, sich Nelson zu nennen, wobei er überdies noch zugibt, nicht Frank, sondern Franz zu heißen. Ein Deutscher also. O Himmel! Und gerade mir mußte das passieren.

»Ich heiße aber wirklich Nelson«, sagte der Gast, als ob er den Gedankengang Mrs. Roscoes erraten hätte.

»Also komm spielen, Lord Nelson«, rief Cynthia und breitete ein Linoleumtableau mit einem Wettrennspiel auf den Dielen vor dem Kamin aus. Sie brachte zwei kleine Zinnpferdehen und einen Würfel samt Becher.

»Komm spielen, Lord Nelson! Ich hab den Schimmel und du hast den Rappen. Auf welchen wettest du und wieviel?«

»Einen Sixpence auf meinen Rappen«, sagte Nelson, der seinen Rock abgelegt hatte und auf dem Fußboden niedergekniet war. Dies beruhigte Violet Roscoe, denn sie sah jetzt zumindest, daß der Mann unter seinem Rock keine Maschinenpistole verborgen hatte.

»Drei Haselnüsse«, sagte Cynthia, »drei Haselnüsse auf meinen Schimmel«, und begann zu würfeln. Sie würfelten emsig wechselweise, die Zinnpferdchen rückten vorwärts oder mußten gemäß der Spielregel an gewissen Punkten wieder zurückfallen, um danach wieder über Hürden, Wasserläufe und andere Hindernisse vorwärtszusetzen. Schließlich siegte Cynthias Schimmel.

»Lord Nelson, du hast verloren«, jauchzte sie. »Wo ist der Sixpence?«

»Hier, hier ist der Sixpence«, sagte der Gast.

»Was für ein Sixpence«, hörte man jetzt die Stimme Erny Roscoes, der unvermutet aus dem Flur eingetreten war, noch eine Menge Schnee auf Schultern und Stiefeln. »Und wer ist der Gentleman?«, fragte er.

»Das ist Lord Nelson«, rief Cynthia triumphierend, »und er hat einen Sixpence gegen meinen Schimmel verloren.«

»Lord Nelson«, sagte Mr. Roscoe kopfschüttelnd. »I do not understand.«

Der Gast begann nun, seine Lage auseinanderzusetzen. Er sei vom Kontinent, aber schon seit fast zwei Jahren im Lande. Er habe seine Papiere in Ordnung und auch seine Reiseerlaubnis. Er habe vor, in Coleford jemanden aufzusuchen, dem er schon seit langer Zeit verbunden, ja verpflichtet sei. Aber der

Bus dorthin sei eingestellt wegen der Schneefälle. So habe er sich von Blakeney zu Fuß aufgemacht. Nun sei es spät geworden. Die Wege seien nicht bezeichnet, und so sei er hierhergeraten. Vielleicht könnte ihn Mr. Roscoe weiterbringen, nach Yorkley wenigstens, zum Constabler, wenn dies so sein müßte, oder irgendwohin, wo er übernachten könnte.

Er würde alles begleichen und bäte um Verzeihung wegen der Belästigung.

»Kommt alles nicht in Frage«, erklärte Erny Roscoe mit Entschiedenheit. »Erstens darf kein Ausländer nach Einbruch der Finsternis draußen sein. Sie wissen doch, daß Sie einer Curfew, einer Polizeistunde, unterliegen. Zweitens kann kein Mensch jetzt durch den Schnee nach Yorkley gehen oder fahren, nicht einmal ich. Man hat Mühe, gerade noch innerhalb des Dorfes vorwärts zu kommen.«

»Was soll ich nun aber anfangen?«, fragte Nelson.

»Gar nichts«, sagte Roscoe. »Sie müssen einfach bis morgen hier bleiben. Überdies werden jetzt jeden Augenblick die deutschen Bomber heransurren. Wie sollte man ohne Blendlicht durch dieses Schneetreiben dringen können?«

»Das mag stimmen«, sagte Nelson. »Ich glaube übrigens nicht, daß die Deutschen heute kommen werden.«

»So«, sagte Roscoe, »warum denn nicht? Haben Sie vielleicht besondere Informationen?« In Roscoes Tonfall lag etwas tief Mißtrauisches. Woher sollte er wissen, daß die Mitteilungen dieses Menschen wahr, seine Papiere echt und seine Absichten redlich waren? Er nahm sich vor, ihn, soweit es ging, auf die Probe zu stellen.

»Nein«, sagte Nelson, »ich habe keine besonderen Informationen, aber es ist dort Weihnachtsabend, und da glaube ich, daß sogar die Deutschen ...« – Bei den Worten »sogar die Deutschen« horchte Roscoe auf. »Woher stammen Sie denn?«, fragte er.

»Aus Deutschland«, sagte Nelson.

»So, Sie stammen also aus Deutschland. Und Sie sind, wie ich Ihren Angaben entnehme, von dort geflohen. Und Sie haben vermutlich dort alle ihre Habe verloren. Und es sind möglicherweise dort etliche ihrer Angehörigen und Freunde schuldlos umgekommen. Ist das nicht so?«

»Ja«, sagte Nelson, »das ist so, wie Sie sagen.«

»Und trotzdem glauben Sie, daß diese Deutschen am Weihnachtsabend auf unser Old England hier keine Bomben werfen werden. Warum glauben Sie das? Oder wissen Sie es vielleicht?«

»Das kann ich nicht so leicht beantworten. Aber vielleicht kann man annehmen, daß auch die Deutschen zu Weihnachten ihre Ruhe haben wollen.«

»There you might have a point«, gab Roscoe zu. Er hatte die Stiefel, die Jacke und auch sein Oberhemd abgelegt, dabei aber Nelson keinen Augenblick unbeobachtet gelassen. Dieser merkte das und hielt den Blick gesenkt. Roscoe stand vor dem aus der Küchenwand vorspringenden Waschbecken und begann nun mit Seifenwasser und Lappen Gesicht und Hände zu schrubben, wie er dies täglich tat, wenn er aus dem Schacht heimkam: Heute hatte er zwar frei, aber mit den Stacheldrähten dennoch harte Arbeit gehabt, und überdies gehörte dieses abendliche Schrubben für ihn zum Ritus des Lebens. Aber auch während er schrubbte, ließ er Nelson nicht aus den Augen. Cynthia hielt dem Vater das Handtuch bereit. Das gehörte zu ihren Gewohnheitsrechten. Es wurde jetzt einige Zeit überhaupt nicht gesprochen. Violet war beschäftigt, für den Abendtee eine Cottage Pie zurechtzumachen, Kaninchenhaschee, von einem Ring Kartoffelbrei umschlossen, das Ganze im Ofen mit einer Kruste überbacken.

»Lord Nelson, ich möchte weiterspielen«, verlangte Cynthia nach einer Weile.

»Genug gespielt«, sagte der Vater. »Morgen ist Weihnachtstag. Da kannst du von früh bis abend spielen.« Cynthia brummelte ein wenig, packte aber dann gehorsam das ganze Wettrennen in eine Schachtel.

»Wen wollten Sie denn eigentlich in Coleford besuchen?«, fragte Roscoe lauernd.

»Ja, wen wollte ich nur besuchen«, sagte der Gast. »Ich bin jetzt ganz konfus geworden. Richtig! Eine Frau. Als ich sie das letztemal sah, vor etwas mehr als zwanzig Jahren, war es in einem Lazarett.«

»Im ersten Krieg vielleicht noch?«

»Ja. Lyra Bennett hieß sie.«

»Kenne ich nicht in Coleford. Violet, kennst du jemanden dort, der so heißt?«

»Nein. Aber ich kenne auch nicht alle Leute. Vielleicht hat sie seither geheiratet und ist längst fortgezogen.«

Roscoe runzelte die Stirne. Der Gast sah nicht so aus, als hätte er schon im ersten Krieg gedient. Er mochte höchstens dreißig Jahre alt sein. »Ich war damals elternlos und ein siebenjähriger Junge«, sagte er, als hätte er Roscoes Mißtrauen bemerkt und wollte es beheben. »Es war zu Ende des Krieges. Miß Bennett sorgte für mich.« Und er setzte hinzu: »Es ist mir sehr peinlich, Ihnen zur Last zu fallen.«

»Don't mention it«, antwortete Erny Roscoe. »Es ist nicht der Rede wert. Wir müssen uns nur darüber klarwerden, wo Sie schlafen können.«

Diese Frage zu lösen war nun für Roscoe keineswegs einfach. Er sagte sich, daß er eigentlich während der ganzen Nacht wach bleiben und den fragwürdigen Besucher unter Aufsicht halten müsse. Denn nichts von dem, was dieser bisher vorgebracht hatte, konnte ohne weiteres als bare Münze genommen werden. Auch Spione und Agenten gaben sich als Opfer des Feindes aus, um sich in das Vertrauen von Engländern einzuschleichen. Unbewacht konnte dieser Mann nächtlicherweile Lichtsignale geben oder gar das ganze Haus als Fanal in Flammen setzen und sich nachher während der Verwirrung in die Wälder schlagen. Draußen war es bereits stockdunkel, und Roscoe wagte nicht einmal, das Haus jetzt zu verlassen, um etwa einen Nachbarn zu Rate zu ziehen: Eine Weile erwog er, Violet auszusenden, aber der nun zu Blizzardstärke ausgeartete Sturm brachte ihn von diesem Gedanken ab.

Räumte man dem Fremden droben die Kammer ein, so war er zwar isoliert und konnte nicht leicht fort, dafür aber war er imstande, von dort aus allerlei Gefährliches zu vollführen. Hier unten in der Küche oder im Wohnzimmer blieb er auch ohne jede Kontrolle und mochte überdies nach vollbrachter Übeltat sich einfach aus dem Staub machen, bevor die Familie oben im Schlafraum etwas merkte. Es blieb also anscheinend nichts anderes übrig, als den Mann die ganze Nacht über zu bewachen. Aber Erny Roscoe hatte nicht die Natur eines Kerkermeisters. Im Grunde schämte er sich seines Mißtrauens. Er war gewöhnt, bis zum Beweis der Unwürdigkeit jedem mit Vertrauen zu begegnen. Andererseits war Krieg, und Roscoe erfuhr in sich das von ihm noch nie erlebte Entsetzen einer Gesamtverantwortlichkeit. Es war, als ob sich an dieser steilen Klippe die immer wieder herankommenden Wogen von Mißtrauen und Vertrauen unablässig brächen.

Roscoe überlegte, wie er dem Manne kleine Fallen stellen könnte, um sich seiner zu vergewissern. Es fiel ihm aber nichts ein. Cynthia jedoch, die derartige Fallen nicht erwog, stellte ihm unbewußt eine. »Lord Nelson, how is your nummy?«, fragte sie. Roscoe griff diese Frage sogleich auf und setzte hinzu: »Ja, was hören Sie von den Ihren aus Deutschland?« Roscoe wußte, daß jede Art von Verbindung oder Korrespondenz mit Feindesland auch auf dem Umweg über neutrale Länder verboten war.

Der Gast machte ein erstauntes Gesicht. »Aus Deutschland? Wie sollte ich von dort etwas hören?«

Man setzte sich zum Abendtee. Die Cottage Pie wurde aufgetragen. Cynthia sprach das Gebet. »For what we are going to receive the Lord God may make us truly thankful.«

Als abgedeckt worden war, sagte Erny: »In unserer Gegend hier feiert man den Weihnachtsvorabend nicht besonders. Nur die Kinder gehen von Haus zu Haus und singen die alten Carols. Wenn der Sturm draußen aufhören würde, kämen sie vielleicht auch heute. Sonst ist nichts los. Das Fest ist morgen. Morgen empfängt man auch die Geschenke. Bei Ihnen, so sagt man, gibt es Tannenbäume mit Lichtern. Wir haben statt dessen einen Mistelzweig. Ja, den haben wir im Wohnzimmer an der Hängelampe.«

»Wenn ich groß sein werde, Lord Nelson«, rief Cynthia, »dann kommst du mit mir unter den Mistelzweig und dann …«

»Unsinn«, schnappte Roscoe.

»Ja, ich weiß genau, was dann alles sein wird«, ließ sich Cynthia nicht abbringen, »die Hazel hat es mir erzählt.«

»Die Hazel weiß auch nicht alles«, sagte Violet. »Sie ist ein genauso kleines Mädchen wie du.«

»Sie weiß alles«, erklärte Cynthia, »und ich werde dann Lord Nelson heiraten.«

»Was für Dummheiten sie redet«, sagte Violet.

»Der Mistelzweig ist ein Zauberzweig«, rief Cynthia. »Kannst du zaubern, Lord Nelson?«

»Zaubern?« Der Gast dachte nach. »Vielleicht«, sagte er dann, »ein wenig.«

»So zauber mir etwas, zauber mir etwas«, jubelte Cynthia.

Der Gast setzte sich zwischen die Lampe und die weiße Wand. Er hob seine Hände und begann sie so zu stellen und zu formen, daß die hübschesten Schattenbilder auf der Wand erschienen.

»Paß auf, Cynthia. Wer kommt da? Siehst du den Mann? Es ist der alte böse Kaiser Augustus. Sieh, wie sein Mantel wallt. Und was tut er? Er zählt seine Untertanen. Eins, zwei, drei, vier und so fort. Sie müssen zum Abzählen alle in der Reihe stehen. Aber da, noch ziemlich weit in der Ferne, ist ein Haus. Siehst du das Haus? Es ist schon recht verfallen. Eigentlich ist es nur ein alter Stall. Aber wir wollen einmal sehen, wer darin ist. Es sind Menschen, die auch zum Abzählen gekommen sind, aber übernachten mußten. Und dabei ist ihnen ein Baby geboren worden. Und wer sind die Menschen? Da rechts steht der Mann. Er heißt Josef. Jetzt dreht er sich um und ruft einen Ochsen. So, da kommt der Ochse. Siehst du die Hörner? Und jetzt ruft er den Esel. Da ist er schon mit seinen langen Ohren.«

»Der Esel Enoch, der Esel Enoch«, rief Cynthia.

»Enoch? Meinetwegen. Er mag Enoch geheißen haben. Und da siehst du jetzt Maria. Sie neigt sich ein wenig nach vorn, denn sie hat das Jesusbaby im Schoß. Siehst du, wie winzig es ist? Man kann eben noch den Kopf sehen.«

»Laß es mich doch ganz sehen«, bettelte Cynthia.

»Das ist nicht so einfach«, sagte der Fremde. »Aber sieh nur hin, wie es den Kopf hebt. Es ist eben zur Welt gekommen und kann den Kopf schon hochhalten. Das will etwas bedeuten! Und jetzt kommen die Hirten und die Schafe, da siehst du sie herannahen, immer ein Hirt und ein paar Schafe. Aber oben darüber, siehst du, was da jetzt erscheint? Es ist ein Engel. Er hat große, gewaltige Flügel. Diese Flügel, sie strahlen in Wirklichkeit, und du siehst jetzt nur deshalb den Schatten, den sie werfen, weil das noch viel mehr strahlende Licht Gottes und der Ewigkeit auf diese Flügel fällt. Und in diesem unbeschreiblichen Glanz hört man den Engel rufen: ›Ich verkündige Euch eine große Freude ... Friede auf Erden und den Menschen ein Wohlgefallen!‹«

Der Gast schwieg, und es war eine kristallklare Stille. Selbst der Sturm draußen hatte sich gelegt.

»Sie können vielleicht oben in der Kammer schlafen«, sagte Erny mit etwas heiserer Stimme. »Die Deutschen scheinen ja heute wirklich nicht zu kommen. Seien Sie trotzdem vorsichtig mit dem Licht, Sir.«

»Verlassen Sie sich darauf«, sagte der Gast. »Mit Licht weiß ich schon Bescheid.«

»Und morgen«, sagte Erny, »morgen werden wir dann schon sehen, wie wir Sie nach Coleford bringen.«

»Nein, nein, nein«, rief Cynthia. »Lord Nelson muß hierbleiben. Unter dem Mistelzweig. Dann wird er mir täglich zaubern!«

»Niemand kann täglich zaubern«, sagte Violet. »Du darfst dem Gentleman jetzt einen Gutenachtkuß geben.«

»Merry Christmas«, sagte der Gast und küßte Cynthia mitten auf den Mund.

»Merry Christmas, Lord Nelson! Aber du hast vergessen, etwas zu zaubern.«

»Was denn?«

»Den Stern, Lord Nelson, den Stern!«

»Ja, den Stern«, sagte der Lord. »Der hat mir schon immer Schwierigkeiten bereitet. Um Sterne zu zaubern, dazu gehört freilich etwas ganz Besonderes. Das kennt nur der liebe Gott. Und auch dem ist es bisher nur ein einzigesmal gelungen.«

HARDY WORM

(1896–1973)

Weihnacht bei Strohschneiders

Nun stehn wir wieder vor der Jahreswende;
Die Tanne duftet, und die Lichter tropfen.
Man drückt und küßt Madames und andre Hände,
Läßt sich von jedem auf die Schulter klopfen.
So mancher macht nun wieder mal in Menschenliebe,
An die er sonst das ganze Jahr nicht denkt.
Im Alltag reimt sich alles auf das Wörtchen Hiebe,
Da wird dem andern nur ein böser Blick geschenkt.
Doch heute: schau mir treu in die Pupille
Und trag die Filzpariser in Gesundheit auf.
In dieser Nacht, die heilig ist und stille,
Tritt man am besten leise auf.

»Ja, ja, wie schnell ist uns die Zeit entschwunden!«
Man seufzt und legt auf seinen Bauch die Hände.
Man schwatzt von guten und von schweren Stunden
Und auch ein wenig über Dachstuhlbrände.
Der Braten kommt. Die Gans hatte ein zähes Leben;
Vielleicht war's eine aus dem Kapitol.
Doch um dem Ganzen Jubelstimmung nun zu geben,
Setzt man sich leise weinend unter Alkohol.
Bald ist's erreicht! Schon knistert's in den Zweigen;
Schnell wird der letzte Kerzenstummel ausgemacht.
Und nur im Nebenhause stören Geigen
Die stille und die heilige Nacht.

THEODOR KRAMER

(1897–1958)

Ein Weihnachten

Es winkte mir kein Baum mit Christbaumkerzen;
sechs Wochen erst war ich aus der Armee entlassen,
dichter lag in meinem Herzen
als ringsum in der großen Stadt der Schnee.
Die harschen Steige lagen schon verlassen,
die Buckel knarrten, und es war noch hell;
ich irrte ziellos durch die kleinen Gassen
und unversehens stand ich vorm Bordell.

Ich öffnete die wohlbekannte Türe –
und wandte mich zutiefst beschämt zum Gehn;
mir war, als würden mir die Silberschnüre,
die goldnen Sterne in die Augen sehn.
Der Tisch war für die Gäste schon gerichtet;
den Braten trug das dralle Ding vom Land
herein, sie sah mich, und ich stand vernichtet.
Dann nahm sie still mich freundlich bei der Hand.

Und vor den Leuten, die beladen kamen,
gab sie mich leicht als einen Vetter aus;
ich sang die alten Lieder, heilgen Namen,
und teilte froh mit Jung und Alt den Schmaus.
Und als ich ging mit ihren letzten Gästen,
rief auf der Stiege mich ihr Blick zurück;
und zwischen Christbaumschmuck und Kerzenresten
genoß gerührt ich unverdientes Glück.

BERTOLT BRECHT

(1898–1956)

Die gute Nacht

Der Tag, vor dem der große Christ
Zur Welt geboren worden ist
War hart und wüst und ohne Vernunft.
Seine Eltern, ohne Unterkunft
Fürchteten sich vor seiner Geburt
Die gegen Abend erwartet wurd.
Denn seine Geburt fiel in die kalte Zeit.
Aber sie verlief zur Zufriedenheit.
Der Stall, den sie doch noch gefunden hatten
War warm und mit Moos zwischen seinen Latten
Und mit Kreide war auf die Tür gemalt
Daß der Stall bewohnt war und bezahlt.
So wurde es doch noch eine gute Nacht
Auch das Heu war wärmer, als sie gedacht.
Ochs und Esel waren dabei
Damit alles in der Ordnung sei.
Eine Krippe gab einen kleinen Tisch
Und der Hausknecht brachte ihnen heimlich einen Fisch.
(Denn es mußte bei der Geburt des großen Christ
Alles heimlich gehen und mit List.)
Doch der Fisch war ausgezeichnet und reichte durchaus
Und Maria lachte ihren Mann wegen seiner Besorgnis aus
Denn am Abend legte sich sogar der Wind
Und war nicht mehr so kalt, wie die Winde sonst sind.

Aber bei Nachst war er fast wie ein Föhn.
Und der Stall war warm und das Kind war sehr schön.
(...)

ERICH KÄSTNER

(1899–1974)

Sechsundvierzig Heiligabende

(Weihnachten 1945 in der Neuen Zeitung, Kinderbeilage.) Hier wäre allenfalls darauf hinzuweisen, daß dieser Abend für Millionen Deutsche gleich schmerzlich verlief und daß das Feuilleton nur deshalb geschrieben wurde.

Fünfundvierzigmal hintereinander hab ich mit meinen Eltern zusammen die Kerzen am Christbaum brennen sehen. Als Flaschenkind, als Schuljunge, als Seminarist, als Soldat, als Student, als angehender Journalist, als verbotener Schriftsteller. In Kriegen und im Frieden. In traurigen und in frohen Zeiten. Vor einem Jahr zum letztenmal. Als es Dresden, meine Vaterstadt, noch gab.

Diesmal werden meine Eltern am Heiligabend allein sein. Im Vorderzimmer werden sie sitzen und schweigend vor sich hinstarren. Das heißt, der Vater wird nicht sitzen, sondern am Ofen lehnen. Hoffentlich hat er eine Zigarre im Mund. Denn rauchen tut er für sein Leben gern. »Vater hält den Ofen, damit er nicht umfällt«, sagte meine Mutter früher. Mit einem Male wird er »Gute Nacht« murmeln und klein und gebückt, denn er ist fast achtzig Jahre alt, in sein Schlafzimmer gehen.

Nun sitzt sie ganz einsam und verlassen. Ein paarmal hört sie ihn nebenan noch husten. Schließlich wird es in der Wohnung vollkommen still sein ... Bei Grüttners oder Ternettes singen sie vielleicht »O du fröhliche, o du selige«. Meine Mutter tritt ans Fenster und schaut auf die weißbemützten Häuserruinen gegenüber. Am Neustädter Bahnhof pfeift ein Zug. Aber ich werde nicht in dem Zuge sein.

Dann wird sie in ihren Kamelhaarpantoffeln leise und langsam durchs Zimmer wandern und meine Fotografien betrachten, die an den Wänden hängen und auf dem Vertiko stehen. In den Büchern, die ich geschrieben habe und die sie auf den Tisch gelegt hat, wird sie blättern. Seufzen wird sie. Und vor sich hinflüstern: »Mein guter Junge«. Und ein wenig weinen. Nicht laut, obwohl sie allein im Zimmer ist. Aber so, daß ihr das alte, tapfere Herz weh tut.

Wenn ich daran denke, ist mir es, als müßte ich, hier in München, auf der Stelle vom Stuhl aufspringen, die Treppen hinunterstürzen und ohne anzuhalten bis nach Dresden jagen. Durch die Straßen und Wälder und Dörfer. Über die Brücken und Berge und verschneiten Äcker und Wiesen. Bis ich endlich außer Atem vor dem Hause stünde, in dem sie sitzt und sich nach mir sehnt, wie ich mich nach ihr.

Aber ich werde die Treppen nicht hinunterstürzen. Ich werde nicht durch die Nacht nach Dresden rennen. Es gibt Dinge, die mächtiger sind als Wünsche.

Da muß man sich fügen, ob man will oder nicht. Man lernt es mit der Zeit. Dafür sorgt das Leben. Sogar von euch wird das schon mancher wissen. Vieles erfährt der Mensch zu früh. Und vieles zu spät.

Meine liebe Mutter ... Nun bin ich doch selber schon ein leicht angegrauter, älterer Herr von reichlich sechsundvierzig Jahren. Aber der Mutter gegenüber bleibt man immer ein Kind. Mutters Kind eben. Ob man sechsundvierzig ist oder Ministerpräsident von Bischofswerda oder Johann Wolfgang von Goethe persönlich. Das ist den Müttern, Gott sei Dank, herzlich einerlei!

Später wird sie sich eine Tasse Malzkaffee einschenken. Aus der Zwiebelmusterkanne, die in der Ofenröhre warmsteht. Dann wird sie ihre Brille aufsetzen und meinen letzten Brief noch einmal lesen. Und ihn sinken lassen. Und an die fünfundvierzig Heiligabende denken, die wir gemeinsam verlebt haben. An Weihnachtsfeste besonders, die weit, weit zurückliegen. In längstvergangenen Zeiten, da ich noch ein kleiner Junge war.

An das eine Mal etwa, wo ich ihr einen großen, schönen, feuerfesten Topf gekauft hatte und mit ihm, als sie mich zur Bescherung rief, hastig durch den Flur rannte. Als ich ins Zimmer einbiegen wollte, begann ich strahlend: »Da, Mutti, hast du ...« Ich wollte natürlich rufen: »... einen Topf!« Aber nein, Mutters feuerfester Topf kam leider, als ich in die Zielgerade einbog, mit der Tür in Berührung. Er zerbrach, und ich stammelte entgeistert: »Da, Mutti, hast du – einen Henkel!« Denn mehr als den Henkel hatte ich nicht in der Hand.

Wenn sie daran denkt, wird sie lächeln. Und einen Schluck Malzkaffee trinken. Und sich anderer Weihnachten erinnern. Vielleicht jenes Heiligabends, an dem ich ihr die »sieben Sachen« schenkte. Verlegen überreichte ich ihr eine kleine, in Seidenpapier gewickelte Pappschachtel und sagte, während sie diese unterm Christbaum vorsichtig und gespannt auspackte: »Weißt du, ich habe doch nicht viel Geld gehabt – aber es sind sieben Sachen, und alle sieben sind sehr praktisch!« In der Schachtel fand sie eine Rolle schwarzen Zwirn, eine Rolle weißen Zwirn, eine Spule schwarzer Nähseide, eine Spule weißer Nähseide, ein Briefchen Sicherheitsnadeln, ein Heftchen Nähnadeln und ein Kärtchen mit einem Dutzend Druckknöpfchen. Sieben Sachen! Da freute sie sich sehr, und ich war stolz wie der Kaiser von Annam.

Oder ihr fällt jener Weihnachtsabend ein, an dem ich, nach der Bescherung, noch zu Försters Fritz, meinem besten Freunde, lief, um zu sehen, was denn der bekommen hatte. Seinen Eltern gehörte das Milchgeschäft an der Ecke Jordanstraße … Ganz plötzlich kam ich wieder nach Hause. Ich stand, als meine Mutter die Tür öffnete, blaß und verstört vor ihr. Försters Fritz hatte eine Eisenbahn geschenkt bekommen, und als ich damit hatte spielen wollen, hatte er mich geschlagen!

Da stand ich nun klein und ernst vor ihr und fragte, was ich tun solle. Zurückschlagen hatte ich nicht können. Er war ja mein bester Freund. Und warum er mich eigentlich geschlagen hatte, begriff ich überhaupt nicht. Was hatte ich ihm denn getan?

Damals hatte meine Mutter zu mir gesagt: »Es war richtig, daß du nicht zurückgeschlagen hast! Einen

Freund, der uns haut, sollen wir auch nicht prügeln, sondern mit Verachtung strafen.« »Mit Verachtung strafen?« Ich machte kehrt.

»Wo willst du denn hin?« fragte meine Mutter.

»Wieder zurück!« erklärte ich energisch. »Ihn mit Verachtung strafen!« Und so ging ich wieder zu Försters und verbrachte den Rest des Abends damit, meinen Freund Fritz gehörig zu verachten. Leider weiß ich nicht mehr, wie ich das im einzelnen gemacht habe. Schade. Sonst könnte ich euch das Rezept verraten.

Oder meine Mutter wird an einen anderen Heiligabend denken, der nicht ganz so weit zurückliegt. Es sind höchstens zwanzig Jahre her – da gingen wir, nach unserer Bescherung, an den Albertplatz zu Tante Lina, um dabeizusein, wenn der kleine Franz beschert bekäme. Franz war das Kind meiner früh verstorbenen Base Dora.

Ich war damals ungefähr fünfundzwanzig Jahre alt. Und plötzlich sagte Tante Lina, der Weihnachtsmann, der zum kleinen Franz hätte kommen sollen, habe in letzter Minute wegen Überlastung abtelefoniert, und ich müsse ihn unbedingt vertreten! Sie zogen mir einen umgewendeten Pelz an, hängten mir einen großen weißen Bart aus Watte um, drückten mir einen Sack mit Äpfeln und Haselnüssen in die Hand und stießen mich in das Zimmer, wo Franz, der kleine Knirps, neugierig und etwas ängstlich auf den richtigen Weihnachtsmann wartete. Als ich ihn mit kellertiefer Stimme fragte, ob er auch gefolgt habe, antwortete er: O ja, das habe er schon getan. Und dann kitzelte mich der alberne Wattebart derartig in der Nase, daß ich laut niesen mußte.

Und der kleine Franz sagte höflich: »Prost, Onkel Erich!« Er hatte den Schwindel von Anfang an durchschaut und hatte nur geschwiegen, um uns Erwachsenen den Spaß nicht zu verderben.

Meine Mutter in Dresden wird also an vergangene glücklichere Weihnachten denken. Und in München werde ich es auch tun. Erinnerungen an schönere Zeiten sind kostbar wie alte goldene Münzen. Erinnerungen sind der einzige Besitz, den uns niemand stehlen kann und der, wenn wir sonst alles verloren haben, nicht mitverbrannt ist. Merkt euch das! Vergeßt es nie!

Während ich am Schreibtisch sitze, werden meiner Mutter vielleicht die Ohren klingen. Da wird sie lächeln und meine Fotografien anblicken, ihnen zunikken und flüstern: »Ich weiß schon, mein Junge, du denkst an mich.«

JORGE CARRERA ANDRADE

(1903–1978)

Dezember der Kinder

Dezember hat sich die weiße Schürze vorgebunden
und macht für eine Weile seine Küche auf.
Den ganzen Tag und die ganze Nacht läßt er das
Feuer flackern
in den armen Fenstern. Mit Mehl
bepudert er alle Dinge,
und gläserne Trauben reicht er auf Platten aus Eis.

Für die Kinder bringt er am Arm
die Weihnacht: ein Körbchen, Spritzkuchen gehäuft.

Die Dachrinne brodelt wie ein siedender
Fleischtopf.
Der Nebel ist wie der Dampf eines Abendessens,
und die langsamen Regenschirme sind Pilze auf
        Wanderschaft.
Die Herzen der Kinder erfüllt
das Prasseln, das Brutzeln des Regens auf seinem
        Rost.

PETER HAMMERSCHLAG

(1905–1941)

Die Weihnachtsdirne
(Im Rahmen eines perfekten Kitsch-Zyklus)

Wer mag zur Christnacht schellen?
'ś wird wohl 'ne Dirne sein.
Im Lichterglanz, im hellen –
Beim Himmel: du?! Tritt ein …

Ja, so muß Laster lohnen.
Seht, wie sie niedersinkt.
Den Mund voll goldner Kronen,
Die Augen blau umringt.

Am Hals die grelle Masche,
Geschminkt und tränenblind,
Und in der Aktentasche
Ein mürrisch Sündenkind.

Der Kranz? Verwelkt, zerrissen.
Das Herz? Verfault, verdorrt.
Schweig still. Nichts mag ich wissen.
Hier find'st du sichern Port.

Sollst nimmermehr dich wälzen
In Gossen und in Lust,
Und wenn die Kerzlein schmelzen,
Ruh aus an meiner Brust.

Horch, Weihnachtsglocken klingen!
Verzag nicht an der Welt!
Die Osterhäslein singen,
Das Hurenkindlein bellt …

ROSE AUSLÄNDER

(1907–1988)

Weihnacht

Die Stadt badet im Schnee
Der Kranz grünt
auf der verriegelten Tür

Das Christkind bittet
um Einlaß
denn es ist kalt
in der Stadt im Land in der Welt
aus Schnee und Weihrauch

MARCEL POBÉ

(1907–1967)

Der irrtümliche Weihnachtsbaum

Es traf sich gut; der alte Cadoux stand in der dämmrigen Werkstatt hinter der Garage vor seinem Schraubstock und feilte vornübergebeugt an einem Metallstück herum. Professor Arnstein trat nahe zu ihm hin. Aber Cadoux erkannte ihn nicht gleich.

»Sie wünschen?« fragte er mit einem mißtrauischen Seitenblick.

Man begegnete damals jedem Unbekannten mit Argwohn, besonders seit der völligen Besetzung des Landes.

»Ich bin's, Arnstein.« Der Professor sprach seinen Namen so aus, wie die Südfranzosen sich ihn zurechtgelautet hatten: Arnestenn.

Cadoux ließ erst ein erfreutes »Ah!« hören, rückte die Mütze ein bißchen nach hinten, fuhr noch dreimal über das eingeklemmte Eisen und sagte dann, zu Arnstein gewandt:

»Das ist nett von Ihnen, daß Sie den Père Cadoux auch einmal in seinem Atelier besuchen. Ihre Frau«

– der Alte sagte mit der höflichen Formel des Volkes: votre dame – »Ihre Frau schaut manchmal im Vorbeigehen ein wenig zu mir herein. Aber Sie ... Sie sitzen immer nur über Ihren Büchern.«

»Pardon. Ich habe mich immerhin ans Pastistrinken gewöhnt. Bevor ich in Aix lebte, hätte ich mir nicht einmal im Traum vorstellen können, daß ich mich am Feierabend mit ein paar freundlichen Nachbarn beim Aperitif treffen würde.« Besonders mit Nichtakademikern, dachte der Professor für sich weiter.

»Sehen Sie: zu etwas ist das Unglück doch gut.«

Das war wieder einer der vertrauten Aussprüche, mit denen ihm seine wenigen Bekannten in Aix dann und wann zu verstehen gaben, wie sehr sie an seinem Flüchtlingslos teilnahmen. Arnstein erhob dennoch Einspruch:

»Sagen Sie nicht: Unglück; wir sind in Aix nicht unglücklich. Daß ich mein Vaterland habe verlassen müssen, hängt eben mit den gewaltigen Veränderungen unserer Zeit zusammen.«

»Schlimme Veränderungen!« brummte der alte Cadoux. »Sie sind ein Philosoph; Sie ertragen Ihr Mißgeschick gelassen.«

Arnstein lächelte still für sich; dieser einfache Mann hatte ihm seine stoische Lebensauffassung von der Seele abgelesen, besser als die Mehrzahl seiner ehemaligen Berliner Schüler. Die hatten ihn indifferent gescholten und waren zu einer anderen Denkart übergegangen, deren gräßliche Folgen jetzt die ganze Welt verheerten. Während der Professor sann, fuhr der Garagist nachdenklich weiter:

»Ja, aber Ihre Frau – votre dame –, die nimmt es viel schwerer. Sie verzehrt sich vor Angst und Heimweh.«

»Da haben Sie recht. Zwar weniger vor Angst – sie ist ein mutiger Mensch – als vor Heimweh. Wir mußten von einem Tag auf den andern alles verlassen. Wir sind schon seit neun Jahren unterwegs. Immer wurden wir vertrieben. Aix ist bereits unsere fünfte Etappe.«

»Und vielleicht nicht die letzte, mein lieber Herr«, fügte Cadoux offenherzig bei; er wußte, daß man Arnstein nicht zu schonen brauchte. »Ihrer Frau würde ich so etwas natürlich nicht sagen.«

»Meine Frau – sehen Sie, Herr Cadoux, ihretwegen komme ich ja gerade zu Ihnen. Nächste Woche feiern wir Weihnachten, und das ist – das war bei uns ein großes Fest, das schönste Fest des Jahres.«

»Bei uns auch, Monsieur Arnestenn.«

»Gewiß; ich habe die zierlichen Krippenfiguren gesehen, die man hierzulande aufstellt.«

»Unsere Santons. Haben Sie denn keine solchen?«

»Nein, so kunstvolle nicht. Und unsere Krippen bestehen nur aus den Figuren der eigentlichen Weihnachtsgeschichte: Jesuskind, Maria und Joseph, Ochs und Esel, Hirten, Engel und die drei Könige ...«

»Und die anderen Leute gehören nicht dazu? Der Bäcker mit dem Brot, der Müller mit dem Mehlsack, die Alte mit dem Reisigbündel? Je mehr dabei sind, desto schöner ist es doch!«

»Ja, ich weiß: hier feiert man Weihnachten ganz und gar in der Krippe.«

»Und bei Ihnen?«

»Wir haben den Weihnachtsbaum. Eine Tanne, über und über mit bunten Kugeln, mit Silberschnüren und funkelnden Sternen behängt. Auf den Ästen brennen kleine Kerzen. Und darunter steht die Krippe von Bethlehem.«

»Eine Tanne ...?« Cadoux stellte die Frage voller Verwunderung. Aber er begriff dann doch im Handumdrehen, daß es für Menschen, die sich von Kind an Jahr für Jahr auf den Weihnachtsbaum gefreut haben, ohne diese Tanne kein rechtes Fest geben kann. »Genauso, wie wenn bei uns die große Krippe mit den vielen Figuren fehlte.«

Und in einem zweiten Handumdrehen erklärte sich der gute Mann bereit, Professor Arnsteins Bitte zu erfüllen.

»Am Samstag muß ich in die Gegend von Sisteron fahren, um Brennstoff für den Holzvergaser zu holen. Dort hat es Tannen genug. Etwa so hoch muß sie also sein.« Dabei streckte er den Arm auf Mannshöhe in die Luft. »Einer der Holzfäller wird mir schon helfen. Kurzum, Sie können darauf zählen.«

»Aber meine Frau darf nichts davon wissen. Für sie soll's eine Überraschung sein.«

»Abgemacht.«

Während der folgenden Tage bastelte Professor Arnstein mit seinen ungeschickten Händen, die sonst nur zum Führen der Feder und zum Umblättern der Seiten brauchbar waren, heimlich aus allerlei Faden und Schnur, Papier und Pappw einen Christbaumschmuck für seine Frau zusammen. Mit Wasserfarben aus einer Spielzeugschachtel, die er teuer erstanden hatte, bemalte er Stück für Stück. Leider waren die beiden Näpfchen mit dem Gold und dem Silber rasch leer; so wurden die übrigen Sterne rot und blau und auch gelb. In einer Schublade seines Arbeitszimmers häufte sich der kleine Schatz, täglich zahlreicher und bunter. Cadoux zimmerte ihm dazu aus einem alten Kistchen eine Krippe; überdies verfertigte er aus dünnem Draht zwei Dutzend Kerzenhalter. Die Kerzchen selbst mußte sich Arnstein bei den Krämern zusammenbetteln, an denen er auf dem Weg zur Bibliothek vorüberkam.

»Sie arbeiten wohl auch während der Verdunkelung, Herr Professor?« fragte ihn listig zwinkernd der Spezereihändler an der Ecke der Rue Espariat, von dem es hieß, er treibe in der Nacht allerlei schwarze Geschäfte.

Auf dem Markt hinter der Hauptpost kaufte Arnstein die nötigen Krippenfiguren.

»Ja – und die anderen?« fragte ihn die magere Frau am Stand der Santons. »Haben Sie die schon?«

»Nein, die brauche ich gar nicht.«

Kopfschüttelnd sah ihn die Verkäuferin mit dem kleinen Paket weggehen.

»Wenn die Leute jetzt keine richtigen Krippen mehr machen wollen!«

Dafür aber war die Tanne, die Cadoux aus den Alpen mitbrachte, gerade der richtige Weihnachtsbaum. Bis zum Heiligen Abend versteckte ihn der Garagist in einer Ecke seiner Werkstatt hinter Blechen und Brettern.

»Gertrud« – Professor Arnstein bemühte sich, so unbefangen wie möglich zu sprechen – »Gertrud, wie wär's, wenn du uns am heutigen Abend ein kleines Festessen vorsetzen würdest?«

Frau Arnstein richtete aus ihrem abgezehrten, bleichen Gesicht zwei erstaunte, fast erschreckte Augen auf ihren Mann.

»Ein Festessen? Aber Jakob, was fällt dir denn ein? Du weißt doch, daß man rein gar nichts erhält.«

»An Weihnachten gibt's vielleicht ...« Er sagte es schüchtern und zugleich voll geheimer Hoffnung.

»Weihnachten?« Ungläubig wiederholte sie das Wort. »Wie kommst du auf Weihnachten? Du glaubst doch gar nicht an das Weihnachtswunder. Du zählst das auch zu den frommen Legenden ...«

»... zu den ehrwürdigen Legenden der Menschheit«, unterbrach er sie, als verbessere er ein ungenaues Zitat.

»Und hier könnten wir Weihnachten doch nicht feiern wie einst daheim. Wir hätten ja nicht einmal einen Weihnachtsbaum.«

Arnstein bangte um seinen Plan. Seine Frau mußte unbedingt aus dem Haus, damit er alles für das Fest vorbereiten konnte.

»Gertrud« – er legte etwas beharrlich Bittendes in seinen Ton – »tu mir den Gefallen. Für einen Abend möchte ich mit dir fort aus dem grauen Alltag, aus der jahrelangen Angst.«

»Du und Angst!« Sie rief es fast spöttisch aus. Aber er blickte sie so inständig an, daß sie betroffen einlenkte: »Nun, wenn es dir Freude macht, so kann ich's ja versuchen. Versprich dir jedoch nicht zuviel davon.«

Er kannte Gertrud. Sie würde jetzt zwei Stunden lang in allen Lebensmittelgeschäften der Stadt nach seinen Lieblingsspeisen fahnden, die längst unauffindbar waren. Und er hatte inzwischen Zeit, die Tanne heraufzuholen und sie in einen Weihnachtsbaum zu verwandeln.

Cadoux ließ es sich nicht nehmen, den Baum selber die drei Stockwerke hinaufzutragen.

»Wohin soll ich ihn stellen?«

»Zu mir ins hintere Zimmer, damit sie ihn nicht gleich sieht.«

Drinnen wurde der leicht zugespitzte Stamm in das kunstgerecht gezimmerte Holzkreuz gesteckt. Cadoux half hernach sogar beim Schmücken des Baumes; er reichte dem Professor, der auf einen Stuhl gestiegen war, die bemalten Kugeln und Sterne empor. Die Kerzenhalter wand er selber um die Äste. Dann drehte Arnstein sorgfältig die weißen Wachsstengel in die Drahtspiralen. Schließlich legten sie vereint die Girlanden in harmonischen Wellenlinien über die äußersten Zweige. Ihre Enden hingen aufs Krippendach herunter, über dem ein silberner Komet sacht zitterte.

»Das ist ja wunderbar!«

»Wenn Sie ihn aber erst mit den brennenden Kerzen sähen!«

»Das möchte ich zu gern meinem Enkel Pierre zeigen.«

»Kommen Sie morgen mit ihm und Madame Cadoux zu uns herauf. Wir zünden ihn dann nochmals an. Das ist bei uns so Brauch.«

»Abgemacht. Aber heute Abend lassen wir Sie allein.«

Auf der Treppe wandte er sich zurück. »Ah! votre dame – wie die sich freuen wird.«

Professor Arnstein stand am Fenster und wartete auf die Heimkehr seiner Frau. Es war beinahe finster, als er sie, den Binsenkorb am Arm, um die Straßenecke biegen sah. Rasch zog er die Vorhänge und begann die Kerzen anzuzünden. Er wurde damit fertig, gerade als Gertrud klingelte. Ungeduldig nahm er ihr die Einkäufe ab. Sie wollte ihm gleich alles zeigen.

»Wurst habe ich gefunden; weißt du, Jakob, die würzige von Arles, die du so gern hast. Und Ziegenkäse. Und Honig. Denk dir: Honig. Wie der riecht!«

Gewiß, er duftete herrlich. Aber Arnstein stellte den Korb beiseite, nahm seine Frau bei der Hand, machte die Tür zum hinteren Zimmer auf und sagte bloß: »Schau!«

Da stand der brennende Weihnachtsbaum. Es war schön; erst wagte sie gar nicht, daran zu glauben. Dann aber brach der Jubel aus ihr.

»Jakob, den muß uns das Christkind selbst gebracht haben.«

Ihre Hände fanden wieder die freudigen Bewegungen der Kindheit, während sie den Christbaumschmuck mit den Fingerspitzen leicht berührte. Immer erneut hielt sie dabei inne, trat einen Schritt zurück, nahm das Kerzenlicht in ihren großen blauen Blick und rief ein übers anderemal:

»Wie schön, Jakob, wie schön!«

Er stand lächelnd neben ihr und freute sich an ihrem Glück. Sie hatte seine Hand ergriffen und drückte sie an ihre Wange. Er spürte ihren Dank. Wortlos lauschten sie eine Weile dem Knistern der Weihnachtslichter. Es war, als höre man es mit dem Herzen.

»Jetzt bin ich wieder froh, so froh, ich wußte gar nicht mehr, wie gut es tut.«

Über ihr Gesicht, das sich unter dem angegrauten Haar zu ihm aufhob, war ein Leuchten gebreitet, das ihn so selig anstrahlte, als ob kein Leid es jemals wieder auszulöschen vermöchte.

»Wollen wir nicht ein wenig zusammen singen?«

Und schon stimmte er an, ihr Lieblingslied:

»O Tannenbaum, o ...«

Er brach ab. Es hatte draußen geklingelt.

»Wer kann das sein?«

Selten kam jemand zu ihnen herauf. Und gar am Vorabend der Weihnacht. Es schellte nochmals. Und gleich danach wurde hart an die Wohnungstür gepocht.

»Ich will nachschauen.«

Gertrud Arnstein ging durchs vordere Zimmer und machte die Wohnungstür auf. Jakob Arnstein hörte einen raschen Wortwechsel. Zwei Männerstimmen. Es wurde deutsch gesprochen. Er vernahm seinen Namen. Es wurde nach ihm gefragt. Er wußte genau, was das bedeuten konnte. Auf alle Fälle war es besser, er verleugnete sich nicht.

»Gertrud, führ doch, bitte, die Herren herein.«

Er rief es klar und ohne das geringste Beben in der Stimme. Er war schon lange auf diesen Augenblick vorbereitet. Immerhin, daß sie gerade den Abend dafür ausgesucht hatten!

In der Tür erschien ein junger Mann in Offiziersuniform. Hinter ihm kam zögernd ein Soldat. Ihnen folgte Gertrud, erloschenen Gesichts.

»Bitte, treten Sie ein. Wir hatten eben den Weihnachtsbaum angezündet, ja da wundern Sie sich. So weit von der Heimat. Das ruft Ihnen wohl auch Ihre Kindheit in Erinnerung. Wir hatten eben zu singen angefangen, als Sie läuteten. Vielleicht singen Sie jetzt das Lied mit uns.« Er ließ den beiden gar keine Zeit, sich von ihrem Erstaunen zu erholen. Er stimmte nochmals an, ein wenig tiefer, wie um es den zwei Männerstimmen leichter zu machen.

»O Tannenbaum, o Tannenbaum ...«

Der Offizier stand in Achtungstellung. Der Soldat hatte die Mütze abgenommen. Arnstein gab ihnen mit der Hand ein aufmunterndes Zeichen. Es galt auch seiner Frau. Gertrud faßte sich wieder. Und so fielen sie alle drei miteinander ein:

»... wie grün sind deine Blätter. Du grünst nicht nur zur Sommerzeit ...«

Der Soldat sang mit einem wohllautenden Baß die zweite Stimme. Dem Offizier schnürte es die Kehle etwas zusammen; die Töne wollten nicht recht heraus. Gertruds Sopran wurde zuhörends fester:

»... nein, auch im Winter, wenn es schneit.«

Nachdem die letzte Strophe verklungen war, entstand eine kurze Pause. Keiner wußte, was er sagen sollte. Professor Arnstein atmete einmal tief und richtete sich dann an die beiden Männer in Uniform:

»Das hat Sie wohl ein wenig an daheim gemahnt. Nicht wahr? Ja, das Weihnachtsfest. Unser Fest.« In jäh verändertem Ton fuhr er, nicht unfreundlich, aber bestimmt weiter: »Sie werden verstehen, daß wir am heutigen Abend gern allein sein möchten. Wir könnten uns ja an einem der nächsten Tage ...«

Der Offizier begriff sofort. Er verbeugte sich leicht, bevor er sich umwandte. Der Soldat warf einen letzten knabenhaften Blick auf die bald heruntergebrannten Kerzen des Weihnachtsbaums. Dann gingen die beiden zur Wohnungstür hinaus. Keiner hatte ein Wort gesprochen. Bloß gesungen hatten sie. Arnstein und seine Frau hörten noch, wie der Offizier draußen auf dem Treppenabsatz betreten erklärte:

»Da muß ein Irrtum vorliegen. Solche Leute haben doch keinen Weihnachtsbaum.«

Als der Lärm der Stiefel im Treppenhaus verhallt war, sagte Jakob Arnstein leise:

»Hast du gehört? Wir haben einen irrtümlichen Weihnachtsbaum.«

Hierauf ging er schwereren Schrittes ins hintere Zimmer zurück und blies die letzten Lichter aus.

Bevor sie mit ihrem wenigen Gepäck, den Vorarbeiten zu seinem Buch »Vom Bedeutungswandel der Legenden« und den paar Vorräten, die Frau Arnstein für das Festessen nach Hause gebracht hatte, ihre Wohnung um zwei Uhr in der Nacht verließen, um ihre Flucht mit Hilfe des herzhaft besorgten Cadoux bis zur nächsten Etappe fortzusetzen, bemerkte Professor Arnstein nur:

»Siehst du, Gertrud, wie verwirrt unsere Zeit ist. Jetzt beginnt die Flucht nach Ägypten schon in der Weihnachtsnacht.«

HELMUT GOLLWITZER

(* 1908)

Weihnachten 1945–1948

24. 12. 1945

Wenn die dünne Abendsuppe ausgelöffelt war, saßen sie noch eine Zeitlang auf der Pritsche, bevor sie unter die Decke krochen. Hätte einer von Euch unsichtbar durch die Baracke gehen können, so wäre ihm dieses Bild wohl als das trübste und charakteristischste für das Gefangenenleben erschienen: Im düsteren Scheine der wenigen, schwachkerzigen Lampen die mageren Gesichter, die bewegungslos, oft mit geschlossenen Augen, vor sich hinstarrten, die in sich zusammengesunkenen Gestalten, an den Pritschenpfosten gelehnt, wortlos, jeder einzelne wie vereinsamt von der Traurigkeit der ganzen Welt. Aber wenn Ihr ins Innere hättet sehen können, so hättet Ihr zu Eurem Erstaunen erfahren, daß dies die seligsten Minuten in jenen elenden Jahren waren: Das Äußere versank, die häßlichen, rauchgeschwärzten Barackenwände, die verdreckten Mäntel, die an der Pritsche hingen, verschwanden, und wir waren im Geiste zu Hause. Wir gingen die Straße entlang, drückten die Klingel, die wir genau vor unserem Auge sahen, die altbekannte, braungestrichene Tür ging auf, und die liebsten Menschen, die wir auf Erden hatten, fielen uns um den Hals; dann führten sie uns ins Zimmer, der Weihnachtsbaum stand da, genau wie damals ..., und wir durften uns das Lied wählen, das wir nun miteinander singen wollten. Abend für Abend wiederholte sich das, und keiner wurde dessen müde, am wenigsten in jenen Weihnachtstagen des schlimmsten Jahres der Gefangenschaft.

Es waren Arbeitstage wie alle anderen auch. Dadurch, daß an der kargen Verpflegung vorher noch einiges abgespart worden war, gab es ein für unsere Begriffe festliches Essen; die Baracke hatten wir, wo es nur ging, mit Tannenzweigen geschmückt, und sogar einige Kerzen waren aufgetrieben worden für den kleinen Weihnachtsbaum, an dem auch ein paar Sterne hingen, die mit Silberpapier – es war völlig rätselhaft, woher es auf einmal in dieser Wüste auftauchen konnte! – beklebt waren. Das alles war nicht ohne Widerspruch geschehen. Die russische Lagerleitung hatte es zwar genehmigt, aber unter den Kameraden selbst regten sich heftige Stimmen dagegen, ja einer bat mich sogar auf die flehentlichste Weise, in diesen Tagen doch ja jede Erinnerung an Weihnachten zu unterlassen: »Nur nicht daran denken, nur nicht daran denken, das ist die einzige Art, wie ich es überstehen kann; wenn ihr eine Feier macht, halte ich's nicht mehr aus und hänge mich auf ...«

Er hing sich nicht auf; sicher nicht nur, weil er im entscheidenden Augenblick zu feige dazu war, sondern weil er das weihnachtliche Licht, das in der Finsternis leuchtet, zu Gesicht bekommen hatte. Nicht »nicht daran denken«, sondern mit aller Kraft daran denken – das hatte uns der Heilige Abend gelehrt. Woran aber? Jenes Versinken in den Traum wäre allein keine Rettung gewesen. Zu schmerzlich schnitt die Sehnsucht gerade in diesen Tagen ins Herz. Aber als wir das Weihnachtsevangelium hörten und uns auslegten, da ging es wie ein Wunder auf:

»Gott hat derer nicht vergessen,
die im Finstern sind gesessen.«

Auf Erden war keine Macht, die uns helfen konnte oder auch nur wollte. Von Urwäldern umgeben, waren wir verschollen und preisgegeben. Daß es jemals wieder anders werden würde, wagten wir kaum zu hoffen und konnten von der Hoffnung doch nicht lassen: War es, daß Einer an uns dachte und von uns wußte, Einer, der mehr Macht hatte als Stalin und die MWD?

»Siehe, ich verkündige euch große Freude!« Auf kleine, glattgehobelte Holzbrettchen – Papier war hier eine Seltenheit – hatten wir uns Weihnachtsgrüße geschrieben; am Kopfende meiner Pritsche stand eines, auf das ein Kamerad mir Joh. 14, 18 gemalt hatte; da er es oft von mir in meinen Predigten gehört hatte: »Ich lebe, und ihr sollt auch leben.« Beraubt waren wir all dessen, was das Leben lebenswert macht, und nun stand hier geschrieben, daß uns das Leben nicht endgültig versagt sein sollte. Ob uns Heimkehr bevorstand oder das Grab in der hartgefrorenen russischen Erde, in das wir in diesem Winter noch so manchen von uns hineinlegen sollten, – ins *Leben* hinein ging dieser harte Weg, das stand nun fest, weil Weihnachten galt; das konnte uns nicht mehr genommen werden, das ließ uns tief aufatmen.

Manchmal hatten wir früher etwas verächtlich über die üblichen Weihnachtslieder gesprochen, über ihre Süßlichkeit und Gefühlhaftigkeit. Es war nicht zu leugnen, daß die alten reformatorischen Lieder die Botschaft der Christnacht ungleich kräftiger verkündigten als jene vielgesungenen »Stille Nacht« und »O du fröhliche«. Nun aber bat ich ihnen manche Verurteilung ab und war froh, daß wenigstens sie noch unserem Volk als Gemeingut erhalten geblieben sind. Nicht nur, weil sie jetzt, als wir sie sangen, mit einem Schlage die Häßlichkeit der Baracke verwandelten und uns in die ferne Heimat verzauberten und auch die, die sich bitter dagegen gesträubt hatten, in die Stimmung des Weihnachtszimmers hereinnahmen. Wer hätte diese »Stimmung« noch verachten können, da sie so wohltätig war wie eine weiche Mutterhand für diese Männer, deren Herz hart geworden war, weil sie nichts als Härte erfuhren? Aber jene Lieder brachten doch nicht nur »Stimmung«, sondern sie enthielten auch die große Verkündigung: »Christ, der Retter ist da!« – »Welt ging verloren, Christ ward geboren« – »... da uns schlägt die rettende Stund, Christ, in deiner Geburt«, – uns, auch uns hier in dieser Baracke, die am nächsten Morgen, als die Verzauberung der »Stimmung« gewichen war, noch genau so häßlich dastand und aus der wir in den kalten Wintermorgen hinaustraten, um zur Sklavenarbeit zu ziehen, während sie zu Hause in den Weihnachtsgottesdienst gingen.

23. 12. 1946

»Er ist auf Erden kommen arm, daß er unser sich erbarm.« Das ging mir mit der Beharrlichkeit einer Melodie durch den Kopf, die ganzen Stunden, in denen wir in einem finsteren Keller eingesperrt saßen, ein ungewisses, vielleicht schreckliches Schicksal vor uns. Unser altes Lager war soeben aufgelöst worden, und zu zwölft waren wir, von den anderen abgetrennt, in ein neues Lager transportiert worden. Warum hatte man gerade uns zwölf besonders genommen? Es waren zumeist Leute, die bei den Russen wegen der Einheit, zu der sie bei der deutschen Wehrmacht gehört hatten, oder wegen anderer Gründe in Mißgunst standen, und man hatte uns bei der Ankunft in diesem Lager sofort angekündigt, wir kämen in den Bunker und würden nach wenigen Wochen so aussehen, daß wir uns »an einem Grashalm festhalten« müßten. Dies war nun unser Weihnachten. Im vergangenen Jahr waren wir voll Grimm am Christtag zur Arbeit ausgezogen, und viel war geflucht worden auf die Russen, die auf unseren höchsten Feiertag keine Rücksicht nahmen. Jetzt sagt in der Finsternis mein Freund Herbert neben mir: »Wenn wir morgen wie alle anderen zur Arbeit mit ausrücken dürften, wäre das unser schönstes Weihnachtsgeschenk!« So relativ ist alles im Leben, so arm kann man werden auf Erden! Was aber ist ein Weihnachtsgeschenk? Doch ein Erinnerungszeichen an den schenkenden, lebendigen Gott, der uns aus dem Kerker des Todes errettet. Als wir in der Nacht ganz überraschend und ohne weitere Erklärung aus unserem Keller heraufgeholt wurden, waren wir uns selbst zum Gleichnis der Weihnacht geworden: »Ich lag in schweren Banden, du kommst und machst mich los.« Wir bekamen das ersehnte Weihnachtsgeschenk: Man hatte anders über uns entschieden, und wir »durften« am Heiligen Abend mit zur Arbeit ausrücken, mit Pickhacken und Eisenkeilen eine Zementmauer abtragen. Während der Arbeitspause saß ich mit den Kameraden um das Feuer und legte ihnen an dem, was wir soeben erlebt hatten, die ersten vier Verse von »Vom Himmel hoch« aus.

24. 12. 1947

Kein Tag im Jahr ist für den Gefangenen schwerer als der Weihnachtstag. Mich aber bewegen die Sätze aus dem letzten Brief meiner Mutter, die ich, wo ich nur kann, an die Kameraden weitergebe: »An Weihnachten muß uns das Schwerste in unserem Leben nicht schwerer, sondern leichter werden; denn wir kennen nun den, von dem alles kommt und zu dem alles führt und der bei uns ist alle Tage. Ohne Weihnachten wäre alles unerträglich schwer; aber wer von Christus hört, dem wird an Weihnachten das Herz nicht schwerer, sondern leichter.« – Wir haben in Ermangelung von Gesangbüchern, wie wir es für jeden Gottesdienst tun, die Lieder vielmals abgeschrieben, und keines klang diesmal so triumphierend wie das von Paul Gerhardt:

»Kommt und laßt uns Christum ehren«: »... wir, die unser Heil annehmen, werfen allen Kummer hin.«

25. 12. 1948

Als ich am Heiligen Abend zu der Baracke ging, in der die Feier, die wir mit den katholischen Brüdern zusammen hielten, stattfinden sollte, lehnte ein junger Schwabe an einer Mauer, und ich hörte ihn im Vorbeigehen zu dem, der neben ihm stand, in einem Ausbruch des Stöhnens sagen: »Es ist ja alles so sinnlos, so sinnlos!« Das war es, genau das: Nicht nur unser Schicksal hier, alles, alles in der Welt war sinnlos, und alles in der Welt, auch unser Schicksal hier, wurde sinnvoll, voll von unverlierbarem Sinn durch Weihnachten, durch die »rettende Stunde«, in der ewiges Leben sich mit unserer Armut verband.

Warum ging ich vorbei und ließ ihn dort in seiner Verzweiflung an der Wand lehnen, statt ihn mit zu unserer Feier zu nehmen, zu der zu gehen er selbst offenbar nicht den Entschluß fassen konnte? Er versprach sich wohl auch von dieser Botschaft nichts mehr, und gerade ihn hätte sie vielleicht erreicht; denn gerade ihm galt sie doch. Oft habe ich zugegriffen und das Wort sagen können, diesmal aber ging ich, selber matt und unkräftig, vorüber wie der Priester und der Levit auf der Straße nach Jericho, – und wenn ich heute daran denke, weiß ich, daß hier unsere schlimmste und häufigste Schuld liegt: im Genießen des Evangeliums, statt es weiterzugeben, im Vorübergehen, wo ein Verzweifelter sich vom Evangelium nichts mehr erwartet, weil er es noch nicht kennt.

ALFRED GESSWEIN

(1911–1983)

Weihnachtsregen

Schmutzige Glocken läutet der
Weihnachtsregen an langen
Schnüren der Rinnsale …

Ganz dem Regenkranzgebet ergeben
haben unter ihren triefenden Filzen
die frommen Kastanien nicht Raum
zum Knien, findet die blinde Taube im
Stroh der Nischen das Armenseelenlicht.

LUISE RINSER

(* 1911)

Schaufel und Besen

Wenn ich mich recht erinnere, war ich acht Jahre alt, also in dem Alter, in dem Kinder meiner Generation noch fest daran glaubten, daß Weihnachtsgeschenke ohne Umweg vom Christkind kämen, und wenn der kleine, halbwache Verstand anfing zu bemerken, daß auch die Eltern nicht unbeteiligt waren, so half er sich noch eine Weile mit der Unterscheidung zwischen ganz richtigen Christkindgeschenken und solchen von Eltern und aus Geschäften. Ich wollte ein ganz richtiges Geschenk. Da ich nicht wie andere Kinder das Christkind für eine Art Zauber hielt, sondern durchaus richtig für die zweite göttliche Person, in Kindgestalt freilich, und da ich also füglich und richtig dieser Kindgestalt die gleiche göttliche Allwissenheit zuschrieb wie Gott dem Vater, so schien es mir überflüssig, sinnlos, ja häretisch [wenn ich auch dieses Wort noch nicht kannte, so doch die Sache], es erschien mir, wollte ich sagen, häretisch, diesem göttlich allwissenden Kinde meine Wünsche in einem Brief mitzuteilen, wie es üblich war. Ich, ganz spirituell, ich *dachte* meinen Wunsch. Ich dachte ihn neunmal hintereinander heftig, dann ließ ichs darauf ankommen. Neunmal dachte ich ihn, weil die Zahl neun, drei mal drei, bei mir schon von je eine Rolle spielte. Aber was wünschte ich denn so heftig? Eine kleine Kehrschaufel und einen Besen. Warum gerade das? Wer kann es wissen. Mir jedenfalls erschienen Schaufel und Besen für mein weiteres Leben unentbehrlich. Der Heiligabend kam, Schaufel und Besen lagen nicht unter dem Christbaum. Ich gab nicht sofort auf, ich suchte und suchte, suchte unter dem Tisch, dem Sofa, im Nebenzimmer, vor dem Fenster. Die Eltern waren ratlos, dann ärgerlich, dann böse, denn ich schwieg und meine Suche muß etwas Besessenes gehabt haben. Schließlich setzte ich mich auf einen Stuhl, und blieb da sitzen, die Hände im Schoß, kerzengerade und stumm. Ich war gestorben, Weihnachten war gestorben. Die Eltern bedrängten mich immer stärker, und da dies mir lästig war und da mir ja nun ohnehin alles gleichgültig war, stand ich auf und begann mit ihren Geschenken zu spielen. Ich wahrte Haltung, war stolz und spielte Stunde um Stunde mit den Spielsachen für ein richtiges Kind. Ein steinernes Kind tat, als spielte es und täuschte die Eltern. Endlich war es Zeit, in die Mitternachtsmette zu gehen. Ich wurde warm verpuppt, bekam zwei runde, in der Ofenröhre erhitzte Bachkiesel in die Manteltaschen und eine kleine Sturmlaterne in die Hand und wir gingen zur Kirche. Wir lebten auf dem Land, zwischen Chiemsee und Gebirge. Es lag Schnee, sicherlich lag Schnee, damals lag an Weihnachten immer Schnee, schön funkelnder, knirschender Schnee. Von überall her, von weit her kamen die Bauern mit Stallaternen, schweigend, dampfend, mit großen Schritten, die Kinder voraus oder nebenher im Schnee, in den Taschen die Knallfrösche und bengalischen Zündhölzer für den Heimweg. Wer ist auf dem Dorf aufgewachsen und sehnt sich nicht sein Leben lang danach, noch einmal Kind zu sein, dort und für diese eine Nacht? Aber das Kind, das ich damals war, das war aus Stein. Es hatte Haltung, es ging brav zur Kirche, um pflichtgemäß jenes Kind anzubeten, dessen Allwissenheit oder Allmacht anzuzweifeln es allen Grund zu haben glaubte. In der Kirche war es schön wie immer an Weihnachten, das Schiff im Dunkel, die Krippe am Altar im Licht, und mein Vater spielte die Orgel zum Hochamt, es war eine sehr große und schöne Orgel, sie ist es heute noch, die Orgel in Übersee am Chiemsee. Aber all das zählte nicht. Ich kniete, steinern, ein Steinengel auf einem Kindergrab, eine gefährliche Stunde lang, die entscheiden konnte über ein ganzes Menschenleben. Wer konnte wissen, wie tief dieser erste echte Glaubenszweifel reichte? Das Amt ging zu Ende, und wie immer spielte mein Vater zum Auszug etwas von Bach. Damals war es eine große Fuge, das kannte die musikalische Kleine, denn sie spielte ja selber längst Klavier und Harmonium. Sie horchte auf. Diese Musik stieß hart an den harten Stein. Der Stein aber wollte nicht aufgesprengt werden, er hielt sich trotzig. Aber die Musik ließ nicht nach, sie bohrte den Stein von allen Seiten an, drang zuletzt vor bis ins Herz des steinernen Engels. Er weinte nicht, so leicht weinte der nicht, aber er ergab sich, anders ist es nicht zu sagen. Und da, unerwartet einbrechend durch alle Schmerzkanäle, kam Weihnachten. Alles war plötzlich da: Kerzen, die Krippe, das Kind im Stall, Sterne groß und hart funkelnd vor den Spitzbogenfenstern, und »Stille Nacht, heilige Nacht«, alle Süßigkeit, Weihnacht unverletzt, und mitten darin, zu einem Nichts aus Licht geworden, der Schmerz um Schaufel und Besen, der kein Schmerz mehr war, nur mehr eine flüchtige Erinnerung und der ebenso flüchtige Einfall, daß ich ja Tante Fanny bitten konnte, mir Schaufel und Besen zu kaufen, *wenn*, ja wenn mir der Sinn noch danach stehen sollte nach dieser Nacht, in der ich Schaufel und Besen überwachsen hatte.

RUDOLF HAGELSTANGE

(1912–1984)

Ich sah den Engel der Verkündigung

Ich sah den Engel der Verkündigung,
den Zeugen des Gezeugten, den Trompeter
in der Nacht
(da frierende Hirten über die wärmende
Wolle gewacht
der Schafe von reichen Herren
und glücklichen Pächtern,
Wolle, Schafe, Hirten, Herren aus allen
Geschlechtern …)
den Engel sah ich, und ich sage: Dung
ist der Arome Krone gegen die faden Schwaden,
mit denen dieser U-Bahnschacht war geladen.
Leicht angetrunken war ich und trieb wie ein Kork
über der Mitternachtslauge von New York.

Ich stand mit vielen an dem grauen Bord
des Bahnsteigs III, da setzte drüben der
Himmelssohn
an den verhärmten Mund sein blechernes
Megaphon
(Hürden aus jähem Tod,
begrenzten die Schienenstränge
des müden Herdenviehs apathisches Gedränge) –
er hob's und näselte schleppend sein Engelswort:
»Hört, Freunde, Leute!
Euch ist der Heiland erschienen.
Tut Buße, Leute!
Ihr könnt euch den Himmel verdienen!«
Rief's, angetan mit der Armut des Krippenherrn, –
da kam aus dem Tunnel glotzend des Buglichts Stern.

Ein Zug fuhr donnernd ein. Stand saugend da.
Wie Spülicht brach's aus
und schoß in die stählernen Karren,
verschluckte für dreißig Sekunden
den himmlischen Narren
(der hielt, wie schützend,
sein Instrument vors Gesicht
und sprach zu sich selber, verloren:
Fürchte dich nicht!) –
verschluckte ihn, spuckte ihn aus. Ich sah
die zerbeulte Posaune im Arm
ihn den Übergang queren
und herunterkommen, die Hürde III zu belehren.
Und wieder leierte er in näselndem Ton,
die Slogans der himmlischen Agitation.

»Das Heil ist nah! Macht nicht die Augen zu!«
Die Leute hörten's, sahen auf und verlegen fort.
Ins Leere, scheppernd, fiel des Verkündigers Wort.
Erlösend nahte, den glotzenden Stern am Bug,
auf fiebernden Schienensträngen der letzte Zug. –

Da erhob sich der Engel und flog in die Third Avenue
(wo den Ärmsten die Seele im Leibe verdorrt) –
und deckte mit seinen wärmenden Schwingen,
daß sie nicht trostlos zugrunde gingen,
Sweet Mary, Old Joe und Young Jesse zu.

Indes fuhr'n die andern davon, leidlich bequem.
Fuhr keiner der Leute nach Bethlehem.

(1956)

JURA SOYFER

(1912–1939)

Weihnachten einer Völkerfamilie

Die Tür springt auf. O holder Lichtertraum!
Seht an, o seht, wie sich die Kindlein drängen
Um ihren riesengroßen Weihnachtsbaum,
Wo Juden, Nigger, Kommunisten hängen!

O Friedensfest! O mörderischer Spaß!
Japs kriegt Kanönchen für ein Offensivchen,

Marianne für den Staatshaushalt viel Gas
Und Mörser. Und John Bull ein Panzerschiffchen.

Jung-Adolf spielt schon jetzt mit einem Tank.
Als man ihm sagte, daß er warten müsse,
Machte mit Schrei'n er die Familie krank.
Und Onkel Henderson knackt harte Nüsse …

Ach, die Wohltätigkeit ist ganz enorm:
Kein Stiefkind gibt's diesmal, an dem man sparte.
»Verkauft's mei Gwand! I krieg a Uniform!«
Jauchzt der Herr Schreiber in der Dachmansarde.

Und auch den Arbeitslosen schenkt man mild
Gehör. Und die gefühllos sind und rüde,
Und trotz der Nächstenliebe werden wild,
Die kriegen noch was ab, aus purer Güte …

Nun ist das Fest vorbei. Der Baum steht leer.
Ein paar Selbstmörder haben sich's zunutz' gemacht.
Mucksmäuschenstille, heilige Nacht
Liegt über Deutschland, und sein Schlaf ist schwer.
Ein Bombenflieger singt auf später Wacht:
»Vom Himmel hoch, da komm' ich her …«

(Arbeiter-Zeitung, 24. Dezember 1933)

DYLAN THOMAS

(1914–1953)

Weihnachtserinnerungen

Ein Weihnachten war dem anderen so gleich in jenen Jahren, die nun um die Meerecke der Stadt entschwunden und außer aller Hörweite sind, bloß daß ich manchmal einen Augenblick lang vor dem Einschlafen noch das ferne Gespräch ihrer Stimmen höre, daß ich jetzt nie mehr sagen kann, ob es sechs Tage und sechs Nächte lang geschneit hat, als ich zwölf war, oder ob es zwölf Tage und zwölf Nächte lang geschneit hat, als ich sechs war. Oder damals, als das Eis brach und der Schlittschuh laufende Schnittwarenhändler verschwand wie ein Schneemann durch eine weiße Falltüre, ob das derselbe Weihnachtstag war, an dem die Rosinenkuchen Onkel Arnold fertigmachten und wir den seeseitigen Hügel hinunterrodelten, den ganzen Nachmittag lang, auf dem besten Teetablett; und Mrs. Griffith beschwerte sich, und wir warfen einen Schneeball nach ihrer Nichte, und als ich die Hände vors Feuer hielt, da brannten sie vor Kälte und Hitze so sehr, daß ich zwanzig Minuten lang weinte; und dann aß ich Wackelpudding.

Alle Weihnachten rollen den Hügel hinunter zum walisisch sprechenden Meer, wie ein Schneeball, der immer weißer und größer und runder wird, wie ein kalter kopfüber kollernder Mond, der den Himmel hinunterbollert, der unsere Straße war; und alle Weihnachten machten halt am Ufer der eisgeränderten, fische-frierenden Wellen, und ich fahre mit den Händen tief in den Schnee und hole alles heraus, was ich finden kann: Tannenzweige und Weihnachtssingvögel, oder Pudding, Gezänk und Gesänge, und Orangen und blecherne Pfeifchen, und das Kaminfeuer in der Guten Stube, und Bums die Knallbonbons, und Heilig, Heilig, Heilig läuten die Glocken, und die Glasglocken beben am Baum, und Mutter Graugans aus der Weihnachtspantomime, und der Struwwelpeter – ach, die paulinchen-verbrennenden Flammen und der klappernde Scherenmann. Und Billy Bunter aus dem bunten Groschenheft und die Schwarze Schönheit, und Goldelse, und die kleine Frau; und Jungen, die drei Portionen essen, und Alice im Wunderland, und Mrs. Potters Dachse, und Federmesser und Teddybären –, benannt nach einem Mr. Theodor Bär, ihrem Erfinder oder Vater, der vor kurzem in den Vereinigten Staaten starb – Mundharmonikas, Bleisoldaten, und Milchpudding, und Tante Bessy, die auf dem ungestimmten Piano in der Guten Stube »Ein Männlein steht im Walde« und »Orangen und Lemonen« spielt, den ganzen Pfänder und Blindekuh spielenden Abend lang am Ende des unvergeßlichen Tages am Ende des nicht mehr erinnerten Jahres.

Tief taucht meine Hand in jenen watteweißen glockenklingenden Ball von Festtagen, der am Rande des lobliedersingenden Meeres ruht, und heraus kommen Mrs. Prothero und die Feuerwehrmänner.

Es war am Nachmittag des Weihnachtsabends, und ich war in Mrs. Protheros Garten und wartete mit ihrem Sohn Jim auf Katzen. Es schneite. Zu Weihnachten schneite es immer. Der Dezember ist in meinen

Erinnerungen weiß wie Lappland, nur Rentiere waren keine da. Aber dafür waren Katzen da. Geduldig, mit eiskalten Fingern und eiskaltem Herzen, unsere Hände in Socken gehüllt, warteten wir, um Schneebälle nach den Katzen zu werfen. Geschmeidig und lang wie Jaguare und mit furchtbaren Schnurrbärten, spukend und fauchend würden sie über die weißen Mauern am unteren Ende der Gärten huschen und jagen, und die luchsäugigen Jäger, Jim und ich, Trapper von der Hudson Bay gleich hinter der Gasthausstraße, in Pelzmützen und Mokassins, würden unsere tödlichen Schneebälle gerade ins Grüne ihrer Augen schleudern. Die klugen Katzen ließen sich niemals blicken. Wir waren so still – eskimofüßige arktische Scharfschützen im alles erstickenden Schweigen des ewigen Schnees, der schon seit Mittwoch lag –, daß wir Mrs. Protheros ersten Schrei aus ihrem Schneehaus am unteren Ende des Gartens nicht einmal hörten. Oder wenn wir ihn hörten, so war er für uns nur wie der weitentfernte Kriegsruf unseres Feindes und unserer Beute, des Nachbars Polarkatze. Aber bald wurde die Stimme lauter.

»Feuer!« schrie Mrs. Prothero, und sie schlug den Gong, der sonst zum Essen rief. Und wir liefen den Garten hinunter, den Arm voller Schneebälle, auf das Haus zu, und, heißa!, da kam wirklich Rauch aus dem Speisezimmer, und der Gong bummerte, und Mrs. Prothero rief die Katastrophe aus, wie ein Stadtschreier in Pompeji. Das war besser als alle Katzen in ganz Wales, auch wenn sie in einer Reihe auf der Mauer gestanden hätten. Wir stürzten ins Haus, beladen mit Schneebällen, und machten an der offenen

Türe des raucherfüllten Zimmers halt. Ja, etwas brannte ganz tüchtig. Vielleicht war es Mr. Prothero, der nach dem Mittagessen immer in diesem Zimmer schlief, mit einer Zeitung auf dem Gesicht. Aber nein, der stand mitten im Zimmer und sagte: »Feine Weihnachten, das!« und schlug mit einem Hausschuh auf den Rauch los.

»Ruft die Feuerwehr!« schrie Mrs. Prothero und schlug weiter den Gong.

»Die werden nicht da sein«, sagte Mr. Prothero, »es ist doch Weihnachten.«

Es war kein Feuer zu sehen, nur dichte Rauchwolken, und mittendrin Mr. Prothero, der mit seinem Hausschuh dem Rauch winkte, als dirigiere er ein Konzert.

»Tut doch was!« sagte er.

Und wir warfen alle unsere Schneebälle in den Rauch – ich glaube aber, wir verfehlten Mr. Prothero – und liefen hinaus aus dem Haus zur Telephonzelle.

»Rufen wir doch auch die Polizei an«, sagte Jim.

»Und die Erste Hilfe.«

»Und Ernie Jenkins, der mag Feuer so gern.«

Aber wir riefen nur die Feuerwehr an, und bald kam auch das Feuerwehrauto, und drei große Männer mit Helmen brachten einen Schlauch ins Haus, und Mr. Prothero ging gerade noch rechtzeitig aus dem Wege, ehe sie den Wasserstrahl andrehten. Kein Mensch hätte einen Weihnachtsabend mit mehr Krach haben können, und als die Feuerwehrmänner den Wasserstrahl wieder abstellten und im nassen, rauchigen Zimmer herumstanden, da kam Jims Tante, Miss Prothero, die Treppe herunter, steckte den Kopf herein und sah sie an. Jim und ich warteten, ganz still, um zu hören, was sie zu ihnen sagen würde. Denn sie wußte immer das richtige Wort. Sie sah die drei großen Feuerwehrmänner mit ihren glitzernden Helmen an, wie sie dastanden, umgeben von Rauch und verbranntem Holz und halbgeschmolzenen Schneebällen, und dann sagte sie: »Möchten Sie vielleicht etwas zu lesen haben?«

Und nun kommt aus diesem gleißendweißen Schneeball der verflossenen Weihnachten der Strumpf hervor, der Strumpf aller Strümpfe, der am Fußende des Bettes hing, so daß der Arm einer wuschellockigen Negerpuppe oben hervorbaumelte und unten in den Zehen kleine Glocken läuteten. Da war auch eine ganze Kompanie Soldaten drin, tapfer und scharlachrot, nur daß sie niemals gut schmeckte, obwohl ich sie immer zu kosten versuchte, als ich noch ganz klein war: Bleisoldaten mit Gurt und Bärenfellmützen und Musketen, Schulter an Schulter, die nur allzubald ihre Köpfe und Beine verlieren sollten, in den Kriegen auf dem Küchentisch, wenn das Teegeschirr, die Kekse und die Rosinenkuchen weggeräumt waren, die ich immer backen half, indem ich die Rosinen entkernte und aufaß. Und da war ein Säckchen mit feuchten, vielfarbigen Geleebonbons, die wie kleine Kinder aussahen, und eine eingerollte Flagge, und eine falsche Nase, und eine Straßenbahnschaffnermütze, und eine Maschine, die Fahrscheine lochte und dabei klingelte ... Aber niemals eine richtige Schleuder; einmal, durch einen Irrtum, den niemand erklären konnte, eine kleine Axt und ein Gummibüffel, oder vielleicht war es auch ein Pferd, mit gelbem Kopf und aufs Geratewohl herumschlenkernden Beinen; und eine Zelluloidente, die, wenn man sie drückte, einen ganz unentenhaften Ton von sich gab, ein miauendes Muhen, wie es vielleicht eine ehrgeizige Katze fertiggekriegt hätte, die als Kuh gelten will; und ein Malbuch, in dem ich das Gras, die Bäume, das Meer und die Tiere in jeder Farbe malen konnte, die mir recht war; und bis zum heutigen Tag grasen die blendendhimmelblauen Schafe auf der roten Weide unter einer Schar von regenbogenschnäbeligen und erbsengrünen Vögeln.

Der Weihnachtsmorgen war immer vorüber, noch ehe man Zeit hatte, Hans Schneemann zu sagen. Und, sieh da, auf einmal brannte der Pudding. Soll man nicht wieder den Gong schlagen und die Feuerwehr anrufen, und die bücherliebenden Feuerwehrmänner? Jemand fand im Kuchen das eingebackene silberne Dreipennystück mit einer Korinthe dran; und dieser jemand war immer Onkel Arnold. Das Sprüchlein, das aus seinem Knallbonbon fiel, lautete:

Lasset uns alle jubeln, denn Weihnacht ist da,
Laßt uns spielen und singen und rufen hurra!

Und die Erwachsenen blickten dann immer zur Zimmerdecke hinauf, und Tante Bessy, die schon zweimal von einer automatischen Maus mit einem Uhrwerk erschreckt worden war, wimmerte am Büfett und trank ein wenig Holunderwein.

Und jemand stellte eine Glasschüssel voller Nüsse auf den überhäuften Tisch, und mein Onkel sagte ganz genau wie jedes Jahr: »Ich habe da eine Schuhnuß erwischt, hol mir einen Schuhlöffel, Junge, daß ich sie öffnen kann!« Und dann war das Essen vorüber.

Und ich erinnere mich, am Nachmittag des Weihnachtstages, wenn die anderen ums Feuer saßen und einander erzählten, daß dies gar nichts sei, nein, rein gar nichts, verglichen mit den großen, schneeverwehten, bratgans- und truthahnstolzen, julscheitknisternden, tannenreisigen und unter dem Mistelzweig küssenden Weihnachtsfesten, als *sie* noch Kinder waren, daß ich hinausging in Schulmütze und Schal und Handschuhen, mit meinen funkelnagelneuen, knarrenden Stiefeln; in die weiße Welt hinaus, auf den seeseitigen Hügel, um Jim und Dan und Jack zu besuchen und mit ihnen durch die schweigende Schneelandschaft unseres Städtchens zu wandern.

Wir gingen stapfenden Schrittes durch die Straßen und hinterließen gewaltige, tiefe Fußstapfen im Schnee, auf den verborgenen Gehsteigen.

»Ich wette, die Leute werden glauben, da sind Nilpferde gegangen.«

»Was würdest du tun, wenn du ein Nilpferd die Krönungsstraße herunterkommen sähst?«

»Ich? Ich würde so machen, bums! Ich würde das Nilpferd übers Geländer schmeißen und den Hügel hinunterrollen. Und dann würde ich es unter dem Ohr kitzeln, bis es mit dem Schweif wedelt.«

»Aber was würdest du tun, wenn du *zwei* Nilpferde sehen würdest?«

Eisengepanzerte brüllende Nilpferdhengste klapperten, polterten und dröhnten durch den aufspritzenden Schnee auf uns zu, als wir an Mr. Daniels Haus vorbeikamen.

»Werfen wir Mr. Daniel einen Schneeball als Brief in den Briefkasten.«

»Schreiben wir etwas in den Schnee.«

»Schreiben wir: ›Mr. Daniel sieht aus wie ein Spaniel‹ groß über seinen ganzen Rasen.«

»Seht her«, sagte Jack, »ich esse Schneekuchen.«

»Wie schmeckt's denn?«

»Wie Schneekuchen.«

Oder wir gingen die weiße Küste entlang. »Können die Fische sehen, daß es schneit?«

»Natürlich, die glauben, der Himmel fällt herunter.«

Die schweigenden Himmel, die aus einer einzigen Wolke bestanden, trieben hinaus aufs Meer.

»Alle Hunde sind weg.«

Im Sommer jappten am Ufer Hunde von hundert vermengten Rassen und verbellten die zudringlichen Wogenkämme.

»Ich wette, für Bernhardiner wäre dieses Wetter jetzt aber gerade recht.«

Und wir waren schneeblinde Reisende, verloren auf den Bergen des Nordens, und die großen Hunde mit ihren Schwartenhälsen und Kognakflaschen sprangen auf uns zu und scharrten uns aus und bellten laut: »Branntwein! Marke Excelsior!«

Wir gingen heim, durch die verlassenen, armen Gassen, die zum Meer hinunterführten, wo nur wenige Kinder mit bloßen roten Fingern im tiefen, karrengleiszerfurchten Schnee herumscharrten und hinter uns eine Katzenmusik erhoben, mit Stimmen, die verhallten, als wir hügelan stapften und die Schreie der Hafenvögel laut wurden, und die Sirenen der Schiffe draußen in der weißen flockenwirbelnden Bucht.

Holt die großen alten Geschichten hervor, die wir am Feuer erzählten, als wir Kastanien rösteten und die klein gestellten Gaslichter rundum summten!

Gespenster mit dem Kopf unter dem Arm schleppten ihre Ketten nach und sagten: »Huhhh«, wie Eulen in den langen Nächten, wenn ich es nicht wagte, über die Schulter zu sehen; wilde Tiere lauerten im Verschlag unter der Treppe, wo die Gasuhr tickte. »Vor vielen Jahren einmal«, sagte Jim, »waren drei Jungen, genau wie wir, die bei Nacht im Schnee ihren Weg verloren, hinter dem Bethaus auf dem Friedhof von Bethesda, und hört, was ihnen geschah ...«

Es war die schauderhafteste Geschichte, die ich je gehört habe.

Und ich erinnere mich auch, wie wir einmal von Haus zu Haus Weihnachtslieder singen gingen, ein, zwei Nächte vor dem Heiligen Abend, als auch nicht der leiseste Schimmer von Mondschein die geheimnisvollen, weiß durchwehten Gassen erhellte. Am Ende einer langen Straße war ein Weg, der zu einem großen Haus führte, und wir stolperten in jener Nacht durch die Finsternis hinaus, jeder einzelne von uns voll Angst, jeder für alle Fälle mit einem Stein in der Hand, aber wir alle zu tapfer, um auch nur ein Wort davon zu sagen. Durch die Alleebäume des Weges blies der Wind mit Stimmen wie von alten unheimlichen Männern, die vielleicht Schwimmhäute an den Füßen hatten und in Höhlen ächzten und keuchten. Wir erreichten den schwarzen gewaltigen Klotz des Hauses.

»Was sollen wir ihnen singen?« flüsterte Dan.

»Hört, die Engel singen schon? Weihnachten kommt nur einmal im Jahr?«

»Nein«, sagte Jack, »wir singen ›Der gute König Wenzeslaus‹. Ich zähle bis drei.«

»Eins, zwei, drei«, und wir begannen zu singen, mit Stimmen, die hoch und weit entfernt klangen in der schneegetünchten Finsternis rund um das Haus, in dem niemand wohnte, den wir kannten. Wir standen eng nebeneinander, dicht vor der dunklen Türe.

Der gute König Wenzeslaus
sah am St. Stephans-Feste …

Und dann kam eine kleine trockene Stimme, wie die Stimme von jemand, der schon lange nicht gesprochen hat, und stimmte plötzlich in unseren Gesang ein: eine kleine trockene Stimme von der anderen Seite der Türe: eine kleine trockene Stimme durch das Schlüsselloch. Und als wir wieder aufhörten zu rennen, da waren wir vor unserem eigenen Haus. Die große Vorderstube war einladend und hell. Das Grammophon spielte. Wir sahen die roten und weißen Ballons am Arm der Gaslampe hängen. Onkel und Tanten saßen ums Feuer. Es war mir, als könne ich unser Abendessen riechen, das in der Küche gebraten wurde. Alles war wieder gut, und Weihnachten leuchtete durch die ganze vertraute Stadt.

»Vielleicht war das ein Geist«, sagte Jim.

»Vielleicht waren es Trolle«, sagte Dan, der immer Bücher las.

»Gehen wir hinein, und sehen wir, ob noch Wackelpudding übrig ist«, sagte Jack. Und das taten wir.

CHRISTINE BUSTA

(1915–1987)

Brief ans Christkind

Was ich mir wünsche?
Daß der, den ich liebe,
mich für das Weilchen, das ich noch lebe,
wirklich lieb hat,
und daß ich ihm das
immer leicht machen kann.

Vielleicht vergißt er mich
dann auch nachher
nicht ganz.

WOLFDIETRICH SCHNURRE

(1920–1989)

Stille Nacht

  Alle unter zwei Jahren.
In der ganzen Stadt?!
  Und in der Umgebung.
Bloß wegen dem einen?
  Man hat gedacht, der wäre dabei.
Und dem is davon später nich mulmig geworden?
  Mulmig? Wieso.

Na, hat er schuld am Tod von all den kleinen Jungs oder nich?

Aber die hat doch der Herodes umbringen lassen!

Wär nie passiert, hätt sich der Josef gestellt.

Aber dann wär doch Christus umgebracht worden!

Na und? Doch besser einer, als tausend.

Verstehst du denn nicht: Christus mußte doch leben!

Und wie *konnt* er das mit soviel toten Jungs auf m Gewissen?

Er hat die Liebe gelehrt; die hat das verklärt.

Und die Liebe von all den Eltern zu ihrn Jungs, die man für ihn totgemacht hat: was war mit der?

Gottes Liebe zu diesen Kindern ist größer gewesen.

Er hat sie als Märtyrer zu sich gerufen.

Wie kann er n das? Die hatten doch gar nischt mit Christus zu tun! Die wollten doch leben!

Du mußt das nicht so engherzig sehn.

Ach. Und was hättste gemacht, wenn ich damals *mit* kaputtgemacht worden wär? Hättste den Christus dann *auch* so verteidigt?

ALOIS VOGEL

(* 1922)

Weihnacht

Stern und Fisch
und Schneekristall:
Wunder um Wunder
im Wald, auf der Wiese, im Stall.
Wir eilen vorbei
zu dürftigem Tand.
Wer weiß von des Bruders Königsgewand?

(Für Karla und Willi)

GEORG KREISLER

(* 1922)

Weihnachten bringt alles durcheinander

Ich wasch mich jeden Morgen so um sieben,
geh jeden dritten Mittwoch zum Ballett,
schreib Mutter jeden Elften
und in beiden Monatshälften
geh ich einen Tag besonders früh zu Bett.
Ich schwimm im Sommer dienstags nach der Arbeit
und kriege jeden Fünfzehnten mein Geld.

Ich darf an jedem Achten
bei der Käthe übernachten,
wenn der Neunte nicht auf einen Montag fällt.

Ich esse mittags stets in der Kantine.
Dort ißt man billig, wenn auch schlecht.
Ich fahre jeden Sonntag raus ins Grüne,
und wenn es regnet, dann erst recht.

In andern Worten, ich bin sehr zufrieden,
ich hab mein Leben sorgsam arrangiert,
nur Weihnachten bringt alles durcheinander,
durcheinander, durcheinander.
Die Leute bevölkern die Straßen
bis spät in den Abend mit tausend Paketen
und sind so zerstreut und verworren
und irgendwie glücklich, man könnte sie treten.

Ich irre umher und ich weiß nicht wohin
und mein Leben wird zum Labyrinth,
in dem ich warten muß,
bis der Alltag wieder beginnt.

Der Alltag kommt und mit ihm meine Freude.
Ich darf mich wieder kurz nach sieben rasiern,
trink abends meinen Schoppen,
darf mir Untergebene foppen
und mir allzu Untergebene ignorieren,
darf wieder meine Vorgesetzten grüßen –
nach Weihnachten erwidern sie's nicht so schnell –
darf wieder streng vermeiden,
mich so weit zu entscheiden,
daß man glaubt, ich wäre individuell.

Ich gehe durch die Straßen mit Migräne
und lächle niemals, wo ich auch geh.
Ich zeige überhaupt nie meine Zähne,
außer beim Zahnarzt, da tut's auch weh.

In andern Worten, ich bin sehr zufrieden.
Mein Leben ist vor allen Dingen ernst.
Nur Weihnachten bringt alles durcheinander,
durcheinander, durcheinander.
Denn plötzlich erwartet man grundlos,
ich solle die ärmeren Leute bedauern,
womöglich am Boden mit rotzigen Kindern
bei 'nem schäbigen Tannenbaum kauern.
Zu Weihnachten wird die Bevölkerung verrückt,
jeder Bettler bekommt Appetit.
Da muß man stark sein,
sonst macht man am Ende noch mit.

Von Zeit zu Zeit betracht ich meine Umwelt.
Die meisten Menschen halten ziemlich dicht.
Man arbeitet, man frißt was,
manchmal fühlt man, man vermißt was,
aber trotzdem tut man immer seine Pflicht.
Man fährt zur Kirche oder nach Italien,
man kauft sich erst ein Auto, dann ein Haus,
man kriecht entlang des Lebens –
daß man jung war, war vergebens –
und man sucht sich einen Lieblingsfilmstar aus.

Man ließe sich für's Vaterland zerlegen,
man wählt den Kanzler, schreit hurra
und geht der Zukunft frohgemut entgegen.
Erst wenn sie da ist, ist sie da.

In andern Worten, ich bin sehr zufrieden.
Die meisten Leute sind genau wie ich.
Nur Weihnachten bringt alles durcheinander,
durcheinander, durcheinander.
Die Menschen vergessen die Zukunft,
vor allem diejenige, die schon gewesen.
Sie kaufen einander Geschenke,
darunter auch Bücher, die könnten sie lesen.
Zu Weihnachten ziehn sich die Völker zurück,
man wird weich und empfindam und schlapp.
Deutschland erwache! Schaff Weihnachten ab!

MIROSLAV HOLUB

(* 1923)

Wie man vollkommene Weihnachten malt

Oben hin malt man
den Himmel, fein wie Froschhaar.
Unten hin gießt man etwas Finsternis,
angewärmt auf Zimmertemperatur
oder ein bißchen mehr.

In die Finsternis ritzt man
mit einer Katzenkralle ein Bäumchen,
das allerschönste Bäumchen,
von dem auf der Welt
kein einziger Förster träumt.

Und das Bäumchen beginnt
ganz von allein zu leuchten
und schon knistert das Bild
vor grüner Freude,
vor purpurner Hoffnung.

Ja, aber jetzt müßt ihr
unters Bäumchen
das Wichtigste legen,
das, was ihr euch am meisten wünscht,
das, was die Sänger beim Gitarrenklang
Glück heißen.

Die Katze hat es leicht,
die Katze legt eine Maus hin,
der Hauptmann legt sich
die größte Düsenhellebarde hin,
die schießt, feuert und salutiert,
der Spatz legt sich
ein paar Halme fürs Nest hin,

der Herr Offizial legt sich
eine erledigte Akte mit roter Schleife hin,
der Schmetterling legt sich
ein Pfauenauge aus Lastex hin,
und was legt ihr euch hin?

Ihr überlegt, überlegt,
bis der Tag graut,
bis der Fluß fast weggeflossen ist,
bis die Glühbirnen zu gähnen anfangen,
ihr überlegt,

und am Ende saugt ihr
mit dem Löschblatt in der Finsternis
eine milchig weiße Stelle frei,
ein bißchen wie ein Dukaten,
ein bißchen wie ein Schiff,
ein bißchen wie der Mond,
ein bißchen wie das schöne Gesicht
eines anderen Menschen,

eine milchig weiße Stelle,
vielmehr etwas wie Leere,
oder das Gegenteil von etwas,
wie Nichtschmerz,
wie Nichtangst,
wie Nichtsorge,

eine milchig weiße Stelle,
und ihr geht schlafen
und sagt euch,
ja, ich kann es jetzt,
ja, nächstesmal schon
male ich
die besten Weihnachten,
die es je gab.

GERHARD FRITSCH

(1924–1969)

Die Nacht des Heils

Diese Nacht, diese Nacht
der Kerzen, der Lieder und der Freundlichkeit,
ist eine Nacht wie eine jede andere Nacht,
wenn Winter Atemwolken ballt:
die Geländer der Brücken sind kalt,
auf den Flüssen treibt Eis,
auf dem Froste der Länder
liegt Schnee.

Nur ihr seid anders
in dieser einen Nacht
in den festlichen Stuben
um den strahlenden Baum
des verkündeten Heils.
Man kündet euch den Frieden,
der in dieser gepriesenen Nacht
einmal zu Wachenden kam.
Und ihr wollt alle Wachende sein
in dieser einen gepriesenen Nacht,
Wachende, Gläubige, Bereite,
die sich nach tausend wüsten Träumen
plötzlich arglos in die Augen sehen
und wie ein Wunder sehen,
daß sie alle denken Du und Wir.
Doch das ist nur in einer Nacht
im langen Jahr der wüsten Träume,

daß jeder jedem arglos in die Augen sieht.
Der Frost der Träume überwältigt euch
am nächsten Morgen schon, der grausam sich erhebt.
Und jeder will das leuchtende Heil
dann wieder nur für sich allein.

Wenn ihr aber
einmal für alle,
denen ihr in dieser einen Nacht
brüderliche Hirten wart,
bereite Wächter sein wollt,
Nacht für Nacht und Tag für Tag,
dann wird eure Erlösung,
die frohe Botschaft von Lippe zu Lippe,
von Antlitz zu Antlitz,
von Hirte Mensch zu Hirte Mensch,
geboren werden
in jeder Nacht, an jedem Tag
unserer gewehrlaufhart
gefrorenen Erde.

ERNST JANDL

(* 1925)

ernst jandls weihnachtslied

machet auf den türel
machet auf den türel
dann kann herein das herrel

dann kann herein das herrel
froe weihnacht
froe weihnacht
und ich bin nur ein hund
froe weihnacht
froe weihnacht
und ich bin nur ein hund

ERNESTO CARDENAL

(* 1925)

Die Hirten von Bethlehem

(Lukas 2, 8–20) *In der Gegend von Bethlehem waren Hirten auf dem Felde bei den Hürden, die hüteten des Nachts ihre Herde. Plötzlich trat der Engel des Herrn zu ihnen, und die Klarheit des Herrn leuchtete um sie, und sie fürchteten sich sehr. Aber der Engel sprach zu ihnen: Fürchtet euch nicht! Siehe, ich verkündige euch große Freude, die allem Volk widerfahren wird:*

Wir sind in der kleinen Kirche versammelt.

Zuerst spricht der alte Tomás Peña, wie immer mit großer Einfachheit: »Ich sehe, daß die Leute, die da die Herden hüteten, eine frohe Nachricht erhielten. Sie waren auf dem Feld wie unsereins hier und hörten plötzlich diese große Freude. So wie wir, als wir hörten, daß sie zu uns kämen. Man hatte uns gesagt, bald käme ein Priester zu uns, und wir wollten es zuerst nicht glauben, weil wir früher noch nie einen Priester hatten ... Genauso freuten sich diese Hirten. Sie waren traurig. Sie feierten kein Fest, sondern es ging ihnen schlecht.«

»Und warum erhielten gerade sie die Nachricht?« frage ich.

Tomás Peña: »Vielleicht weil sie näher bei Gott waren. Andere dachten an Schlechtes, nicht an Gutes. Glaube ich ...«

Patricio: »Sie waren näher bei Gott, weil sie sich dort die Nacht um die Ohren schlugen. Darum wollte Gott ihnen eine Freude schicken. Ich glaube, so könnte es gewesen sein.«

Felipe: »Der Engel kam zu ihnen, weil sie arbeiten, und ich finde, das ist eine große Sache für uns. Denn sie waren arm und mußten nachts arbeiten, sie hüteten die Schafe, so wie wir hier die Kühe versorgen. Es waren Arbeiter, arme Leute. Der Engel hätte auch zum König gehen können und sagen: ›Der Retter ist geboren.‹ Aber er ging nicht zum König, sondern zu den Arbeitern. Das heißt, diese Botschaft ist nicht für die großen Typen, sondern für die Masse, das heißt, für alle Armen und Unterdrückten.«

Ich: »Tatsächlich standen die Hirten auf der untersten Stufe der sozialen Leiter in Israel ...«

Alejandro: »Ein Teil der Botschaft war auch, daß einer geboren werden sollte, der genau wie sie war: arm, in Windeln gewickelt.

Euch ist heute der Heiland geboren aus dem Volk Davids, welcher ist Christus, der Herr.

Félix: »Der Engel erklärt ihnen, daß er für sie gekommen ist. Ich glaube, sie waren so etwas wie Sklaven, und als sie hörten, daß ein Heiland oder ein Befreier für sie kommen sollte, da freuten sie sich. Sie hatten schon etwas von einem Messias gehört, und als der Engel ihnen sagte, er wäre schon geboren, da waren sie froh. Sie wußten, daß diese Geburt sie von der Sklaverei befreien sollte. Ein Befreier für alle Sklaven! Er kam, um alle Sklaven zu befreien, alle Armen, nicht nur die in der damaligen Zeit, nein, auch die von heute. Jeder Arme, der gezwungen ist, für einen Reichen zu arbeiten, lebt wie ein Sklave.«

Felipe: »Ein Arbeiter ist immer arm, auch wenn er in einer Fabrik arbeitet.«

Félix fährt fort: »Er kam, um die Armen zu befreien, nicht die Reichen. Darum mußte die Nachricht von seiner Geburt den Armen gebracht werden. Und heute ist es genauso: Die Botschaft, das Wort Gottes, wird mehr von den Armen gehört als von den Reichen. Ich glaube, es liegt gerade an der Armut der Armen, daß sie das Wort Gottes eher hören als die Reichen. Viele reiche Leute gehen sonntags in die Kirche, aber ohne das Wort Gottes richtig zu hören. Sie gehen in die Kirche aus purer Gewohnheit ... oder sie gehen überhaupt nicht.«

Sabino: »Viele Arme gehen auch nicht in die Kirche.«

Francisco: »Der Engel kam auch nicht zu allen Armen ...«

Felipe: »Er kam zu denen, die arbeiteten und nicht zu denen, die auf der faulen Haut lagen ...«

Félix: »Der Geist Gottes kommt eher zu den Armen, weil der Arme in seiner Sklaverei Gott jeden

Tag um Hilfe bitten muß. Und wenn er am wenigsten daran denkt, kommt ihm plötzlich eine gute Idee: Zu dem ist dann der Geist Gottes gekommen.«

Oscar: »Die Hirten waren genau wie wir, sie brauchten dringend einen Befreier. Denn die Tiere wurden von ihnen gehütet, aber sie selbst waren allein, von aller Welt verlassen. So werden wir auch von den Reichen gedemütigt und sind von aller Welt verlassen. Aber wenn dann einer kommt und uns sagt, so könne es nicht weitergehen, wir könnten nicht immer weiter Sklaven der Reichen sein, es müsse eine Revolution kommen oder so, dann begreifen wir, daß auch wir um unsere Freiheit kämpfen können.«

Julio: »Mir kommt es so vor, als wären wir die Hirten der Reichen, weil wir für sie arbeiten und sie mit unserer Arbeit unterhalten. Für uns muß auch ein Befreier kommen. Wir sind Bauern und Macheteros, aber ich glaube, zu uns braucht kein Engel persönlich zu kommen, um uns darauf aufmerksam zu machen ..., oder vielleicht ist er schon gekommen.«

Felipe: »Der Engel, das ist irgendeine gute Idee, irgendeine Erleuchtung, die man plötzlich im Wald hat, wenn man mit der Machete arbeitet, wie Félix sagt ..., irgendeine Idee, was man für die andern tun könnte oder für die Gemeinschaft. Eben der Heilige Geist, denn das ist der Geist der Liebe zum Nächsten, nicht wahr?«

Julio: »Ja, darum sagte ich vorhin, dieser Engel sei vielleicht schon zu uns gekommen, und wir brauchten nicht darauf zu warten, daß er uns persönlich erscheint, wie eine Vision ... Während wir diese Worte lesen und darüber sprechen, ist er vielleicht gerade dabei, uns zu erscheinen und uns diese Botschaft zu bringen.«

Ich: »So ist es. In diesem Augenblick empfangen wir die gleiche Botschaft wie die Hirten damals in Bethlehem.«

Laureano: »Die Botschaft kennen wir schon lange. Aber, jetzt müssen wir daran arbeiten …«

»Wir müssen sie ausstreuen« unterbricht ihn sein Vetter Julio.

Laureano spricht weiter: »Und zusehen, wie wir uns befreien. Denn die Befreiung geschieht durch den Menschen.«

Felipe: »Wenn einer dagegen ist, dann immer aus Egoismus.«

Oscar: »Auch aus Angst. Viele von uns haben Angst. Angst, daß einem etwas passieren könnte, Gefängnis, Tod … Oft hat diese Angst ihren Grund in der Unwissenheit.

Und das habt zum Zeichen: Ihr werdet finden das Kind in Windeln gewickelt und in einer Krippe liegen.

Oscar: »Jesus wurde in einem Stall geboren. Der Befreier kam für die Armen, darum mußte er auf diese Weise geboren werden. Er mußte uns ein Beispiel geben, damit der eine sich nicht besser vorkommt als der andere, damit wir uns alle gleich fühlen. Denn alle sind wir auf die gleiche Art geboren, alle aus dem Leib unserer Mutter.«

Angel, Félix' Sohn: »Wenn man ihnen eine gute Unterkunft angeboten hätte, hätten Maria und Josef sie dann nicht angenommen?«

Rafael: »Sie hätten sie nicht abgelehnt, meine ich …«

Oscar: »Dann wäre er besser nicht gekommen.«
Félix: »Er wollte den Armen eben zeigen, daß er einer von ihnen war.«
Angel: »Sie konnten sie nicht annehmen, weil sie ihnen ja keiner angeboten hatte ...«
Julio: »Und warum lud sie keiner in sein Haus ein?«
Oscar: »Sie waren eben sehr arm. Darum.«
Tomás Peña: »Sie dachten vielleicht sogar, sie wären Langfinger, sie könnten sie bestehlen ...«
Félix: »Ja, heute ist das so. Wenn einer schlecht angezogen in die Stadt kommt und eine Unterkunft sucht, findet er keine. Und wenn, dann höchstens in so einer Art Hühnerstall, da kann er bei den Hühnern wohnen.«
Tomás: »Wenn Jesus in einem reichen Haus zur Welt gekommen wäre, dann hätten ihn die Hirten nicht besuchen können. Man hätte ihnen wahrscheinlich nicht einmal die Tür aufgemacht.«
Oscar: »Dann hätten ihn die Hirten auch gar nicht besuchen wollen, weil ihnen klargewesen wäre, daß er nicht für sie, sondern für die Reichen geboren wurde.«
Ich sage: »Die Reichen hatten keine Befreiung nötig. Wovon will ein Reicher schon befreit werden!«
William: »Die Reichen haben es nötig, von ihrem Geld befreit zu werden.«
Felipe: »Wenn die Armen sich befreien, dann werden die Reichen auch frei.«
Adancito: »Die Armen machen sie frei.«
Francisco: »Und die Armen haben auch die Möglichkeit, groß zu werden, wie der Messias, der aus dem Volk geboren wurde.«

Ich sage: »Tatsächlich hat das Volk große Fähigkeiten, die nur entwickelt zu werden brauchen. Wenn es genug Schulen gibt, ausreichende Ernährung …«

Natalia: »Wenn die Kinder gesund heranwachsen, wenn die Alten versorgt werden, wenn es genug Ärzte für alle gibt … Wie wir das in Kuba anfangen sehen. Und wenn man gesund ist, dann hat man auch Lust zum Arbeiten. Aber wenn man sich elend fühlt … Und in Kuba können auch die Armen einen Beruf lernen. Aber hier, welche Möglichkeiten hat man hier schon?«

Und alsbald waren bei dem Engel viele andere Engel des Himmels, die lobten Gott und sprachen: Ehre sei Gott in der Höhe und Frieden auf Erden allen Menschen, die lieben.

Der alte Tomás Peña fragt: »Waren diese anderen Engel, die erst später nach dem ersten Engel kamen, zurückgeblieben, weil sie einen längeren Weg hatten, oder hatte Gott sie vielleicht noch nicht erleuchtet?«

Ich: »Vielleicht hatten die Hirten sie noch nicht gesehen. Zuerst spricht ein Engel, und dann hören sie plötzlich auch andere …«

Tomás: »Ja, das ist wie hier: Wir hören alle, aber wir verstehen nicht alles sofort. So hatten sie den einen Engel gehört und nicht auf die anderen geachtet.«

Don Julio Chavarría: »In diesem Augenblick war Frieden auf Erden durch die Geburt des Kindes, und darüber freute man sich im Himmel. Ich glaube, das ist es, was die Engel singen.«

Edgard, ein junger Mann, der Franziskanermönch gewesen war und der jetzt bei uns zu Besuch ist:

»Gott kann im Himmel nicht gelobt werden, solange es auf der Erde keinen Frieden gibt – das heißt Gerechtigkeit, Brüderlichkeit, Gleichheit. Das alles ist Frieden. Die Reichen glauben oft, sie lobten Gott, aber sie halten keinen Frieden und üben keine Gerechtigkeit. Darum loben sie Gott auch nicht wirklich, denn beides geht Hand in Hand.«

William: »Liebe und Friede auf Erden, das ist die wirkliche Ehre Gottes.«

Und sie kamen eilend und fanden beide, Maria und Josef, dazu das Kind in der Krippe liegen. Da sie es aber gesehen hatten, verbreiteten sie alles, was ihnen der Engel von diesem Kind gesagt hatte. Und alle, die es hörten, verwunderten sich über ihre Worte.

Julio: »Früher fühlten sie sich unterdrückt, und als ihr Befreier geboren war, da fühlten sie sich schon frei. Die Freude erzählten sie dann weiter.«

Tomás: »Und alle Leute freuten sich mit ihnen, oder besser gesagt alle Armen, weil diese Neuigkeit hauptsächlich für sie bestimmt war.«

Maria aber behielt alle diese Worte in ihrem Herzen und dachte über sie nach.

Tomás: »Sie verwunderte sich nicht wie die anderen, weil sie vom Heiligen Geist erleuchtet war. Aber vielleicht dachte sie, die anderen könnten etwas erzählen, was nicht stimmte, sie könnten vielleicht übertreiben, etwas erzählen, was sie gar nicht gesehen hatten. Und dann dachte sie auch, daß die Mächtigen ihr Kind töten könnten oder ihm irgend etwas antun, nicht wahr? Gefährlich ...«

Ich: »Ja, Maria wußte schon von dem Engel, daß Jesus der Messias war ...«

Tomás: »Darum glaubte sie, daß sie ihm etwas antun könnten, weil er der Messias war. Und sie waren ja auch tatsächlich immer gegen ihn. Weil er uns alle befreien wollte, das ganze Volk, mußte er mit vielen Feinden rechnen. Er würde viele Kämpfe auszustehen haben.«

Julio: »Wenn Maria das alles schon wußte, also schon vor den Engeln, die es den Hirten verkündeten, warum erzählte sie es dann nicht selbst, warum wartete sie, daß die Engel es verkündeten? Ich glaube, sie hatte Angst, daß sie ihn töten könnten. Darum bewahrte sie das Geheimnis und erzählte es keinem weiter.«

Oscar: »Die Hirten erfuhren es, der König und die Reichen erfuhren es nicht. Genau wie heute, heute wissen auch nicht alle etwas von der Ankunft dieses Jesus.«

Julio: »Ich glaube, die meisten wissen davon, sie haben bloß Angst. Sie trauen sich nicht, so nah an Jesus heranzukommen wie die Hirten, weil sie Angst haben. Und dann gibt es natürlich auch viele, die nichts davon wissen.«

HERMANN SCHÜRRER

(1928–1986)

Weihnachtswallfahrt nach Rom

Alle Wege führen nach Rom wenn kein anderer im
Weg ist
Weihwasser aus Weimar frei nach Götz von Berlichingen
Weihwein aus Lacrimae Christi Trunksucht stählt
den Charakter
Leert die Flaschen
Weihegeld aus der Banco di Santo Spirito
Wieviel kostet ein Heide der Dritten Welt? Was bringt
er ein?
Weihwaffen aus der Bethlehem Steel Company
Wer erben will muß töten lernen
Wann beginnt endlich der größte Krieg?
Weihbrot aus der wunderbaren Brotvermehrung
Was du dem anderen nimmst kommt dir selbst zugute
Weihefleisch aus der Sakristei des Heiligen Hubertus
Weidmannsheil
Der Jäger wurde erleuchtet und geht zum Tierschutzverein
Weihebücher aus dem Index prohibitorum librorum der
Bibel der Armen
Gottfried Teufel und Petrus Kirchensprenger aus dem
heiligen Taufregister
Das Fest ist gerichtet
Abgeholzte Wälder rauschen mit dem Weihnachtsbaum
um die Wette
Für wen wird der nächste Scheiterhaufen errichtet?
Wer wird verbrannt?

In der Wüste watet ein Beduine zum Wadi
Mit weißem Burnus zum Weihnachtsfest als
Weihnachtsmann
Melchior Kaspar Balthasar ist sein Name
Sein Weihnachtsgeld versäuft er
Dann watet er wieder heim in die Dritte Welt zum
Missionar
Und freut sich schon wieder auf den nächsten
Weihnachtsbaum
Vielleicht schlägt er während der Wartezeit dem
Missionar den Schädel ein
Oder entzieht ihm die Aufenthaltsbewilligung
Und singt dann fröhlich: Christ ist erstanden
Ich habe Christus verstanden –

HANNELORE VALENCAK

(* 1929)

Erwachsenenweihnacht

Für Anna

Was habt ihr aus der Liebe gemacht?
– Ein Blatt Papier mit einer Liste von Namen:
Wem ich etwas schenken muß, wem ich schreiben muß,
weil auch von ihm alle Jahre Grußkarten kamen.

Was habt ihr aus den Weihnachtssternen gemacht?
– Den Glühbirnenzauber in den Geschäftsstraßen
Jahr für Jahr!

Kein Stern zieht mehr seine Lichtspur im Morgenland
zur Krippe im Stall, wo die Armut noch göttlich war.

Was habt ihr aus der Krippe gemacht?
– Ein Ding, das am Christabend abgestaubt werden muß,
die Spielzeugfigürchen, die niedliche Puppe im Stroh,
daneben Maria und Josef aus gleichem Guß.

Was habt ihr aus dem Christkind gemacht?
– Einen Engel mit goldenen Haaren – längst flog er
davon.
Das wirkliche Christkind hat man ans Kreuz genagelt:
mit dreißig Jahren – da war es so alt wie mein Sohn.

Was habt ihr aus dem Heiligen Abend gemacht?
– Geschenke auswickeln und von allen Seiten besehn.
Was jemand bekam und nicht brauchte,
das halte nun ich in der Hand
und schenke es nächstes Jahr weiter – ich weiß schon
an wen.

Doch dann wickle ich etwas aus, was mir zeigt,
daß mich jemand liebt,
daß er ging und suchte und fand: die Freude für mich.
Das hast du getan und du auch – das weiß ich gewiß,
und ich hüte den Stern und das Kind für dich – und
für dich.

Wenn du wüßtest, wie weit der Weg war
wie weit –
auf dem ich nicht einen Schritt tat:
Der Weg durch die Zeit.

REINER KUNZE

(* 1933)

Weihnachten

Sie saß neben mir auf der Bank und badete ihr Gesicht in der Sonne. Sie hatte ihre Augenbrauen ausgewechselt, mit Pinzette: ein für allemal. Die neuen waren strenge Linien, die von der Kindheit trennten.

Wir schwiegen, sie bei geschlossenen Augen. Doch wer weiß, was sie sah, denn plötzlich sagte sie: »Wenn doch schon Weihnachten wäre.«

Die Rosen blühten.

»Was hast du vor zu Weihnachten?« fragte ich.

»Nichts«, sagte sie. »Aber dann wäre doch Weihnachten.«

Ich entsann mich, daß sie auch vergangenes Jahr nicht hatte auf den Weihnachtsbaum verzichten wollen. Geschmückt mit Lametta, Zuckerwerk und zwölf Kerzen, hatte er in ihrem Zimmer gestanden – vor einem riesigen roten Plakat mit lachendem Che Guevara.

WERNER SCHNEYDER

(* 1937)

Theorie des Weihnachtsgeschäfts

In diesem Jahr haben angeblich die Weihnachtseinkäufe einmal nicht »alle Rekorde« gebrochen, weil

»Konsumrausch« und »Schenkwut« nur im gewohnten Rahmen geblieben sein sollen, weil einige Branchen sogar ein paar Prozente »minus« melden mußten.

Woher das Erstaunen? Die Erklärung ist so einfach wie die Nationalökonomie an und für sich.

Die Leute, die genug Geld haben, haben keinen Platz mehr.

Die Leute, die noch Platz haben, haben zu wenig Geld.

Von der dritten Gruppe, von denen, die weder Platz noch Geld haben, sprechen wir nicht, sie sind für die Bilanzen des Christfestes nicht so relevant.

Reden wir von denen, die sich das Schenken praktisch versagen müssen.

Was sollen die armen Teufel, die alles haben und deshalb keinen Platz mehr, denn noch erwerben? Sollen sie sich die Bilder von den bereits völlig zugepflasterten Wänden reißen? Sollen sie sich einen Architekten suchen, der ihnen einredet, das Anschrauben von Bildern an Decken wäre jetzt »in«?

Je flauschiger Pelze, desto mehr Platz beanspruchen sie im Schrank. Würde der liebende Gatte auf diesem Gebiet noch einen Wunsch erfüllen wollen, müßte er den neuen Schrank gleich mitkaufen, aber wohin dann mit der Sitzlandschaft? Die Wand zwischen den Zimmern ist zugunsten des Großraumes längst weggebrochen, und eine generelle Ausweitung der Wohnfläche scheitert an der Existenz von Nachbarn und Grundbucheintragungen.

Um es abzukürzen: Ursache für eine leise Weihnachtsgeschenkbaisse ist das »Wohin mit dem Zeug!«-

Syndrom. Jede Schmuckschatulle wird irgendwann zur Truhe und ist dann in keiner solchen mehr zu verstauen.

Und das ist auch ein Teufelskreis: Je mehr Exemplare einer Sache man hat, desto weniger benützt man das einzelne Stück, um so länger ist die Haltbarkeit. Das gilt für Hemden, Hosen, aber auch für Bücher. Ich, zum Beispiel, besitze – gemessen an meiner Leselust – derartig viele Bücher, daß für die meisten von ihnen das Wort »neuwertig« nicht hoch gegriffen ist. Ich sehe mich aber aus Raumgründen gezwungen, für jedes neue Buch ein anderes für »zu alt« zu erklären und wegzugeben oder wegzuschmeißen. Das gilt als »Barbarei«, scheint mir aber die Voraussetzung funktionierender Ökonomie zu sein. Wir müssen Verluste nicht nur in Kauf nehmen, wir müssen sie herbeiführen, sonst gehen die Geschäfte schlecht. Nur mit dieser Erkenntnis ist die Einstellung der Autoindustrie zu den Unfallzahlen, ist die Toleranz der Regierungen gegenüber den Waffenhändlern erklärbar.

Ein Impuls für das Weihnachtsgeschäft wäre: Die Gesellschaft sorgt dafür, daß die, die noch Platz haben, zu Geld kommen. Aber dieser Tip trägt den Keim sozialpolitischer Polemik in sich und hat daher zu Zeiten des hohen Festes nichts zum Gespräch beizutragen.

ALOIS BRANDSTETTER

(* 1938)

Der Christbaum

Meine Erinnerung reicht bis in das Jahr 1943 zurück. 1944 wurde ich eingeschult, noch nicht ganz sechsjährig, begann ich im September dieses Jahres mit der Schule. Oft aber gab es Fliegeralarm, und es zeigte sich, daß ich wohl den Lernanforderungen, nicht aber der Belastung der vielen Alarmierungen gewachsen war. Sobald die Sirene zum Voralarm zu heulen anfing, hatte ich regelmäßig auch schon die Hose voll, im buchstäblichen Sinn, das entwickelte sich zum bedingten Reflex. Ich war damit gar nicht der einzige. Bald wurde der Schulbetrieb überhaupt ausgesetzt.

In meinem Zeugnis, einem alten Formular mit dem Adler über dem Eichenkranz und dem Hakenkreuz auf dem Umschlag, steht auf Seite 3 unter dem Punkt 3 *Bemerkungen: Infolge der Kriegsereignisse entfiel der Unterricht vom 11. 3. bis 16. 9. 1945; eine Beurteilung war daher für das 2. Halbj. 1944/45 nicht möglich. Die Klassenlehrerin: Vera Ploberger, Pichl am 17. 9. 1945.*

Überall aber herrschte das Bewußtsein, daß wir nach dem bereits Erlittenen allerschwersten Zeiten entgegengingen, und es gab die bedrohlichsten Gerüchte, daß eine harte Bestrafung für etwas, wovon man als Kind nichts verstand, und eine unvorstellbare Heimsuchung über uns hereinbrechen werde. Es wurde erzählt, daß viele auf den Feldern und Wiesen und auch in der Stadt Backpulversäckchen gefunden hatten, die aus den Flugzeugen der Alliierten geworfen worden waren. Auf diesen Päckchen aber stand: *Frauen backt Kuchen, zu Weihnachten kommen wir euch besuchen.* So erlebten wir in diesem Jahr einen ganz besonderen Advent, die Stille der Weihnachtszeit aber war diejenige der Requien und Totenämter. Am Fastweihnachtstag des Jahres 1944 erlitt die nahe Stadt Wels den angemeldeten »Besuch«. Ich erinnere mich aus der folgenden Zeit an eine Sterbeanzeige, auf der die Photographien der Mitglieder der großen Familie eine Welser Wirtes zu sehen waren, die alle an diesem Heiligen Abend in ihrem zerbombten Keller umgekommen waren. So entfiel in diesem ersten Jahr meiner Weihnachtserinnerungen nicht nur der Christbaum, sondern das Fest selbst.

Große und kostbare Christbäume waren damals an sich und auch später nicht der Brauch. Wir hatten meistens kleine und kümmerliche Fichten, die sehr bunt und mit allerlei, von einem anspruchsvollen Geschmacksstandpunkt aus gesehen, auch unpassenden Schmuckstücken, Ziergegenständen und Flitter behängt waren. Statt des krönenden Sternes befestigten wir am Wipfel Vaters Assentierungsgebinde, das er nach der Musterung zum Ersten Weltkrieg bekommen hatte. Auf einer Schleife stand: *Mich haben sie behalten.* Der Baum wirkte oft mehr wie ein Vorwand, wie der unsichtbare Träger des vielen Schmuckes.

Die Weihnachtsbäume holten im Falle der ärmeren und nicht mit Holzgrund gesegneten Familien die Kinder aus dem Wald irgendeines Bauern. Das war auch die Lage, in der wir uns befanden. Es gab da kein langes Fragen und Erlaubnisbitten, doch galt das Entnehmen dieser Fichtenbäumchen nicht als Walddiebstahl, schon gar nicht als Waldfrevel, juristisch allenfalls dem Mundraub gleichzusetzen. Wir handelten nach der natürlichen Regel, daß vor allem nur sogenannte Untersteher, die im Wuchs dürftig waren und keine stattlichen Bäume zu werden versprachen, als vorübergehende Christbäume gerade recht seien. Das Christbaumholen war so wie ein schonendes Durchforsten. Rechtlich gesehen war es auch soviel wie ein Servitut, wie es auch andere Servitute am Wald gab. Verschiedenen Familien war mancherorts das Recht verbrieft, sich zum eigenen Nutzbrauch im Gemeindewald mit Brennholz für den Ofen zu versorgen. Aber auch an Privatbesitz gab es solche geschriebenen oder ungeschriebenen Rechte, wenn man deshalb auch keineswegs von einem urchristlichen Kommunismus sprechen konnte.

Das Ährenlesen gehörte zu diesen Rechten. Waren die Getreidefelder abgeerntet, aber noch nicht geackert *(Halmreißen)*, gingen Erwachsene und Kinder unbegüterter Familien über die Felder hin und sammelten büschelweise liegengebliebene Halme mit Ähren. Auch das Laubsammeln war als Servitut auf kleineren Häusern. Das Vieh der reichen Bauern wälzte sich in einem Überfluß an Stroh, die Kühe, Geißen und Schafe der Kleinhäusler lagen auf einer Streu, die mit Laub versetzt und gestreckt war. Ich sehe noch den riesigen Haufen getrockneten Laubes bei der Mikl-Eiche, dem meinem Elternhaus zunächst stehenden Eichelbaum, den der alte Schlehmer dort immer zusammenheute, lebhaft vor mir. Manchmal sind wir in diesen Haufen hineingehüpft, haben uns darin gewälzt, vergraben und suchen lassen. Und ich höre noch den alten Schlehmer schimpfen, wenn er das Laub mit dem sogenannten Radlbock und einem Korb holen kam und seinen exakten Haufen ausgebreitet und zerstört fand.

Was die Christbäume betraf, hatten wir uns manchmal schon im Sommer oder Herbst einen *ausgeschaut*, wenn wir Himbeer- oder Brombeer*brocken* (pflücken) gingen und am Rande der *Blöße*, der von allerlei wilden Sträuchern und hohem, seegrasähnlichem Gestrüpp überwucherten Lichtung, etwas Geeignetes entdeckten. Auch das Beerenlesen selbst, wie auch das Pilzesammeln *(Schwammerlbrocken)*, beruhte auf einer allgemeinen Erlaubnis und der Rechtsvorstellung vom offenen und jedermann zugänglichen Wald. Die Offenheit des Waldes brachte es nicht nur mit sich, daß vieles aus dem Wald geholt, sondern auch, daß einiges in den Wald gebracht und getragen wurde, hauptsächlich Unrat und Müll. Diese Ablagerungen in verschiedenen Mulden machten den Wald aber für uns Kinder nur noch anziehender, weil wir unter dem Gerümpel immer auch versehentlich weggeworfene Schätze vermuteten. Als Schatz und schätzenswert erschienen uns damals aber bereits der schön gezeichnete und bemalte Deckel einer Küchendose oder eine glänzende Nagelbüchse. Auch irgendwelches Bakelit- und Plastikzeug, alte Steckdosen, Schalter und so weiter, gefielen uns und waren uns wert, sie aufzuheben und aufzuheben. Ich bin mir sicher, daß uns damals auch Christbäume aus Kunststoff, wie es sie heute gibt, gefallen hätten ... Das Leben war so natürlich, hart und »echt«, daß einem alles Künstliche als die große Ausnahme und als artifizielle Sensation naheging. So war in unserer Nachbarschaft ein vielbewunderter einfallsreicher Bastler, der statt der Wachskerzen am Christbaum elektrische Glühbirnen, nämlich Birnchen aus Taschenlampen, anbrachte. Auch den Stall von Bethlehem mit der Krippe beleuchtete er elektrisch, was uns einen großen Eindruck machte. Den Strom nahm er aus Taschenlampenbatterien, und er zeigte uns auch, wie sich das Licht der Birnchen veränderte, je nachdem ob er die Batterien parallel oder in Serie schaltete. Stilechte »Bauernchristbäume« gab es damals bei den Bauern nicht, man findet sie in ihrer bemühten Schlichtheit und Stilreinheit wohl auch heute eher in der Stadt als auf dem Land.

PETER TURRINI

(* 1944)

Was ich mir wünsche

Was ich mir wünsche:
Daß er mich an der Hand nimmt.
Daß er mit mir zum Bauern milchholen geht.
Daß er in der Kirche neben mir sitzt.
Daß er sich mitten unter die Bauern setzt
und auf den Tisch haut.
Daß er zum Elternsprechtag geht.

Daß er mir antwortet wenn ich ihn etwas frage.
Daß ich einen Vater habe
den ich herzeigen kann.

Mein Vater war ein Italiener.
Er sprach wenig.
Ging nie fort.
Sperrte sich in seine Werkstätte ein
und schnitzte Barockstühle und Madonnen.
Selbst in der heiligen Nacht
wenn alle Bauernkinder an der Hand ihrer Väter
zur Christmette gingen
blieb er in der verschlossenen Werkstatt
und arbeitete.

Was ich mir noch immer wünsche:
Daß ich ihn endlich treffe.

MARIANNE GRUBER

(* 1944)

So um Weihnachten

Hätten sich die Nachbarn nicht manchmal seiner erbarmt, er wäre verhungert. Nahm er sich selbst einmal ein Stück Brot, so vermerkte sie, die Marie, es in einem Notizbuch, das dem Otto am Abend, wenn er von der Arbeit nach Hause kam, unter die Nase gehalten wurde, und der Otto verprügelte den Fritz dann. Es setzte Watschen, auch Faustschläge, und der kleinwüchsige, seit einer Kinderlähmung schwer gehbehinderte Fritz duckte sich dabei noch kleiner zusammen, beteuerte eh brav g'wesen zu sein, hielt sich die Hände vors Gesicht, was den Otto manches Mal noch mehr in Rage brachte, ließ nach einer Weile regelmäßig die Hände sinken und bot sein Gesicht von unten hochgestreckt den Schlägen dar, weil es ohnedies sinnlos war sich zu schützen, und der Otto nicht eher Ruhe gab, als bis er sich ausgeschlagen hatte.

Das Altersheim hatte der Fritz verlassen, weil die Marie, die dort aufräumte und damals noch recht umgänglich gewesen war, weil also *die* Marie heiratete und meinte, er könne ruhig mitziehen, sie ginge aufs Land, dort gäbe es bessere Luft, nicht den stikkigen Mief der kleinen Stadtzimmer, die zu wenig gelüftet wurden, weil immer irgend einer fror. Er solle ihr die Rente überlassen, kochen müsse sie sowieso, auch Wäsche waschen und ob einer mehr oder weniger in *der* Baracke schliefe, zähle nicht.

Der Fritz bekam sehnsüchtige Augen, dachte an Landbrot, Speck und Wind, der zum geöffneten Fenster hereinblies, und willigte gerne ein, froh darüber, dem Altersheim entkommen zu können, in dem es weder ihn noch irgend einen anderen freute; in dem jeder jeden ansteckte mit seinem miesen Gesicht und dem unaufhörlichen Gejammere, dem er nichts entgegnen konnte, weil ihm selbst die ärgsten Jammerer noch immer beneidenswert erschienen. Sie erinnerten sich einer Zeit, da sie eine andere Rolle gespielt hatten als jetzt, während er sich seiner immer nur schwach, verkrüppelt, herumgestoßen erinnerte. Sie wußten noch um eine vergangene Nützlichkeit, während er sich immer nur hilflos gefunden hatte.

Na, du verbesserst es dir ja, sagten die anderen voll Neid, als er von seinen Plänen erzählte, und er selbst dachte, jetzt wird es dir endlich einmal gut gehen.

Dabei hätte er sich besser des Sprichwortes vom Esel erinnert, der – wenn es ihm zu gut geht – auf dem Eis tanzen möchte; oder: ein Unglück kommt selten allein, wer Pech hat, dem bleibt es treu und was picken bleibt, ist immer nur Dreck.

Warum lacht der Fritz nicht, fragte der Otto anfangs, und wenn er besoffen war, verlangte er vom Fritz, er solle singen, und wenn der nicht sang, weil er schon lange keine Lieder mehr kannte und weil ihm schon lange das Singen vergangen war, schlug ihn der Otto.

Den ganzn Tag schau i ma so miese G'friesa an und daham is a nix …

Die Marie soff regelmäßig mit und selbstverständlich ging die Rente vom Fritz dabei drauf, sodaß zum Einkaufen und für Lebensmittel nichts mehr übrig blieb.

Der Fritz, der Hunger hatte, fragte aber trotzdem nach dem Essen. Wo sie doch nichts hatte. Der genierte sich nicht im mindesten, sie so bloßzustellen. Der erinnerte sie – zumindest zu Anfang – an ihr gegebenes Versprechen, und zum Katzenjammer der Ernüchterung gesellte sich der seines Hungers und ihres Elends, an dem sie mit schuld war. Und zu all dem gesellte sich noch der Katzenjammer der Vorstellung, daß sie etwas ändern, etwas einsehen sollte, eine undefinierbare Aufforderung zu beidem, wo sie doch nicht die geringste Lust hatte. Und dann belauerte sie den Fritz noch mehr, damit sie dem Otto etwas zu berichten hatte, wenn er nach Hause kam, und damit der Fritz dann seine Hiebe bekam.

Manchmal sagte der Otto zur Marie: Gib ihm, gib ihm doch, und auch er dachte an ein Sprichwort, nämlich an das von der Kuh, die man nicht schlachten soll, wenn man sie melken will.

Freilich, wenig genug war zu melken. Von dem bißchen Rente war nicht viel zu leisten, und die Marie hätte schon ordentlich haushalten, jeden Groschen umdrehen müssen, ehe sie ihn ausgab; hätte rechnen und geizen müssen – nicht saufen. Aber außerhalb der Wochendelirien gab es für sie keinerlei Freude und a bisserl Freud braucht a jeda Mensch, ein Mensch sei doch ka Viech net, obwohl sie den Otto manchesmal Viech nannte und erst recht den Fritz, und obwohl der Otto – nicht mundfaul – dann zurückschimpfte und ebenfalls Viech sagte.

In seinem ungeheizten Zimmer in der Baracke muß der Fritz wahrscheinlich gefroren haben. Schmutzwäsche türmte sich im Raum, Mistkübel standen herum, es stank.

Der Verdacht liegt nahe, daß das Zimmer, in dem der Fritz hauste, gar kein Zimmer war – eher eine Rumpelkammer, in die hineingeschoben wurde, was man im Augenblick aus den Augen wollte, nicht brauchen konnte – so auch ihn.

Was gehst net z'ruck? fragte ihn ein Nachbar, aber der Fritz schüttelte den Kopf.

Im Altersheim hams kan Platz mehr, sagte er. Den hams gleich weitergebn, wartn schon so viel drauf, und außerdem, wenn die Marie spitzkriegte, daß er wieder weg wollte, wo sie doch so scharf auf seine

Rente war … der Otto, der derschlagt mi no amal. Teppate Sau, sagte der Nachbar und ließ offen, wen er damit meinte. Aber der Otto, der ist stark, sinnierte er weiter, war sicherlich stark genug, skrupellos genug, um auch ihn, den Nachbar, zu dreschen, wenn er mißliebig auffiel und wenn es dem Otto in den Sinn kam.

Glaubst?, fragte er laut.

Was …?

Naja.

Hin und wieder steckte der Nachbar dem Fritz Brot zu. Hin und wieder sprach er mit ihm. Hin und wieder ließ er ihn sich ein wenig wärmen. Er lud ihn ein, komplimentierte ihn aber immer wieder bald zur Türe hinaus, so, als hielte er die Anwesenheit des Fritz nicht lange aus.

A so a teppate Sau, sagte er auch später noch des öfteren, ließ aber auch da immer wieder offen, wen er meinte.

Der Otto, eines von sechs Kindern und immer nur in tristen Verhältnissen aufgewachsen, war wahrscheinlich wirklich ein dummes Schwein, auf seine Art auch ein armes. Hilfsarbeiter beim Bau, vier Klassen Volksschule und der Richter wird nie herausfinden, auch kein Psychiater wird jemals herausfinden, ob er seiner unbeschreiblichen Dummheit wegen nur vier Klassen Volksschule schaffte, oder ob er so dumm war, weil er nur vier Klassen besucht hatte.

Sicher, dort wo der Otto herkam, galt noch immer der Satz, daß das Wichtigste für einen anständigen Menschen Arbeit war, also hatten auch die Kinder zu arbeiten. Darüber hinaus fiel das bildungswillige Alter beim Otto just in die Zeit der wirtschaftlichen

Schwierigkeiten nach dem Krieg. Da mußte man froh sein, wenn sich überhaupt etwas zum Anpacken fand, nämlich, wenn dafür bezahlt wurde, und dabei blieb es auch später: arbeiten. Nicht, daß es den Otto so sonderlich gefreut hätte, aber Arbeit gehörte – wie schon gesagt – zu einem anständigen Menschen, und als solchen fand er sich, auch wenn er nicht im geringsten darüber nachdachte.

Die Marie hingegen ist überhaupt nicht zu beurteilen, denn zu dem Zeitpunkt, zu dem die Gendarmen kommen, ist sie schon nicht mehr im Haus und taucht auch später nicht mehr auf.

Der Otto, der ihr auch sonst nichts Gutes nachsagte, sagt *Gfrast* und denkt, daß sie sich einen anderen angelacht hat, – der sie *dafür* bei sich wohnen läßt, sodaß sie keinen Meldezettel braucht –, einen, der wahrscheinlich stark genug ist, der Umgebung den Mund zu stopfen.

Gsoffn ham ma, sagt der Otto, aber dagegen sei doch nichts einzuwenden, von Montag bis Freitag sei er meistens nüchtern gewesen. Auf die Frage, warum er den Fritz auch noch geschlagen hätte, als dieser schon bettlägerig war und nur deshalb ins Bett pischte, weil er einfach keine Kraft mehr hatte, um noch auf die Toilette gehen zu können, wo der Fritz also gar nichts für die Schweinerei konnte, auf die Frage sagt der Otto, daß ihm gegraust hätte.

Wo der Fritz geschlafen hätte, wird gefragt.

In der Küche, sagt der Otto und der Richter schüttelt den Kopf. Das war die Küche?

Die Nachbarn hätten sich über gar nichts aufgehalten, nichts gehört, nichts gesehen. Man habe auch in anderen Dingen miteinander keinerlei Kontakt gehabt. Im Wirtshaus ja, da und dort beim Saufen, aber das war Zufall, und im allgemeinen schlafe man hier tief und traumlos.

Der Nachbar, der dem Fritz hin und wieder Brot gegeben, ihn sich hat wärmen lassen, wird nur ganz zufällig gefunden. Der Otto selbst nennt ihn beiläufig, a so a Umadumakriacha. Der Nachbar hat nicht im Traum daran gedacht, zur Gendarmerie zu gehen, obwohl alle aufgefordert worden waren, ihre Beobachtungen – einer muß doch gesehen, gehört haben, der Fritz muß doch geschrien haben bei den Verletzungen – obwohl also alle aufgefordert worden waren, ihre Beobachtungen zu Protokoll zu geben.

Der Nachbar sagt, daß er nichts weiß. Er denkt, daß der Otto so stark ist und irgendwann sicher wieder freigehen und zurückkommen wird. Und die Baracke wird man dem Otto nicht nehmen können, die gehört ihm. Und er, der Nachbar, hat wiederum nur sein kleines Häusl und sonst nichts, und wenn der Otto nach ein paar Jährchen herauskommt, wird der Nachbar wieder der Nachbar vom starken, jähzornigen Otto sein.

Knapp vor Weihnachten wird der Fritz bettlägerig, macht alles ins Bett, Urin und Scheiße rinnen weg, die Marie schimpft, putzt, hat bald vom Putzen genug, dann stinkt es, und der Otto flucht Scheißkerl. Einpaar Mal rafft sich die Marie auf und putzt doch wieder, das ist so eine Sache mit dem Gestank. Wenn dem Otto zu sehr graust – daß ihm noch grausen kann – geht er wieder ins Wirtshaus, und eigentlich hat die Marie die Feiertage mit ihm zu Hause verbringen wollen, in erster Linie im Bett, man hat so seine Bedürfnisse.

Als der Gestank dem Otto wieder einmal alles vergällt, geht er hin und haut den Fritz und weil der Fritz zu laut wimmert, schlägt er ihn weiter. Wie kommt er dazu, sich das anzuhören. Wie kommt er überhaupt dazu. Es geschieht, daß er manchmal etwas von Klage begreift und anklagen versteht. Wie kommt er dazu. Ganz tief, wo es keiner vermutet, nicht einmal der Otto selbst, spricht etwas, und die Stimme schlägt er im Fritz und wenn der Fritz losheult, schlägt der Otto die Stimme und wenn der Fritz spricht, spricht die Stimme.

Inzwischen ist der Christtag gekommen. Der Fritz sabbert in die Suppe: Komm, Herr Jesus, sei unser Gast und segne, was du uns bescheret hast. Kalt ist ihm, schwach ist ihm, zum Heulen zumute, wenn er sich trauen täte. Die Hände zittern dem Fritz und er verschüttet die Suppe. Die paar Löffel ... Wie schön wars im Heim ... Nicht einmal großer Gott denkt er mehr, auch nicht blauer, nicht grüner. Heim will er und weiß nicht, wo das ist. Bilder rollen durch seinen Kopf, und er ist ganz verwundert darüber, daß er Erinnerungen hat. Ja was denn, das gibts?

Und der Otto schlägt zu.

Draußen klirrt die Kälte, aber das spürt der Fritz nicht mehr. Es schneit. Auch das sieht er nicht mehr. Wenn man über den Platz vor der Baracke geht, knirscht der Schnee unter den Schritten, der Stephanitag ist da. Auch das weiß der Fritz nicht mehr, die letzten Schläge waren tatsächlich die allerletzten.

Aus is, sagt die Marie und ist sogar betroffen. Dann packt sie sich zusammen und rennt weg. Als die Gendarmen kommen, ist nur der Otto beim toten Fritz. Hat er sie selbst gerufen? Wars die Marie?

Schöne Bescherung, sagt der Otto. Der Fritz ist noch nicht ganz kalt, noch ein bißchen warm. Irgendwann ist er hinüber. Mit Schmerzen? Sanft entschlafen? Der Otto weiß es nicht, und die Stimme schreit. Ein paar Knochen bricht er dem Toten noch, weil er ihm den Mund schließen, ihn betten will.

Es wird ein klarer Wintertag. Die ganze Woche danach wird klar, glashart sind die Tage, von einer gläsernen Sonne übertüncht.

Herr, gib dem Fritz die ewige Ruhe, und das ewige Licht leuchte ihm, beten die Leute, und der Otto wird angeklagt werden, der Otto ganz allein. Und eigentlich gehts dem Fritz jetzt gut, der hats überstanden … Stille Nacht, Heilige Nacht und eigentlich hat man sich nichts vorzuwerfen, wo der Otto so stark ist, und zwischen den Kerzen am Christbaum und am Grab ist gar nicht so viel Unterschied, eigentlich gar keiner … Und ein Licht leuchtet in der Finsternis, der Mesner hat tatsächlich Kerzen angezündet.

Wen wollt ihr, Christus oder Barabbas?

Alle beide ans Kreuz, singt der Chor beim Begräbnis vom armen Fritz auf Gemeindekosten, alle miteinander ans Kreuz, wir sind so gefräßig, schwer satt zu kriegen, keiner darf uns entkommen …

Was ist er auch fort aus dem Heim? Vom kräftigen Essen hat er geträumt, von freundlicher Pflege und frischer Landluft …

Na die Luft hier – die ist wirklich frisch.

MANFRED CHOBOT

(* 1947)

christkind

es gäbe kein christkind hätte ich gesagt
sagen sie im kindergarten aber
das glaube ich nicht in wahrheit hat sich der
nikolaus voriges jahr umgezogen vor den kindern
damit keines angst hat wenn es einen stiefel
geschenkt bekommt und sie haben alle zugeschaut
wie er sich verkleidet hat den bart angeklebt
die haube aufgesetzt der vater von einem
der kinder sagt der bub es gibt kein christkind
weil der vater und seine mutter weihnachten nicht
miteinander verbringen

ERWIN EINZINGER

(* 1953)

Die kurze Gegenwart des 24. Dezember

»And I want to rock your gypsy soul
Just way back in the days of old
And together we will fold
Into the Mystic« (Van Morrison)

24. 12., Notiz: Man kann kaum noch etwas schreiben
das einem nicht sofort wieder unwirklich vorkommt …
 um halb fünf Geborgenheit beim
 Anhören von Van Morrison, herumschauen im Zimmer
1 unruhig brennende Kerze auf dem Tisch
ausgestreckte Beine
 & im Kopf sinkt alles zusammen
 das Weihnachtsgebäck in einer Plastikschale
1 zerknüllter U-Bahnfahrschein
Grußpostkarten mit Vordrucken
 & in den Fenstern der Reihenhauswohnungen
 die fertig gekauften Strohsterne …

am späten Nachmittag bereits die Dämmerung
die man körperlich erfährt
wie ein Eintauchen in eine angebrochene Zukunft
 (egal in welcher sozialen Rolle
 man gerade drinnen ist)
gefrorene Schneespuren in den Straßen
die Neonbeleuchtung schaltet sich zuckend ein

& in Gedanken geht man die ersten
paar Schritte in die Nacht
kondensierenden Atem vor dem Mund

die Erinnerung ist das Bewußtwerden der
Geschwindigkeit gelebter & verstreichender Zeit
die die eigentlichen Ziele & Hoffnungen
immer vor sich herschiebt –
bis zum illusionslosen Rückblick
auf die Jahre & Sekunden: Mittelscheitel auf
den Fotos aus der Mittelschulzeit
karierte Hemden in der Reisetasche
& die langweiligen Romane im Städteschnellzug
während draußen
in der feuchtkalten Dunkelheit
die Fichtenwälder vorbeischwammen …

& Jahre später die Dezembernächte, in denen
die Erfahrungen der kollektiven Einsamkeit
in den Träumen auftauchten:
die Unfähigkeit zu wirklichen Gefühlen
zu Freude, Trauer & Teilnahme
friedliche Weihnachtsträume
in denen man zu einem wesenlosen Stück Holz erstarrte
wie in dem Kinderspiel
in dem 1 Kind ein anderes
VERZAUBERN & ERLÖSEN kann …

aber jetzt, in der kurzen Gegenwart des 24. Dezember
ist es besänftigend, auf die paar stillen
Momente zu bauen
in denen man Erinnerung & Zukunft vertauscht

frische Mandarinen liegen in der Obstschale
(das war im Vorjahr auch schon so)
doch die sinnlose Zuversicht
die einem ein WIRKLICHES Leben ohne
Herrschaft & Gewalt zumindest noch ERSTREBBAR
erscheinen läßt, ist das DIESJÄHRIGE Weihnachtsgefühl
das dann sogar noch in die Schreib-
maschine soll – stockend, mit Gedankenstrichen –
eine begonnene Notiz …

NORBERT SILBERBAUER

(* 1959)

An meinem Christbaum hängen

An meinem Christbaum hängen
sorgsam in Seidenpapier gewickelt
Valiumtabletten.
Statt Kerzen stehen Zigaretten in den Ästen
auf der Spitze eine leere Weinflasche.
Mit jedem Lidschlag verschwindet ein Baum
mit jeder Träne kommt einer hinzu.
Der Weihnachtsmann greift dem Christkind
unter den Rock und stirbt.
Und ich denke immer noch
an dich.

Ist Weihnachten ein Anlaß, bei dem man sich freuen kann?
Es brennen zu Weihnachten viele Häuser ab.
Dabei sterben viele Leute und wir freuen uns,
das ist doch makaber.
Zu Weihnachten passieren vielleicht sogar mehr Unfälle
als sonst.
Aber wir freuen uns trotzdem auf Weihnachten.
(David, 10 Jahre)

Nachbemerkung

Weltweit gilt vielen Menschen, nicht nur Christen, Weihnachten, Natalis (dies), nativitas Domini, natalitia, hari natal, ..., als das Fest der Feste. Das altangelsächsische yule und verwandte Bezeichnungen bei slawischen Völkern und bei den Schotten sowie das deutschsprachige Weihnachten (»ze [den] wîhen nahten«) deuten auf die zwölf heiligen Nächte altgermanischer Religion. Doch nicht das »heidnische« Fest der Sonnenwende hat die Festlegung der Geburtstagsfeier Christi auf den 25. Dezember bestimmt, obwohl das vorchristliche Brauchtum und die Idee der Wiederkehr der Sonne diesen Verdacht nahelegen. Das Datum 25. Dezember stand schon lange fest: Es war zu einer Zeit berechnet worden – der tatsächliche Geburtstag Jesu ist unbekannt –, als niemand daran dachte, am Geburtstag des Herrn ein Fest zu begehen. Die Kirche der Märtyrerzeit lehnte ein solches Geburtstagsfest mit Entrüstung ab, zu deutlich waren ihr die Erinnerungen an die »heidnischen« Göttergeburtsfeste und deren Kulte.

Das Motiv für die Festlegung des Datums entsprang der Chronologie der damaligen christlichen Wissenschaft. Neben Daten um den 20. Mai herum kam man auf den 25. Dezember durch folgende Überlegung: War das Frühlingsäquinoktium (25. März) mit dem ersten Schöpfungstag gleichzusetzen, so mußte er auch der Tag der neuen Schöpfung, das heißt Empfängnis Christi, sein. Damit war durch die neunmonatige Schwangerschaft der 25. Dezember als Tag der Geburt des Erlösers bestimmt.

Die Vorstellung, der allmächtige Gott, alleiniger Schöpfer des Himmels und der Erde, Schöpfer der Welt und des Universums – und hätten es die Menschen früherer Zeiten anders gewußt, dann wohl Schöpfer aller Universen –, kommt durch den Schoß einer Frau als Kind in die von ihm geschaffene Welt, ist einzigartig. Der Allmächtige wird Mensch. Er erreicht die Welt nicht als Kulturheroe, nicht einmal als Wunderkind, sondern als schutzbedürftiger, kleiner, verletzlicher Säugling, um gleichsam aus der Innensicht die von ihm aus dem Nichts geschaffene Schöpfung zu erfahren. So verbinden sich in dem Neugeborenen der hilflose Erdenwurm und die Mensch gewordene unvorstellbare Kraft, die alle humanen Vorstellungen weit übersteigt. Es braucht nicht des Glaubens, um von dieser Vorstellung berührt zu sein. Das Wort ist Fleisch geworden und hat unter uns gewohnt. Dem kann sämtlicher Weihnachtsrummel, der dem kollektiven Ausbruch eines kommerziellen Wahnsinns verpflichtet ist, wenig anhaben.

Diese Einzigartigkeit des Festes hat Schreibende aller literarischen Gattungen quer durch Jahrhunderte und die Sprachen angeregt. In ihren Arbeiten wird bisweilen die Kluft sichtbar, die zwischen dem Angebot Gottes, als Mensch die Befreiung seiner Geschöpfe durch den Einsatz des eigenen Lebens zu wagen, und dem, was – um es in der Sprache der Science-fiction-Literatur zu sagen –, die Erdlinge vollbrachten, klafft. Wenn auch viele literarische Arbeiten und viele Feierlichkeiten mit den theologischen Vorgaben nicht viel gemein haben, so bleibt doch häufig ein bedenkenswerter Rest: Aus dem Fest anläßlich der Geburt des Erlösers, das die irdische Freude mit der überirdischen zusammenführt, früher hätte man wahrscheinlich den Begriff »vermählt« benützt, wird, selbst wenn einem der schlichte Glaube eines Walther von der Vogelweide oder eines Angelus Silesius fremd geworden ist, ein Anlaß zum Nachdenken.

Die Gewißheit, vom Himmel hoch kommt eine Botschaft, es ist ein Reis entsprungen, nun ist die selige, gnadenbringende Weihnachtszeit angebrochen, haben viele Menschen zumindest in unseren Breiten teilweise verloren und doch beinhaltet Weihnachten stets einen Keim einer ungeheuren Sehnsucht: Jene Stunden, jene Momente, an die sich Erwachsene erinnern, daß ihnen vor Jahren das Herz bis hoch hinauf in den Hals geschlagen hat, lassen sich nochmals erleben, wenn man seinerseits Kindern das Gefühl vermitteln kann: Manchmal gibt es Augenblicke, in denen Träume wahr werden. Und wenn man schon keine Träume wahr werden lassen kann, dann kann man sich wenigstens Zeit nehmen, um den Kindern zuzuhören oder mit ihnen zu spielen.

Dadurch lassen sich Gefühle vermitteln, die Kinder später einmal, wenn sie selbst längst schon erwachsen sind, an ihre eigenen Kinder weitergeben werden. Der fragende Ausdruck in ihren Augen: Haben wir dir Freude bereiten können? und das selige Lächeln, das über die kleinen Gesichter huscht, wenn wir ihnen das Gefühl vermitteln können, daß wir Erwachsenen uns über Kleinigkeiten freuen, die wir uns selbstverständlich lange auch selbst kaufen hätten können, sind Momente der Prägung fürs Leben.

Das Fest der Geburt Gottes, wie es Gläubige, oder die Feier für einen Propheten, wie es vom Glaubensleben distanzierter empfindende Menschen sehen, beinhaltet drei wesentliche Bestandteile, die stets Gültigkeit haben: Freude, Friede und Glück. Unabhängig davon, ob man Freude im neutestamentarischen Sinn versteht – Jesus stellt durch sein Erlösungswerk die beglückende Gemeinschaft mit Gott wieder her –, oder ob man Freude als Ausdruck einer echten Lebenssteigerung empfindet, unabhängig davon, ob man Friede im moraltheologischen Sinn als »Ruhe in der Ordnung« oder als Wohlklang einer Befindlichkeit ansieht, unabhängig davon, ob man im katholischen Sinn das wahre Glück einzig in Gott liegen sieht, wie es in den sogenannten Seligpreisungen festgeschrieben steht, oder ob man Glück als Erfüllung seiner Liebe betrachtet, trägt doch Weihnachten – je nach Weltanschauung und eigener psychischer Disposition – alle Möglichkeiten in sich.

Wien, im Mai 1998
Helmuth A. Niederle

QUELLENVERZEICHNIS

Hans Christian Andersen (1805–1875), *Der Tannenbaum* aus: H. C. Andersen's Märchen und Geschichten. Gustav Kiepenheuer Verlag, Weimar o. J., I. Band, S. 95–104.

Rose Ausländer (1907–1988), *Weihnacht* aus: Die Sichel mäht die Zeit zu Heu. Gedichte 1957–1965. Gesammelte Werke in sieben Bänden, Band 2. Herausgegeben von Helmut Braun. (c) S. Fischer Verlag, Frankfurt am Main 1985, S. 224.

Otto Julius Bierbaum (1865–1910), *Der armen Kinder Weihnachtslied* aus: Der neubestellte Irrgarten der Liebe um etliche Gänge und Lauben vermehrt. Verliebte, launenhafte, moralische und andere Lieder, Gedichte und Sprüche. Insel Verlag, Leipzig 1910, S. 156–158.

Alois Brandstetter (geb. 1938), *Der Christbaum* (Auszug), aus: Vom Schnee der vergangenen Jahre. (c) Residenz Verlag, Salzburg, Wien 1979, S. 63–84.

Bertolt Brecht (1898–1956), *Die gute Nacht* aus: Gesammelte Werke in 20 Bänden. (c) Suhrkamp Verlag, Frankfurt am Main 1967, Bd. 8, S. 124–125.

Christine Busta (1915–1987), *Brief ans Christkind* aus: Inmitten aller Vergänglichkeit. Gedichte. (c) Otto Müller Verlag, Salzburg 1985, S. 80.

Hans Carossa (1878–1956), *Auch eine Art Weihnachten* aus: Ungleiche Welten. (c) Insel Verlag, Wiesbaden 1951, S. 203–204.

Ernesto Cardenal (geb. 1925), *Die Hirten von Bethlehem* aus: Das Evangelium der Bauern von Solentiname. Gespräche über das Leben Jesu in Lateinamerika. Aufgezeichnet von Ernesto Cardenal. Aus dem Spanischen von Anneliese Schwarzer de Ruiz. (c) Jugenddienst Verlag, Wuppertal 1976, Bd. I, S. 45–50.

Jorge Carrera Andrade (1903–1978), *Dezember der Kinder* aus: Poemas/Gedichte. Übertragung von Fritz Vogelsang. (c) Verlag Klett-Cotta, Stuttgart 1980, S. 25.

Blaise Cendrars (1887–1961), *Weihnachten in der Fremdenlegion* aus: Weihnacht in allen Enden der Welt. Aus dem Französischen von Trude Fein. (c) Verlag Die Arche, Zürich 1975, S. 43–45.

Manfred Chobot (geb. 1947), *christkind.* Erstveröffentlichung. (c) beim Autor.

Fjodor Michajlowitsch Dostojewskij (1821–1881), *Der Junge beim Herrn Jesus zur Weihnacht* Deutsch von H. Röbl. Aus: Der ewige Ehemann. Aufbau Verlag, Berlin, Weimar 1971, S. 648–655. Zitiert nach: Zar Musäus und andere phantastische Erzählungen, Kunstmärchen und Parabeln von Puschkin bis Gorki. Herausgegeben von Lola Debüser. Verlag Philipp Reclam jun., Leipzig 1981, S. 124–130.

Annette von Droste-Hülshoff (1797–1848), *Am Weihnachtstage* aus: Sämtliche Werke. Herausgegeben, in zeitlicher Reihenfolge geordnet und mit Nachwort und Erläuterungen versehen von Clemens Heselhaus. Carl Hanser Verlag, München 1963^{4}, S. 613–615.

Albert Ehrenstein (1886–1950), *Flucht nach Ägypten* aus: Gedichte und Prosa. Herausgegeben und eingeleitet von Karl Otten. (c) Luchterhand Verlag, Neuwied am Rhein, Berlin-Spandau 1961, S. 102.

Joseph von Eichendorff (1788–1857), *Weihnachten* aus: Werke. Insel Verlag, Frankfurt am Main 1940, Bd. I, S. 228.

Erwin Einzinger (geb. 1953), *Die kurze Gegenwart des 24. Dezember* aus: Lammzungen in Cellophan verpackt. Gedichte. (c) Verlag Alfred Winter, Salzburg 1977, S. 125–126.

Gerhard Fritsch (1924–1969), *Die Nacht des Heils* aus: Gesammelte Gedichte. Herausgegeben von Reinhard Urbach. (c) Otto Müller Verlag, Salzburg 1978, S. 22–23.

Christian Fürchtegott Gellert (1715–1769), *Dies ist der Tag* (Original: Weihnachtslied), aus: Lyrik des 18. Jahrhunderts. Herausgegeben von Karl Otto Conrady. Rowohlt Taschenbuch Verlag, Reinbek bei Hamburg 1968, S. 86–87.

Alfred Gesswein (1911–1983), *Weihnachtsregen* aus: Leg in den Wind dein Herz. Gedichte. (c) Bergland Verlag, Wien 1960, S. 44.

Johann Wolfgang von Goethe (1749–1832), *Christgeschenk* aus: Goethes Werke. Gedichte II. Herausgegeben von Dr. Chr. Christiansen. Gutenberg Verlag, Wien o. J., S. 191–192.

Helmut Gollwitzer (geb. 1908), *Weihnachten 1945–1948* aus: ...und führen, wohin du nicht willst. Bericht einer Gefangenschaft. (c) Chr. Kaiser Verlag, München 1951, S. 341–346.

Catharina Regina von Greiffenberg (1633–1694), *Der Hl. Jungfrau Maria Wiegenlied* aus: Dr. Heimo Cerny: Catharina Regina von Greiffenberg. Herkunft, Leben und Werk der größten deutschen Barockdichterin. Stadtgemeinde Amstetten Kulturamt. Amstettner Beiträge 1983, S. 112.

Franz Grillparzer (1791–1872), *Der Christbaum im k. k. Militär-Invalidenhaus, am 24. Dezember 1846 um 5 Uhr abends* aus: Grillparzers sämtliche Werke in zwanzig Bänden. Herausgegeben und mit Einleitungen versehen von August Sauer. Verlag der J. G. Cotta'schen Buchhandlung Nachfolger, Stuttgart 1883, Bd. III, S. 26.

Marianne Gruber (geb. 1944), *So um Weihnachten.* Erstveröffentlichung. (c) bei Autorin.

Rudolf Hagelstange (1912–1984), *Ich sah den Engel der Verkündigung* aus: Lied der Jahre. Gesammelte Gedichte. (c) Hoffmann und Campe Verlag, Hamburg 1964, S. 68–70.

Peter Hammerschlag (1905–1941), *Die Weihnachtsdirne* aus: Der Mond schlug grad halb acht. Grotesk-Gedichte.

Eingeleitet und herausgegeben von Friedrich Torberg. (c) Paul Zsolnay Verlag, Wien, Hamburg 1972, S. 97.

O. Henry (1862–1910), *Das Geschenk der Weisen* aus: Unschuldsengel vom Broadway. Aus dem Amerikanischen von Christine Hoeppener. Rütten & Loening, Berlin o. J., S. 29–36.

Johann Gottfried von Herder (1744–1803), *Weihnachtsgesang* aus: Gedichte. Herausgegeben von Johann Georg Müller. J. G. Cotta'sche Buchhandlung, Stuttgart, Tübingen 1836, S. 428–429.

Hermann Hesse (1877–1962), *Weihnacht (Dezember 1917)* aus: Gesammelte Werke in zwölf Bänden. (c) Suhrkamp Verlag, Frankfurt am Main 1970, Bd. 10, S. 43–47.

Hugo von Hofmannsthal (1874–1929), *Weihnacht* aus: Gedichte. Dramen I. 1891–1898. Herausgegeben von Bernd Schoeller in Beratung mit Rudolf Hirsch. (c) Fischer Taschenbuch Verlag, Frankfurt am Main 1979, S. 134.

Miroslav Holub (geb. 1923), *Wie man vollkommene Weihnachten malt* (Aus dem Tschechischen von Franz Peter Künzel), aus: Obwohl ... Gedichte. (c) Hanser Verlag, München 1969, S. 66–67.

Ernst Jandl (geb. 1925), *ernst jandls weihnachtslied* aus: Gesammelte Werke. Herausgegeben von Klaus Siblewski. (c) Luchterhand Verlag, Darmstadt, Neuwied 1985, Bd. 1, S. 220.

Erich Kästner (1899–1974), *Sechsundvierzig Heiligabende* aus: Gesammelte Schriften für Erwachsene. Droemersche Verlagsanstalt Th. Knaur Nachf., München, Zürich 1969, Bd. 7, S. 20–23. (c) Atrium Verlag, Zürich.

Gottfried Keller (1819–1890), *Weihnachtsmarkt* aus: Gesammelte Werke in fünf Bänden. Herausgegeben von Wolfgang Ignée. Nymphenburger Verlagshandlung, München 1981, Bd. I, S. 97–99.

Theodor Kramer (1897–1958), *Ein Weihnachten* aus: Gesammelte Gedichte. Herausgegeben von Erwin Chvojka. (c) Europaverlag, Wien, München, Zürich 1985, Bd. 2, S. 598.

Georg Kreisler (geb. 1922), *Weihnachten bringt alles durcheinander* aus: Lieder zum Fürchten. Nichtarische Arien. (c) dtv, München 1969, S. 30–32.

Friedrich Adolf Krummacher (1767–1845), *Empor zu Gott, mein Lobgesang!* (Original: Weihnachtslied) aus: Poetischer Hausschatz des deutschen Volkes. Ein Buch für Schule und Haus von Dr. O. L. B. Wolff, Verlag von Otto Wigand, Leipzig 1866^{22}, S. 102.

Reiner Kunze (geb. 1933), *Weihnachten* aus: Die wunderbaren Jahre. (c) Fischer Taschenbuch Verlag, Frankfurt am Main 1978, S. 50.

Selma Lagerlöf (1858–1940), *Die heilige Nacht* (Aus dem Schwedischen von Marie Franzos) aus: Christuslegenden. (c) Verlag Stiasny, Graz, Wien 1952, S. 7–11.

Martin Luther (1483–1546), *Ein Lobgesang von der Geburt Christi* aus: Ausgewählte Schriften. Herausgegeben von Karin Bornkamm und Gerhard Ebeling. Insel Verlag, Frankfurt am Main 1982, Bd. V, S. 231–232.

Ossip Mandelstam (1891–1938), *Der Tannen weihnachtliches Leuchten* aus: Paul Celan, Gesammelte Werke in fünf Bänden. Herausgegeben von Beda Allemann und Stefan Reichert unter Mitwirkung von Rudolf Bücher. (c) Suhrkamp Verlag, Frankfurt/M. 1983, Band 5 (Übertragungen II), S. 51.

Guy de Maupassant (1850–1893), *Christnacht* aus: Mademoiselle Fifi und andere Novellen. Schnepfengeschichten. Moewig Verlag, Rastatt 1979, S. 181–187.

Conrad Ferdinand Meyer (1825–1898), *Friede auf Erden* aus: Dünndruckausgabe in vier Bänden. H. Haessel Verlag, Leipzig 1940, Bd. 2, S. 275–276.

Eduard Mörike (1804–1875), *Christbescherung* aus: Werke. Herausgegeben von Hannsludwig Geiger. Emil Vollmer Verlag, München o. J., S. 224.

Novalis (1772–1801), *Fern im Osten* aus: Dichtungen. Rowohlt Taschenbuch Verlag, Reinbek bei Hamburg 1963, S. 71–72.

Rudolf Pannwitz (1881– 1969), *Vor dem Feste* aus: Rudolf Pannwitz. Eine Auswahl aus seinem Werk, herausgegeben von Erwin Jaeckle. (c) Franz Steiner Verlag, Wiesbaden 1983, S. 46.

Marcel Pobé (1907–1967), *Der irrtümliche Weihnachtsbaum* aus: Siebenmal Weihnachten. Erzählungen. (c) Walter Verlag, Olten und Freiburg im Breisgau 1963, S. 65–75.

Rainer Maria Rilke (1875–1926), *Das Christkind* aus: Sämtliche Werke. Herausgegeben vom Rilke-Archiv. In Verbindung mit Ruth Sieber-Rilke besorgt durch Ernst Zinn. Insel Verlag, Frankfurt am Main 1975, Bd. 7, S. 63–72.

Luise Rinser (geb. 1911), *Schaufel und Besen* aus: Weihnachts-Triptychon. Erzählungen. (c) Verlag Die Arche, Zürich 1963, S. 9–20.

Friedrich Rückert (1788–1866), *Das Kind ist uns geboren* (Original: Weihnachten) aus: Poetischer Hausschatz des deutschen Volkes. Ein Buch für Schule und Haus von Dr. O. L. B. Wolff, Verlag von Otto Wigand, Leipzig 1866[22], S. 313–314.

Moritz Gottlieb Saphir (1795–1858), *Ein Weihnachtsbaum* aus: M. G. Saphir's Schriften, Gesammt-Ausgabe in 26 Bände. Verlag von Karakiat & Sohn, Brünn, Wien und Leipzig 1886–88, Bd. XXIV, S. 213–215.

Richard von Schaukal (1874–1942), *Weihnachtsschnee* aus: Werke in Einzelausgaben: Gedichte. Herausgegeben von Lotte von Schaukal und Joachim Schondorff. (c) Albert Langen/Georg Müller Verlag, München, Wien 1967, S. 277.

Werner Schneyder (geb. 1937), *Theorie des Weihnachtsgeschäftes* aus: Zeitspiel. (c) Verlag Kremayr & Scheriau, Wien 1997, S. 38–39.

Wolfdietrich Schnurre (1920–1989), *Stille Nacht* aus: Ich frag ja bloß: Kinder unter sich. Ullstein Verlag, Berlin, Wien 1977, S. 89. (c) Paul List Verlag, München.

Karl Schönherr (1867–1943), *Das verirrte Christkind* aus: Lyrik und Prosa, Gesamtausgabe herausgegeben von Vinzenz K. Chiavacci. (c) Verlag Kremayr & Scheriau, Wien 1969, S. 632–636.

Hermann Schürrer (1928–1986), *Weihnachtswallfahrt nach Rom* aus: Klar Schilf zum Geflecht. Das ABC von A–Zet. Lyrische Texte 1954–1984. Herausgegeben von Lui Dimanche. (c) Medusa Verlag, Wien, Berlin 1984, S. 377.

Norbert Silberbauer (geb. 1959), *An meinem Christbaum hängen* aus: schön und irr. Liebesgedichte. (c) Deuticke Verlag, Wien, München 1997, S. 36.

Angelus Silesius (1624–1677), *Du allerschönstes Bild* aus: Morgen kommt der Weihnachtsmann. Ausgewählt von Ursula Dotzler. Wilhelm Goldmann Verlag, München 1980[5], S. 106–107.

Jura Soyfer (1912–1939), *Weihnacht einer Völkerfamilie* aus: Das Gesamtwerk. Herausgegeben von Horst Jarka. (c) Europaverlag, Wien, München, Zürich 1980, S. 148.

Theodor Storm (1817–1888), *Weihnachtsabend* aus: Unterm Tannenbaum. Deutsche Buchgemeinschaft, Berlin 1931, S. 109–110.

Stijn Streuvels (1871–1969), *Das Christkind* (gekürzt) Aus dem Flämischen von Hermine Schmülling. Aus: Weihnachtsgeschichten. (c) Verlag J. Engelhorns Nachf., Stuttgart 1937, S. 148–161.

Johannes Tauler (1300–1361), *Weihnachtslied* aus: Poetischer Hausschatz des deutschen Volkes. Ein Buch für

Schule und Haus von Dr. O. L. B. Wolff, Verlag von Otto Wigand, Leipzig 1866^{22}, S. 70.

Dylan Thomas (1914–1953), *Weihnachtserinnerungen* aus: Unter dem Milchwald. (c) Rowohlt Taschenbuch Verlag, Reinbek bei Hamburg 1958, S. 82–87.

Kurt Tucholsky (1890–1935), *Weihnachten 1918* aus: Gesammelte Werke in zehn Bänden. Herausgegeben von Mary Gerold-Tucholsky und Fritz J. Raddatz. (c) Rowohlt Taschenbuch Verlag, Reinbek bei Hamburg 1975, Bd. 1 (1907–1918), S. 349.

Peter Turrini (geb. 1944), *Was ich mir wünsche* aus: Turrini Lesebuch zwei. Ausgewählt und bearbeitet von Ulf Birbaumer. (c) Europaverlag, Wien, München, Zürich 1983, S. 284.

Regina Ullmann (1884–1961), *Weihnachtsvisite* aus: Erzählungen, Prosastücke, Gedichte. Zusammengestellt von Regina Ullmann und Ellen Delp. Neu herausgegeben von Friedhelm Kemp. (c) Kösel Verlag, München 1978. Bd. I, S. 184–188.

Johannes Urzidil (1896–1970), *Der Schattenspieler* aus: Das Elefantenblatt. Erzählungen. Paul List Verlag, München 1964, S. 32–44. (c) Albert Langen–Georg Müller Verlag, München.

Hannelore Valencak (geb. 1929), *Erwachsenenweihnacht* aus: Hannelore Valencak/Doris Mühringer: Mein Tag – mein Jahr. Gedichte. (c) Paul Zsolnay Verlag, Wien/Hamburg 1983, S. 38–40.

Paul Verlaine (1844–1886), *Weihnachten* Aus dem Französischen von Hedwig Kehrli. Aus: Charles du Gard: Das Jesuskind in Frankreich. (c) Verlag Die Arche, Zürich 1964, S. 209–210.

Alois Vogel (geb. 1922), *Weihnacht* aus: Zwischen Unkraut und blühenden Bäumen. Gedichte. (c) Bergland Verlag, Wien 1964, S. 46.

Walter von der Vogelweide (ca. 1170–1230), *Gesegnet möchte ich heute aufstehen* aus: Sprüche, Lieder, der Leich. Emil Vollmer Verlag, München, Wiesbaden o. J., S. 172.

Josef Weinheber (1892–1945), *Geburt des Lichts* aus: Sämtliche Werke. (c) Otto Müller Verlag, Salzburg 1954, Bd. IV, S. 715–716.

Hardy Worm (1896–1973), *Weihnacht bei Strohschneiders* aus: Das Hohelied vom Nepp. Chansons, Gedichte und Prosaisches aus den »goldenen« zwanziger Jahren. Hrsg. von Wolfgang U. Schütte. (c) Buchverlag Der Morgen, Berlin 1976, S. 60.

Das Weihnachtsevangelium nach Lukas aus: D. Martin Luther: Biblia. Das ist die gantze Heilige Schrifft / Deudsch auffs new zugericht. Wittenberg 1545. Zitiert nach dtv, München 1974, S. 2073–2074.

Protoevangelium des Jakobus aus: Die Apokryphen Schriften zum Neuen Testament. Übersetzt und erläutert von Wilhelm Michaelis. Carl Schünemann Verlag, Bremen 1956, S. 85–89.

EUROPA ERLESEN

Bisher erschienen in der Reihe EUROPA ERLESEN folgende Bände:

ISTRIEN, KARST, MÄHREN, TRIEST, VENEDIG, WIEN, BERLIN, GALIZIEN, PRAG, SALZKAMMERGUT, DALMATIEN, ZÜRICH, DUBLIN, ST. PETERSBURG, FRIAUL, KÄRNTEN UND DIE THEMENBÄNDE WEIHNACHTEN UND IN ANDERER AUGEN

Pressestimmen zu EUROPA ERLESEN

Aus diesen Büchern wächst das Land
(Günther Hödl, im März 1998)

Bereits im letzten Herbst startete der Klagenfurter Wieser Verlag die literarisch wie geographisch anspruchsvolle Reihe »Europa Erlesen«. In der Zeit von Globalisierung und Eurofizierung betonen diese Publikationen die Unterschiede zwischen den Regionen. Texte bekannter und weniger bekannter Dichter öffnen die Wunderkammern der kleinen Räume.

Begonnen hat Herausgeber Lojze Wieder seine Europaerschließung in der vertrauten Umgebung des alten Mitteleuropa mit Städten und Regionen wie: Triest, Venedig, Wien, Istrien. Titel wie Karst und Mähren versprechen Entdeckungsreisen in literarische Landschaften, die scheinbar dem 19. Jahrhundert angehören und doch gegenwärtig sind in Gefühl und Geist ihrer Liebhaber. Diese Bücher halten ihr Versprechen: Aus den blinkenden Steinchen von Feuilletons, Gedichten, Landschaftsbetrachtungen und Portraits entsteht als dichtes Mosaik ein Bild von Lebensweise und Kultur, wie es kein Reiseführer vermitteln kann. Handlich, mit Goldprägung und Lesebändchen sind die kleinformatigen Büchlein wahre Kleinodien.

(Tobias Gohlis, Die Zeit, Nr. 11, 5. März 1998)

Eine ausgezeichnete Idee des Klagenfurter Verlegers Lojze Wieser bringt unter dem Leitwort »Europa Erlesen« neuartige und sehr gefällig gestaltete Landschafts- und Wanderbücher heraus (Karst, Istrien, Triest, Venedig, Wien...), allerdings keine touristischen. Mit viel Sorgfalt und ruhigem Bedacht sind literarische Zeugnisse mehrsprachiger Herkünfte, unterschiedlicher Heimatgefühle, Erfahrungen und Blickpunkte nebeneinandergestellt.

(Hubert Lendl, Bücher Bord, 23. Jahrgang, Februar 1998)

»Europa Erlesen« heißt Wiesers Projekt, für das die verstaubten Handwerkszeuge des enzyklopädischen Zeitalters aus dem methodischen Winkel hervorgekramt wurden. Die haben nun mit den technischen Hilfsmitteln moderner Kartographie rein gar nichts zu tun. Auf Computergrafiken oder generierte Bilder, Satellitenaufnahmen und all den lustigen Firlefanz, der die einschlägigen Werke ziert, kann Wieser leicht verzichten. Er vertraut dem genauen Hinsehen, dem geduldigen Zuhören, er pflegt die Tugenden des Sammlers, der an Plätzen, die er kennt, das Unerwartete findet und entdeckt.
»Europa Erlesen« ist auch deshalb ein altmodisches Vorhaben, weil es dem naiven Glauben an die Erzählbarkeit der Welt treu bleibt. Es geht davon aus, daß dieser Kontinent, seit alters her in Kriegen geschunden und geschändet, seine Würde im literarischen

Text bewahrt, seinen Sinn in die Kunst hinübergerettet hat.

(Samo Kobenter, Der Standard - Album, 19. Dez. 1997)

Daß Bücher, die in die Tasche passen, auch einen Hardcover-Einband haben können, zeigt eine neue Reihe des Wieser Verlags: »Europa Erlesen« heißt die Serie, deren Bücher zwar gut transportierfähig, weil klein, jedoch edel gestaltet und strapazfähig sind.

(Gerhard Altmann, Buchkultur, Heft 48/5 1997)

An bildungswillige und von Fernweh befallene Zeitgenossen richtet sich »Europa Erlesen« (...). Die Bände (...) vereinen ein repräsentatives Kunterbunt aus literarischen Beiträgen zu jeweils einer Stadt oder Region und eignen sich vorzüglich als stumme Gefährten - für tatsächliche Reisen und auch solche daheim im Fauteil.

(Walter M. Weiss, Diners Club, 6/97)

Edel gebunden, eignen sich die Büchlein in den handlichen Abmessungen für die Lektüre zwischendurch. Es sind literarische Spaziergänge durch die Jahrhunderte.

(Die Presse, Wien-Journal, 6. Nov. 1997)

»Von Venedig ist schon viel erzählt und gedruckt worden.« Man stößt aber auch auf Namen, die eben nicht zu den immer und immer wieder zitierten Klassikern gehören wie Guido Ceronetti, Milo Dor, Dino Buzzati. Und man entdeckt Texte von Autoren, von denen man nicht wußte, daß sie auch zu den Bewunderern Venedigs gehören wie etwa der kubanische Romancier Alejo Carpentier. Auch eine Auswahl von Gedichten ist abgedruckt, z. B. das wunderbare

»Mein Venedig stirbt nie« von Rose Ausländer. Man merkt schnell, daß dieser Band mit großem literarischen Wissen und mit viel Liebe auch für das buch-editorische Detail (natürlich mit Lesebändchen) gemacht wurde. (...)
Zum Reisen nach Venedig und für das Flanieren durch Venedig hat es eine ideale Form. Es erscheint in einer Reihe (»Europa Erlesen«), von der man sich jeden Band in seiner privaten Bibliothek wünschen würde.

(Frankfurter Rundschau, 14. März 1998, Nr. 62)

An Handlichkeit und schönem Design sind die kleinen literarischen Anthologien aus dem Wieser Verlag unübertroffen (...). Daß Istrien ebenso wie der Karst oder Mähren zu den weniger bekannten Regionen Europas zählen, ist ein weiterer Pluspunkt für die neue Reihe. Der Verlag hat es sich zum Ziel gesetzt, Europa auch und ganz besonders an seinen Rändern zu »erlesen«, politische Grenzen spielen in diesem Konzept keine Rolle, denn es geht nicht um das Europa der EU, sondern um den gesamten Kontinent - von Island bis zu den Karpaten.

(Frankfurter Allgemeine Zeitung, 16. April 1998, Nr. 88)

Ein poetisches Landschaftsprofil (...), ein stilles Abenteuer abseits. Zum Beispiel: Istrien. Ein anderes Zeitmaß, eine andere Lebensrhythmik. Ein anderes Licht. (...) Istrien ist eines von rund einem Dutzend anvisierter Reiseziele in Europa, zu denen Lojze Wieser als Gesamtherausgeber jetzt die ersten sechs literarischen Wanderführer, abseits vom touristischen mainstream, vorgelegt hat. (...)
»Europa Erlesen« - von Island bis Griechenland, von Portugal bis zum Baltikum und zu den Karpaten. Ein

reizvolles Angebot für Entdeckungsreisen über Sprachgrenzen hinweg, ohne Visa; unerheblich jenes Ost oder West, Nord oder Süd, gar als Wohlstands-, Kultur- oder Zivilisationsgefälle stigmatisiert. Literatur als Fenster auf ein Europa ohne abschottende Mauern. Entlang von Wegweisern, die mal bekannte, auch unbekannte Autorinnen und Autoren aufgestellt haben, in Form von Gedichten, Tagebuchaufzeichnungen, Briefen, Prosatexten. Mal unvertrauten Blicks von innen folgend, mal den fremden Blick von Reisenden, wieder ein anderes Mal als Streiflichter durch die Linse der Erinnerungen an Kindheit und Heimat. Blicke auf Vergessenes, durch die Geschichte an den Rand Gedrängtes oder Getilgtes, etwa Juden oder Deutsche in Mähren. Einblicke in die Träume und auch auf Ängste der Menschen durch Jahrzehnte und Jahrhunderte und nicht zuletzt auch darin, wie eine Stadt oder eine Region die Menschen auf Dauer prägt. Wo beginnen?
Ursula Rütten

(DeutschlandRadio Köln, Feature-Redaktion, 9. März 1998)

»Europa Erlesen« solle eine »Schatzsuche und zugleich Entdeckungsreise sein nach einen Gobelin der Kulturen und der Verknüpfung von Bildern«, so Lojze Wieser. Die bereits erschienen Bände erfüllen allesamt diesen Anspruch. Die jeweiligen Herausgeber haben sich auf Verlegenheitslösungen, wie sie bei derartig spezifischen Reihen vorkommen, konsequent nicht eingelassen.

(Michael Stadler, Salzburger Nachrichten)

Echte Kulturmenschen erkennt man in Zukunft daran, ob sie diese kleinen Büchlein eingesteckt haben.«

(Karin Resetarits, ORF Treffpunkt Kultur)

Guten Tag, mein Name ist Stefan Fleming. Ich habe eben Ihre Buchreihe, die ersten sechs Bände »Europa Erlesen«, gekauft, entdeckt, und möchte Ihnen einmal auf diesem Wege - ich werde versuchen, Sie auch noch so zu erreichen - gratulieren. Ich habe wirklich selten eine so wundervolle kleine Buchreihe gesehen, sie ist perfekt ediert, unglaublich schön und liebevoll gemacht, man ist ganz gespannt, wie es weitergeht, man wird nicht fertig mit Anschauen, Halten, es sind perfekte Bücher rundherum.

Das möchte ich Ihnen einfach gerne sagen. Ich bin riesig glücklich und die Intention und die Ausgabe sind hinreißend, soweit ich es jetzt schon durchgelesen habe. Ich bin wirklich ganz, ganz angetan und ich glaube, so etwas sollten Sie von einem Leser hören.

(Anrufbeantworter 20.11.1997)

Eine Einstiegsdroge – ohne diese kleinen Bände mag man gar nicht mehr verreisen.

(Uschi Loigge, Kleine Zeitung)

Ganz konsequent wird in dieser Reihe mit der Sprache kartographiert, auf daß die Bilder im Kopf des Reisenden Lesers fast wie von selbst estehen.

(Stefan Eggert, Süddeutsch Zeitung)